LE CAFÉ DES PETITS MIRACLES

Sous le pseudonyme de Nicolas Barreau se cache un écrivain franco-allemand qui travaille dans le monde de l'édition. Il est l'auteur aux Éditions Héloïse d'Ormesson des best-sellers internationaux *Le Sourire des femmes* (2014), *Tu me trouveras au bout du monde* (2015), *La Vie en Rosalie* (2016), *Un soir à Paris* (2017) et *Le Café des petits miracles* (2018).

Paru au Livre de Poche :

Un soir à Paris
Le Sourire des femmes
Tu me trouveras au bout du monde
La Vie en Rosalie

NICOLAS BARREAU

Le Café des petits miracles

ROMAN TRADUIT DE L'ALLEMAND
PAR SABINE WYCKAERT-FETICK

ÉDITIONS HÉLOÏSE D'ORMESSON

Titre original :

DAS CAFÉ DER KLEINEN WUNDER
Publié par Thiele & Brandstätter Verlag.

ISBN 978-2-253-10024-9 – 1re publication LGF

— J'ai toujours cru aux fins heureuses.
C'est la seule chose qui ne fasse aucun doute pour moi.
— Vous aimez les contes de fées…
— Vous ne croyez pas qu'un peu de magie
fait du bien de temps en temps ?

Broadway Therapy de Peter BOGDANOVICH

Prologue

Nelly aimait la lenteur. Elle était plus encline à flâner qu'à se hâter, et elle réfléchissait très longuement avant de prendre une décision. Par ce clair après-midi d'automne, tandis qu'elle se promenait au bord de la Seine et que le serpent de tôle se pressant le long du quai se figeait sous les coups de klaxon, elle ne put s'empêcher de penser à Paul Virilio et à ses théories sur « l'immobilité fulgurante ».

Oui, il était fâcheux que l'être humain essaie toujours de repousser ses limites, et l'accélération croissante du monde ne mènerait à rien de bon. Son mémoire de licence sur Virilio avait toutefois mené Nelly à Daniel Beauchamps, ce qui était une excellente chose. Voilà déjà onze mois, trois semaines et cinq jours qu'elle assistait le professeur de philosophie, et aussi longtemps qu'elle était secrètement amoureuse de lui.

Enfin, très secrètement. Nelly se persuadait parfois que la perspective de leur bonheur prochain était presque plus belle que sa concrétisation, qui se produirait forcément un jour. Qu'y avait-il de plus euphorisant que d'être allongé dans son lit, sous le dais nocturne des possibilités, et de rêver à des choses qui *pourraient* arriver ?

Un sourire hésitant traversa le visage de Nelly, qui, instinctivement, serra plus fort la bandoulière de son sac en cuir. Ce matin-là, Daniel Beauchamps lui avait laissé un message car il voulait *discuter* avec elle ! Se faisait-elle des idées ou le ton du professeur était-il différent, pas comme d'habitude ?

L'homme de grande taille, prévenant, qui traînait légèrement la jambe droite (un accident de vélo dans sa jeunesse, pas tout à fait guérie), l'avait aussitôt charmée avec ses yeux bleu translucide, si vifs. Elle n'oublierait jamais que, pour son premier jour de travail, il était venu à l'université en avance, juste pour elle. Cela faisait presque un an que Nelly, plus que ponctuelle, avait monté rapidement l'escalier de la faculté de philosophie, pour constater avec étonnement que les bureaux étaient encore vides. Seul le secrétariat trahissait une présence humaine – une tasse de café au lait solitaire fumait sur un bureau, derrière lequel personne n'était assis : même Mme Borel, auprès de qui Nelly devait se présenter, se faisait attendre. La jeune femme avait donc fait des allées et venues dans le couloir, indécise, pour finir par frapper à la porte de Beauchamps. Alors qu'elle s'apprêtait à baisser prudemment la poignée, elle avait vu, au bout du couloir, le professeur se diriger vers elle, le pas rapide, de sa démarche légèrement balancée.

— J'en étais sûr, avait-il dit, ses yeux scintillant chaleureusement derrière de grandes lunettes. Ma nouvelle assistante est déjà là, et il n'y a personne pour l'accueillir. – Il lui avait tendu la main en souriant, avant de tourner la clé dans la serrure et de l'inviter à entrer. – Après vous, mademoiselle Delacourt, après vous ! Je suis désolé que vous ayez dû attendre. Mon équipe a parfois une conception démesurément large du *cum tempore*. – Il avait écarté pour elle une chaise devant son bureau encombré, avant de se laisser tomber dans son fauteuil en cuir. – Quoi qu'il en soit : bienvenue dans notre bande de clampins. Les choses ne peuvent que s'améliorer avec vous, je le sens. Puis-je vous offrir un café avant que Mme Borel ne donne signe de vie ? Ce qui va probablement durer encore un certain temps…

Il lui avait adressé un clin d'œil, et c'est à cet instant qu'il avait ravi le cœur de Nelly.

Certes, ce n'était pas la première fois qu'on conquérait son cœur ; pendant ses études, il y avait bien eu l'un ou l'autre camarade pour lui plaire. Cependant, il s'agissait maintenant de la *vraie* vie. Elle avait un *vrai* travail. Et le Pr Beauchamps était un homme, un *vrai*, pas un garçon amoureux qui chercherait maladroitement ses seins ou ne saurait pas vraiment ce qu'on dit à une femme.

En tant que fille d'une libraire passionnée, qui n'hésitait pas à installer le parc de la petite Nelly devant les rayonnages surchargés de sa boutique à Quimper, et pouvait, plongée dans un roman captivant, oublier son enfant (laquelle sortait de l'étagère un livre après l'autre et jouait paisiblement avec, absorbée dans cette activité), Nelly aimait les livres par-dessus tout. Et en tant que fille d'un affectueux ingénieur du bâtiment qui faisait sauter la petite sur ses genoux et était parti bien trop tôt – un accident tragique, dont Nelly ne parlait jamais, ayant entraîné ses parents dans la mort –, elle était tombée amoureuse de cet homme. Il était plus âgé sans être vieux, cultivé sans être prétentieux, et avait de toute évidence un faible pour les femmes (ce dont Nelly devait prendre connaissance avec un certain malaise teinté de jalousie).

Heureusement, le Pr Beauchamps n'était pas beau. Nelly Delacourt nourrissait une profonde méfiance envers les hommes séduisants, qui étaient en général très imbus d'eux-mêmes et n'avaient rien dans le crâne, tant la vie leur facilitait la tâche. Avec sa démarche gauche, son nez de boxeur prononcé au-dessus de lèvres fines que resserrait la concentration, Beauchamps n'aurait jamais remporté un concours de beauté, mais son regard intelligent et son sourire aimable rendaient extrêmement désirable, aux yeux de Nelly, l'homme capable de donner des cours sur Paul Virilio et Jean Baudrillard aussi intéressants et divertissants.

Au cours des semaines suivantes, elle s'était renseignée discrètement sur son mentor. Divorcé, il vivait apparemment sans petite amie non loin du parc des Buttes-Chaumont, et, avait-elle appris, vouait une grande admiration à Frank Sinatra. C'était déjà un début.

Il faut dire que Nelly connaissait tout Sinatra. Enfant, elle avait le droit de manipuler les vieux disques de la collection de son père, un honneur particulier. Concentrée au plus haut point, elle posait délicatement le fragile saphir sur la galette de vinyle noir, comme papa le lui avait montré, puis la voix veloutée de Frank Sinatra s'élevait, après de légers craquements. Une certaine magie venait emplir le salon, et la petite fille aux boucles brunes, assise dans le grand fauteuil à oreilles, jambes ramenées vers elle, regardait ses parents évoluer sur les notes de *Somethin' Stupid* ou *Strangers in the Night.* Le monde était alors en ordre, et Nelly se rappelait bien l'atmosphère de ces après-midis, quand musique et pénombre l'enveloppaient comme un cocon de soie – un puissant sentiment de sécurité qu'elle n'avait plus jamais éprouvé dans sa vie. Restaient les chansons de Sinatra, et une nostalgie indéfinie qui s'emparait d'elle quand elle les écoutait.

Et voilà qu'elle avait trouvé quelqu'un qui aimait ce bon vieux Frank autant qu'elle ! Nelly s'imaginait parfois dansant avec le professeur sur *Somethin' Stupid*, sa préférée. Et ce n'était qu'*une* des choses qu'elle partageait avec Daniel Beauchamps. Il fallait ajouter à Sinatra les films avec Humphrey Bogart et Lauren Bacall, un penchant pour la soupe de poisson avec de la rouille (quoi de plus breton ?) et la tarte aux poires. Comme elle, il préférait la mer à la montagne, il aimait Sorolla, le peintre espagnol (quand tout le monde n'avait que les impressionnistes français à la bouche), et, à une époque où ils ne se connaissaient pas encore, il avait acheté à la Galerie 21, place des Vosges, un tableau de Laurence Bost (Nelly ne possédait qu'un catalogue d'exposition de l'artiste, mais tout de même, quelle coïncidence inouïe !). Autre point commun, il prenait son café crème avec une cuillère de sucre. Et puis,

Paul Virilio, bien entendu ! D'accord, Nelly n'avait entendu parler de ce penseur – dont elle appréciait énormément, pour des raisons personnelles, le regard critique sur le monde postmoderne – qu'en assistant à un cours magistral de Beauchamps, mais cela aussi lui semblait être un signe du destin.

Au cours des mois qui s'étaient écoulés, Nelly avait dressé avec une grande minutie une « Liste des similitudes », et à bien y regarder, il ne faisait aucun doute que le professeur et elle étaient faits l'un pour l'autre. Des goûts et des intérêts semblables constituaient la base de toute relation solide – c'est ce que disait sa grand-mère bretonne, et Claire Delacourt était une femme capable, ayant une certaine expérience de la vie, dont Nelly avait toujours fait grand cas.

Nelly remonta la bretelle de son sac, qui menaçait toujours de glisser le long de la manche de son trench, et les coins de sa bouche eurent un frémissement amusé. Le Pr Beauchamps aurait été étonné si son assistante réservée lui avait mis sous le nez sa « Liste des similitudes ». Au fond, les choses entre eux étaient aussi limpides que cette radieuse journée d'automne à Paris. Mais quand le professeur lui avouerait-il enfin *son* amour ? Cet homme gauche, dont la nature chaleureuse fournissait sans cesse à Nelly un terreau propice à de nouveaux scénarios romantiques (lesquels, hélas, ne se déroulaient que dans son imagination), et qui, pourtant, n'avait jamais (pas une seule fois !) franchi les limites de la bienséance – exception faite de l'unique moment, après la fête d'été, où il avait serré sa main un peu plus longtemps que d'ordinaire, peut-être.

— Vous portez là une belle robe, mademoiselle Delacourt, vraiment ravissante. Cela vous réussit de travailler moins intensivement, pour une fois, avait-il assuré alors qu'ils prenaient congé devant Rosa Bonheur, charmant petit restaurant du parc des Buttes-Chaumont, où il avait invité son équipe pour fêter la fin du semestre. Croyez-moi : aucun livre au monde ne mérite qu'on passe à côté de sa vie. Sortez plus souvent, amusez-vous !

Nelly avait eu un sourire réjoui, puis regardé avec embarras les jolis lampions colorés qui, tendus entre les arbres, auraient offert un cadre parfait pour une promenade romantique, ce soir-là. Mais elle n'avait pas été assez vive pour imaginer une repartie « cool ». Quelque chose comme : « Serait-ce une proposition, monsieur Beauchamps ? »

C'est ce qu'aurait fait Lauren Bacall, et elle aurait eu un geste sexy pour qu'on allume sa cigarette. Au lieu de cela, Nelly était restée plantée là comme une godiche, priant pour que le rouge ne lui monte pas aux joues. Finalement, elle avait lâché :

— Mais j'ai beaucoup de plaisir à travailler, vous savez…

« Mais j'ai beaucoup de plaisir à travailler ! » La réplique qui anéantissait toute magie. Ennuyeuse au possible. Il ne lui manquait plus que les grosses lunettes noires façon « culs de bouteille » ! En colère contre elle-même, Nelly s'était vue s'éloignant dans le parc, sautillant sous le ciel étoilé tel Grigrigredinmenufretin.

Beauchamps l'avait fixée un moment, songeur.

— Parfois, j'aimerais vraiment savoir ce qui se passe derrière ces beaux yeux, avait-il déclaré en souriant.

— C'est mon secret, avait commenté Nelly, gênée.

Inutile de préciser qu'elle avait rapporté chez elle, comme un trésor de grande valeur, cette phrase du professeur qui lui avait donné bien du grain à moudre.

Ensuite, elle avait poursuivi sur la voie dans laquelle elle excellait : elle avait travaillé avec plus d'acharnement et plus longtemps que tous les autres (se laissant difficilement convaincre de prendre ses congés). Elle attendait un signe, elle attendait *le* moment décisif. Dans l'espoir de se rendre indispensable et de donner à ce moment l'espace dont il avait besoin, elle restait fidèle au poste. Elle était rarement plus heureuse qu'à l'issue d'une longue journée, lorsque, après le départ de tout le monde, elle pouvait échanger quelques mots avec Daniel Beauchamps – lequel commençait à se demander, un peu préoccupé, si cette jolie jeune femme épouvantablement consciencieuse avait bien une vie privée.

À la différence de nombre de ses contemporains, pour qui les choses n'allaient jamais assez vite, Nelly Delacourt s'y entendait dans l'art de l'attente jugée « convenable ». Seulement, onze mois, trois semaines et cinq jours d'une tendre attente paraissaient suffisants, même à ses yeux, et tout en continuant à longer la Seine, elle eut soudain l'impression que cette journée allait connaître un tournant grandiose. Le Pr Beauchamps voulait *discuter* avec elle, et Nelly sentit que son cœur faisait un bond joyeux dans sa poitrine.

Plongée dans ses pensées, elle ne remarqua qu'à la dernière minute l'attroupement sur le Pont-Neuf. Les passants penchaient la tête en arrière, ravis, des cris d'émerveillement s'élevèrent, et pendant un instant, tous s'attardèrent dans cette bulle, comme s'il se produisait là-haut un miracle grisant.

Nelly plaça sa main sur son front pour protéger ses yeux de la lumière, cligna des paupières, et c'est alors qu'elle la vit aussi : une magnifique montgolfière survolait le fleuve. Miroitant de reflets roses et dorés sous les rayons du soleil, elle évoluait au-dessus de Paris, lente et silencieuse.

Ce devait être merveilleux de planer dans le ciel bleu, en état d'apesanteur, léger, détaché de tout... Il suffirait de tendre la main pour effleurer les nuages, comme un cœur voyageant jusqu'à l'être aimé ! Durant une fraction de seconde, Nelly se vit voler là-haut. Puis elle secoua la tête avec un petit frisson.

— Je ne pourrais jamais, murmura-t-elle, et elle suivit le ballon du regard, jusqu'à ce qu'il disparaisse à l'horizon.

1

Les signes, quand on y croyait, avaient ceci d'agréable qu'ils pouvaient vous fournir des repères sur la déroutante carte de la vie. En revanche, ils vous renvoyaient impitoyablement à vos inaptitudes, chaque fois que vous n'étiez pas capable de relever la direction qu'ils indiquaient.

Elle avait tout gâché. C'était la grande chance à saisir, et elle l'avait gâchée. Cinq jours entiers avec le Pr Beauchamps, juste eux deux, de l'autre côté de l'Atlantique... Un gémissement de désespoir échappa à Nelly qui titubait dans les rues animées du Quartier latin, comme étourdie. Des couples d'amoureux, des couples d'amoureux partout, qui passaient devant les cafés et les restaurants en se promenant, main dans la main, ou échangeaient des regards langoureux autour d'un verre de vin rouge ! C'était affreux ! Insupportable ! Et comme si cela ne suffisait pas, il y avait, au bout de la rue Saint-Julien-le-Pauvre, non loin de la librairie Shakespeare and Company, un étudiant américain qui jouait de la guitare et chantait avec ardeur *Come Fly with Me* de Sinatra.

Let's fly, let's fly away… Le jeune homme se balançait avec entrain au rythme de la musique. De loin déjà, Nelly vit qu'il lui souriait, et tandis qu'elle se rapprochait, il mit tout son charme dans les paroles suivantes : *Once I get you up there… I'll be holding you so near…* Mais oui, voilà que ce géant blond lui faisait un clin d'œil entendu et accompagnait son « *up there* » d'un mouvement circulaire des hanches ! Nelly lui jeta un regard furibond et fut tentée, un instant, de donner un coup de pied dans l'étui à guitare où se trouvaient quelques pièces et billets.

It's such a lovely day… continua le musicien de rue à plein gosier, alors qu'elle s'éloignait, et il se dévissa le cou pour suivre du regard la jolie jeune femme en trench, qui, haut du corps raidi et cheveux au vent, disparut dans le square tout près de la librairie et s'assit sur un banc.

Nelly fixa un moment ses chaussures à bride bleu foncé, puis elle murmura :

— Je n'y crois pas !

Une heure plus tôt, elle se trouvait dans le bureau du Pr Beauchamps, qui lui annonçait en souriant qu'il avait une petite faveur à lui demander.

— Je sais que c'est un peu inattendu, mais…

— Oui ? avait fait Nelly, la bouche soudain archisèche.

— Je me disais que vous auriez peut-être envie d'aller avec moi à ce congrès de philosophie newyorkais. Sabine Marceau devait m'accompagner, mais elle a un empêchement. Il sera question de Virilio et des nouvelles techniques d'interactivité instantanée, entre autres, et j'y donnerai ma conférence *Où suis-je quand je suis partout.* Cela ne serait pas dénué d'intérêt pour votre mémoire de master…

Quel dommage pour Sabine Marceau, quelle chance pour elle ! Nelly avait dû se contrôler pour ne pas pousser un cri de jubilation. Ses pensées se bousculaient. Le voilà, le moment ; la voilà, l'occasion qu'elle attendait depuis le début.

— Alors là, c'est… c'est…

Elle avait rougi de joie et s'apprêtait à accepter avec enthousiasme, lorsqu'elle s'était avisée d'un paramètre qui avait fait éclater son bonheur comme une bulle de savon.

Se rendre à New York signifiait *prendre l'avion* pour New York. Le Pr Beauchamps n'envisageait certainement pas de traverser l'Atlantique sur le *Queen Mary*. Or, voler était l'unique chose que Nelly ne ferait jamais, au grand jamais. Pas même pour Daniel Beauchamps, elle n'aurait été capable de mettre le pied dans un avion. Nelly souffrait d'une terrible phobie, aussi loin qu'elle se souvienne, et elle avait ses raisons (quoiqu'un peu alambiquées). Sa peur était un secret bien gardé, enraciné dans son enfance. Une chose qui embarrassait énormément Nelly et qu'elle n'aurait jamais avouée – surtout pas à cet homme merveilleux, qu'elle n'avait de cesse d'impressionner. Il était ridicule d'avoir peur de voler. *Elle* était ridicule. Tout le monde volait, aujourd'hui ! Même Paul Virilio, selon qui inventer l'avion, c'était inventer le crash (un concept qui avait beaucoup plu à Nelly !), devait allègrement voyager à l'autre bout de la planète à bord de ces appareils, pour y donner des conférences sur sa théorie de la vitesse et de l'accident. Oui, même sa grand-mère Claire, qui avait volé pour la première fois après la mort de son mari, à l'âge de cinquante-sept ans, trouvait ce mode de transport fantastique.

— Tu tousses et te voilà déjà en Italie. Ah, l'Italie ! Quand je pense au temps qu'il nous fallait en voiture, à ton grand-père et à moi, pour aller à Rome…

Claire avait beau être originaire du Finistère, le Sud avait, à l'évidence, été son grand amour. Quand elle parlait d'Ischia, de la côte Amalfitaine, de Naples ou de Venise, ses yeux brillaient. Dans ces moments-là, Nelly voyait surgir devant elle la jeune femme blonde, jupe à pois et chaussures pointues à talon aiguille, qu'elle connaissait grâce à de vieilles photos.

Nelly se tortillait sur sa chaise devant le bureau du professeur. Mal à l'aise, elle faisait tourner autour de son majeur la bague en grenat ancienne, évoquant une mûre, que sa grand-mère lui avait offerte pour son vingtième anniversaire. Claire, une des rares personnes à connaître sa phobie, la lui avait donnée avec les mots suivants :

— Je souhaite de tout cœur que tu trouves un jour quelqu'un avec qui tu puisses voler, mon enfant.

Bien plus tard, Nelly avait découvert l'inscription pâlie, gravée à l'intérieur de l'anneau : *AMOR VINCIT OMNIA*.

L'amour triomphe de tout.

Il se peut que l'amour triomphe de tout et vous fasse même voler, mais tout ce qui vole peut aussi s'écraser, avait alors pensé Nelly. À l'époque, elle ignorait tout des théories de Paul Virilio, mais la bague en grenat venant du coffret à bijoux de sa grand-mère était devenue son porte-bonheur, et elle ne l'enlevait pour ainsi dire jamais.

Ce jour-là, elle était donc assise face à son professeur, dont elle ne percevait déjà plus les paroles aimables qu'à travers une couche de ouate, et à la seule perspective de voler de Paris à New York et de *renoncer à la terre ferme pendant des heures*, elle avait senti un vertige s'emparer d'elle.

— Je pense qu'on peut encore modifier la réservation, déclarait justement Beauchamps. Eh bien, qu'en dites-vous, mademoiselle Delacourt ? Serez-vous de la partie ? Cela me ferait plaisir.

— Euh, voyons… avait répondu Nelly en tournant les pages de son agenda, malheureuse. Quand serait-ce, au juste ?

— Mercredi, dans deux semaines.

— Oh… alors… avait ajouté Nelly, baissant la tête et continuant à compulser le carnet. J'ai peur que… enfin, j'ai peur que ça ne soit pas possible, hélas… parce qu'à ce moment-là… ça ne va pas.

Elle avait alors servi au professeur une histoire assez embrouillée dans laquelle il était question de sa cousine Jeanne, dont elle avait justement promis de garder la chienne pendant la semaine du congrès, et elle le déplorait, tout cela parce que ladite cousine devait être opérée du genou (« Le ménisque, c'est toujours désagréable ! ») et qu'il était capital qu'elle sache Loula, sa petite chérie, entre de bonnes mains.

— Je ne peux pas lui faire faux bond à la dernière minute, vous comprenez ?

Nelly avait entendu que le ton de sa voix menaçait de virer à l'hystérie. Elle s'était raclé la gorge et avait essayé de retrouver un registre normal.

— Enfin ! Loula est très spéciale, malheureusement. C'est un chihuahua, vous connaissez cette race ? Bref, quand Loula n'apprécie pas quelqu'un, elle peut se transformer en une vraie peste. Par chance, elle m'aime bien. Et c'est pour ça que… Non, je suis vraiment désolée.

Nelly avait soupiré, refermé son agenda avec détermination et levé les yeux vers le professeur.

Tout n'était pas inventé dans l'histoire qu'elle venait de débiter précipitamment : Jeanne Delacourt, la cousine de Nelly, son aînée de six ans, avait emménagé à Paris des années plus tôt et tenait à Saint-Germain, sans le moindre problème de genou, un café baptisé Les Amis de Jeanne, où Nelly aurait volontiers emmené le professeur. La maison avait en effet pour spécialité une exquise tarte aux poires et à la lavande. (« On sous-estime la poire », avait coutume de dire Jeanne, chaque fois qu'elle sortait du four une de ces pâtisseries odorantes.) Quant à Loula, c'était une demoiselle pacifique, qui tenait aisément dans n'importe quel sac à main.

— Hmmm, avait fait Beauchamps.

Son regard s'était arrêté un moment, perplexe, sur son assistante écarlate, visiblement agitée. Puis il avait ajouté sur un ton apaisant :

— C'était juste une idée, mademoiselle Delacourt. Si cela ne vous convient pas, ce n'est pas du tout un problème. Je trouverai bien quelqu'un qui aura le temps. – Le professeur s'était enfoncé dans son fauteuil pivotant, avait joint le bout des doigts de ses deux mains, et souri. – Cette petite peste de Loula a de la chance d'avoir une si gentille *dog-sitter*, en tout cas. Il n'empêche, c'est dommage.

— Oui, très dommage, avait répondu piteusement Nelly.

Les cloches de Notre-Dame se mirent à sonner, et Nelly, toujours assise sur son banc à fixer ses chaussures, se demanda une fois de plus comment on pouvait porter un nom aussi majestueux et être une telle ratée. Car Nelly, qui s'appelait en réalité Éléonore, n'était malheureusement pas aussi intrépide que la célèbre reine d'Aquitaine ayant inspiré son prénom (sa mère avait lu pendant sa grossesse une biographie de cette souveraine remarquable). Il s'était rapidement avéré, à la grande déception de sa génitrice, que la petite Éléonore, de tempérament plus anxieux que courageux et plus délicat que fort, ne paraissait pas vouloir s'inscrire dans la lignée des hardies femmes bretonnes de la famille Delacourt. *Éléonore !* Comment sa mère avait-elle pu lui infliger cela ! Nelly, furieuse, écarta du pied un caillou. Elle avait toujours détesté ce prénom, dont elle soupçonnait qu'elle ne parviendrait jamais à lui faire honneur. En Bretagne, alors que ses vigoureuses cousines se jetaient avec des cris de délice dans le ressac de la mer Celtique, la petite Éléonore fuyait les vagues qui déferlaient et allait se cacher dans les dunes. À table, lorsqu'un mot de travers était lâché, elle bondissait de sa chaise et s'enfermait à clé dans sa chambre. Petite fille, la moindre broutille l'offensait. Et à treize ans, elle avait abandonné l'héritage maternel pour s'appeler simplement Nelly – un diminutif d'Éléonore.

Nelly se rappelait les nombreux après-midis où, assise sur le canapé en velours élimé, dans la cuisine de la vieille maison en moellons aux volets bleu pigeon, elle confiait à sa grand-mère les grands et les petits chagrins qui lui pesaient sur le cœur. Claire Delacourt l'écoutait patiemment, debout devant la massive cuisinière encore alimentée au charbon, préparant des crêpes à la sauce au chocolat et aux amandes, dont le parfum admirablement réconfortant emplissait bientôt la pièce. Claire avait toujours un conseil pour Nelly, sa préférée parmi tous ses petits-enfants.

— Mon enfant, avait-elle dit un jour (elle continuait à l'appeler ainsi, alors que celle-ci approchait déjà de la vingtaine). Mon enfant, il ne faut pas toujours tout prendre autant à cœur. Sinon, ta vie sera difficile. – Elle avait caressé les cheveux de sa petite-fille pour lui remonter le moral. – Cesse d'être une telle sensitive, Nelly. Sois plutôt une rose !

Toujours assise sur son banc, Nelly faisait tourner la bague en grenat autour de son doigt. Elle sentit que ses yeux s'embuaient. Elle aurait beaucoup aimé être une rose, mais elle n'avait rien d'une Scarlett O'Hara. Elle était juste Nelly, Nelly qui n'osait rien faire et avait peur de voler. Une larme roulait sur sa joue lorsqu'elle remarqua une tache blanche dans son champ de vision. Un mouchoir.

Elle leva la tête, surprise. Le musicien de rue se tenait devant elle. Appuyé sur son étui à guitare, il la regardait avec compassion.

— *Why are you so blue,* mademoiselle ? Une fille aussi beau comme toi ne devrait pas être aussi triste… Je peux ? s'enquit-il en indiquant le banc.

Nelly prit le mouchoir et opina du chef. Il y avait des situations, dans la vie, où la logique voulait qu'on laisse un gentil musicien de rue vous consoler.

— *Well… what happened ?* Qu'est-ce qui a passé ? Tu m'as fixé avec une air de mauvaise humour au moment que tu es passée comme un ouragan.

Nelly ne put s'empêcher de sourire.

— De mauvaise humeur, corrigea-t-elle.

— *Yeah…* De mauvaise… *humeur*, répéta-t-il avant de rire. *Oh, my God*, pour un seconde, j'avais joliment peur que tu voudrais taper mon boîte de la guitare.

Il fit une grimace comique, une lueur amusée dans le regard.

— J'ai chanté si mauvais que ça te fait pleurer, ou quoi ?

Nelly s'essuya les yeux avec énergie et secoua la tête.

— *Well*, je suis joyeux que je ne suis pas responsable pour ta chagrin, mademoiselle.

Ç'aurait été le bon moment pour se lever et prendre congé dignement. Mais Nelly resta assise.

— Vous volez ? demanda-t-elle subitement, en se remettant à contempler ses chaussures.

— Tu veux dire… avec… euh, hésita-t-il en passant les doigts dans ses cheveux mi-longs, avec une avion ? *Sure…* Tu penses j'allais nager à travers l'Atlantique, ou quoi ?

Nelly hocha la tête plusieurs fois, puis se tourna vers lui.

— Savez-vous au moins à quel point c'est *dangereux ?* demanda-t-elle en baissant la voix et en le fixant avec de grands yeux, d'un air lourd de sens. Inventer l'avion, c'est inventer le crash.

— Oh ! lâcha-t-il en haussant les épaules, impassible. Le vie entier est une dangereuse chose. *No risk, no fun !*

— Je ne vole pas, vous voyez ? Je ne ferais ça pour rien au monde !

Il la dévisagea.

— Et c'est... ça qui te fait malheureuse, ou quoi ? l'interrogea-t-il finalement en fronçant les sourcils.

Quelqu'un lui a sûrement raconté qu'en français, il est judicieux de coller « ou quoi ? » à la fin de chaque phrase, pensa Nelly, puis elle s'adossa au banc et poussa un profond soupir.

— J'aurais pu m'envoler pour New York... mais j'ai dû refuser. Parce que je suis incapable de monter dans un avion... Et maintenant, je suis en colère contre moi-même.

Elle poussa un nouveau caillou du bout du pied.

— *Hey*, tu ne dois pas être en colère avec toi, mademoiselle. *No worries !* Et d'abord... pourquoi tu veux aller à New York ? Je suis là, plaisanta-t-il.

Nelly ignora sa tentative de flirt.

— J'aurais pu voyager avec quelqu'un que j'aime beaucoup, beaucoup, vous saisissez ?

— Et... *quelqu'un* sait que tu es effrayée des avions ?

— Non ! s'exclama Nelly avec effroi. Il ne doit jamais l'apprendre.

— Oh… *Well*, commenta le musicien qui réfléchit avant de suggérer : et la simulateur de vol ?

— Trop tard, répliqua Nelly. C'est dans deux semaines seulement.

Elle se tut un moment.

— Et maintenant, le Pr Beauchamps va sûrement proposer à une autre collègue d'aller au congrès avec lui, reprit-elle sombrement. Alors que j'aurais tellement aimé l'accompagner !

— C'est amer, compatit le musicien en lui pressant le bras.

— C'est l'ironie du sort, précisa Nelly. Après tout, Virilio en personne a dit que les avions étaient des « non-lieux », et que toute cette accélération véhiculaire et extravéhiculaire, à laquelle l'être humain est exposé en permanence, entraînait sa déréalisation.

— *Okaaay*… fit le musicien qui n'avait pas compris un traître mot. Et ce Virilio, tu es intéressée dans lui aussi, ou quoi ?

— Non, répondit Nelly en réfléchissant. Enfin… pas en tant qu'homme, en tout cas.

— En tant qu'un ami, alors ? demanda l'Américain, faisant une nouvelle tentative. Comme dans *Quand Harry rencontre Sally ?*

Nelly soupira encore.

— Écoutez, je ne le connais même pas personnellement. Si je le connaissais personnellement, nous serions peut-être amis. Mais sûrement pas comme dans *Quand Harry rencontre Sally*. Virilio est juste quelqu'un dont j'admire beaucoup les théories, d'accord ? Il est dromologue.

— *Dromo*… quoi ?

Le regard de Nelly se perdit rêveusement entre les tours de Notre-Dame, qui se dressait dans un ciel sans nuages, aussi inébranlable qu'une forteresse.

— Dromologue, répéta-t-elle.

— Oh, *wow* ! Ça sonne vraiment super. Et il fait quoi, un... dromologue ?

— Il s'intéresse à la vitesse et à ses effets sur l'espèce humaine.

— *Cool*, commenta le musicien de rue, avant de passer la main sur sa barbe de trois jours avec un air de réflexion intense. Mais... c'est le premier fois j'entends à propos des dromologues. Ils sont beaucoup en France ?

Il avait prononcé cette phrase comme s'il s'agissait d'un saurien sur la liste rouge des espèces menacées, et Nelly ne put réprimer un éclat de rire.

— On ne peut pas dire ça. Ce n'est pas un métier, plutôt une manière de voir la vie. Paul Virilio est un important philosophe français, un critique des médias, et il a développé la théorie de la dromologie. C'est pour ça qu'il se qualifie de dromologue.

— *I see*, assura l'Américain.

Un mensonge éhonté... Il fit la bouche en cul-de-poule et hocha la tête plusieurs fois, avant de décider de reprendre le fil de la conversation initiale.

— Mais, quelle relation avec cette professeur qui veut voler à New York avec toi ? s'enquit-il. Et surtout... Le dromologue vient aussi avec, ou quoi ?

Nelly poussa un gémissement intérieur. Victime d'un moment de faiblesse, elle avait commis une erreur en engageant la conversation avec ce barde candide, qui s'y entendait autant en courants philosophiques qu'elle en pilotage d'avion. Se laisser aller à discuter avec des étrangers n'avait jamais été une bonne idée.

Elle se redressa et eut un geste évasif de la main.

— Ah, oubliez ça ! Trop compliqué. Je ne vais pas vous ennuyer plus longtemps, il vaut mieux que j'y aille.

Elle se leva et lissa son trench.

— Non, il ne vaut pas ! s'exclama-t-il en se redressant précipitamment, lui barrant la vue sur Notre-Dame avec ses deux mètres. Je trouve tout ça devient vraiment excitant ! *Tell me more*, s'il te plaît.

— Je ne vous connais même pas.

— Je suis Sean, répondit-il avec un sourire désarmant. Et *j'adore* d'écouter les histoires compliquées. Tu sais ce qu'on dit à la maison, dans le Maine ?

Nelly secoua la tête.

— Non, que dit-on dans le Maine ?

— Aussi long que tu vis, rien n'est simple. *Life is trouble. Only death is not, you know*, fit Sean qui mit son étui à guitare sur l'épaule et lui tendit une main comme un battoir. Viens, on va boire quelque chose. – Remarquant son hésitation, il eut un nouveau sourire. – Allez, viens ! Dans le Maine, on dit aussi tu ne dois jamais laisser seule une malheureuse femme, avant qu'elle a ri encore.

Nelly se mordit la lèvre inférieure.

— Très drôle ! Je parie que vous venez de l'inventer.

2

Un quart d'heure plus tard, ils s'installaient chez Les Amis de Jeanne. Sans réfléchir, Nelly avait guidé sa nouvelle connaissance à travers le dédale des petites rues animées du Quartier latin, jusqu'à rejoindre le café de sa cousine, qui, situé dans une transversale de la rue de Buci, n'était pas beaucoup plus vaste qu'un salon. Jeanne, debout derrière le comptoir en bois luisant, n'avait pas caché sa stupéfaction en voyant Nelly entrer en compagnie d'un homme de deux mètres et s'asseoir à une table, au fond de la salle.

— Dis donc ! Mais où as-tu pêché ce *gars* ? lui lança-t-elle, tandis que Sean examinait les pâtisseries et les petits plats dans la vitrine. Il a l'air vraiment potable, pour changer.

— Eh bien, c'est plutôt lui qui m'a pêchée, répondit Nelly d'un ton piquant, avant de jeter un coup d'œil nerveux en direction de l'Américain. Mais s'il te plaît, ne crie pas comme ça.

Jeanne, impassible, plaça deux grandes tasses de café crème sur la petite table ronde.

— Oh, écoute, j'ai juste chuchoté.

— Tu ne *sais* pas chuchoter.

— Merci pour le compliment, mademoiselle la chichiteuse ! sourit Jeanne, avant de glisser une mèche de ses épais cheveux blonds dans son chignon flou, retenu par un simple élastique.

À l'inverse de Nelly, Jeanne n'avait aucun problème avec la beauté masculine. Il ne lui serait jamais venu à l'idée de faire une croix sur un homme, simplement parce qu'il était séduisant. Bien au contraire. Pour elle, à moins d'un mètre quatre-vingts, on n'existait pas. Elle le justifiait ainsi :

— Je suis grande, ma chère, ça n'aurait aucun sens que je perde mon temps avec des nains, je préfère les laisser à Blanche-Neige. Et puis, qu'est-ce que ça veut dire, il est *trop* beau ? Ne raconte pas d'âneries, Nelly. *Trop* beau, ça n'existe pas. Pas plus que *trop* riche, *trop* fringant ou *trop* marrant.

Les critères de Jeanne étaient clairement définis. Dans les soirées, elle se dirigeait donc avec détermination, flûte de champagne à la main, vers l'homme le plus attirant de la pièce, et s'amusait follement. Quant à l'opinion de sa cousine à ce sujet, elle la trouvait plus qu'étrange.

— Tu es pleine de préjugés, choupinette, tu sais ça ? disait-elle, chaque fois qu'elles abordaient la question masculine (ce qui se produisait plus souvent à l'initiative de Jeanne que de Nelly). Pourquoi veux-tu absolument un chauve laid comme un pou, quand tu peux avoir un apollon ?

— Je n'ai jamais eu de chauve laid comme un pou, avait répliqué un jour Nelly, vexée. Et toi, pourquoi veux-tu un demeuré, quand tu peux avoir une tête bien faite ? Ça t'effraie ?

— Pff ! L'un n'exclut pas l'autre.

Jeanne avait manifestement foi en l'intelligence de *tous* les hommes, même ceux qui avaient des yeux étincelants, un nez droit, un menton volontaire, des cheveux fournis et une carrure athlétique.

— Tu vois, Nelly, moi, j'ai une théorie radicalement différente, avait repris Jeanne, ses yeux de chat pétillant.

— Ah oui ?

— Tu n'abordes pas les beaux mecs parce que leur assurance te renvoie à ton manque de confiance en toi, c'est tout !

— Oh, mais que ferais-je sans ta précieuse psychologie de bazar ?

— C'est aussi ce que je me demande parfois.

Même si leurs avis sur les hommes divergeaient, Nelly était heureuse d'avoir un port d'attache chez sa cousine si nature, avec laquelle elle avait grandi. Jeanne représentait un coin de sa Bretagne natale au cœur de la vaste capitale, et Nelly se rendait toujours avec plaisir dans son accueillant café – pas seulement pour l'excellente tarte aux poires, une pâtisserie que leur grand-mère préparait le dimanche pour ses petites-filles.

Jeanne était invariablement de bonne humeur, et rien ne pouvait l'ébranler. Nelly trouvait rassurant de connaître quelqu'un qui se dresserait encore tel un rocher dans la tempête si le monde entier s'effondrait.

Cependant, à cet instant précis, elle aurait préféré que Jeanne, revêtue de son long tablier vert foncé, ne prenne pas racine près de la table, pour attendre l'Américain qui, se détournant de la vitrine, venait les rejoindre.

— Alors... avez-vous choisi, monsieur ? demanda-t-elle en détaillant avec gourmandise Sean, qui essayait de trouver une position à peu près confortable sur la petite chaise de bistrot.

— Tes biscuits ont tous l'air *so* délicieux, j'ai la difficulté de choisir, bredouilla Sean. Mais je crois je veux ce... *How do you say ?* Tarte de poires ! Je pense je n'ai jamais dégluti un chose comme ça.

Les deux cousines échangèrent un regard et éclatèrent de rire.

— Vous allez à coup sûr *l'engloutir*, monsieur, la tarte aux poires et à la lavande est ma spécialité. Bon choix.

Jeanne eut un sourire satisfait, et Nelly aurait parié cent contre un ce qui allait suivre.

— Comme je le dis toujours, on sous-estime la poire.

Nelly leva les yeux au ciel.

— Au fait, je m'appelle Jeanne, mais ma cousine vous l'a sûrement déjà dit, déclara Jeanne un moment plus tard, en leur apportant deux généreuses parts de tarte.

— Oh oui... *oui* ! assura Sean en souriant à la blonde patronne, qui le surplombait tel un phare. Vous ne paraissez pas comme des cousines...

Nelly plongea sa fourchette à gâteau dans le morceau de poire doré et fondant, qui émergeait de la crème pâtissière. Il aurait fallu avoir de la peau de saucisson devant les yeux pour ne pas s'apercevoir que la ressemblance entre Jeanne et elle était modérée.

— Vous pourriez être des *sœurs* ! conclut l'Américain, faisant de l'excès de zèle dans son souci de dire un mot gentil.

Nelly manqua s'étrangler.

— Toutes les femmes de la Brittanie sont aussi jolies, ou quoi ? Alors je dois d'aller là vite, lâcha Sean avant de rire.

Jeanne rit aussi. Nelly les fixait en continuant à mâcher.

— Pas toutes, répondit finalement Jeanne, avant d'adresser à Nelly un regard signifiant qu'elle trouvait l'Américain des plus amusants. Donc, il vaut mieux que vous restiez à Paris.

Elle agença méticuleusement l'assiette de Sean et sa tasse de café sur la surface en marbre, puis elle se tourna vers Nelly.

— Tu ne vas même pas me présenter ton nouvel ami ?

Nelly avala son morceau de tarte, mais avant qu'elle puisse ouvrir la bouche, l'Américain bondit, heurtant la table sur laquelle les grandes tasses blanches à liseré vert foncé se mirent à osciller dangereusement.

— Oh, *sorry*, *sorry* ! s'écria-t-il. Je ne voulais pas montrer la manque de respect. Mon nom est Sean. Sean O'Malley.

— Jean ? fit Jeanne avec un sourire réjoui. On s'appelle pareil, alors.

— C'est *Sean*, pas Jean, intervint Nelly, trouvant qu'il serait temps que sa cousine, qui avait tendance à monopoliser l'attention, retourne derrière son comptoir.

— *Yeah*, Sean, confirma-t-il, et sa façon de prononcer son prénom faisait effectivement un peu penser à « Jean ». Je suis de le Maine, mais mon famille a les racines *from Ireland*. Moi et ta cousine, on a fait le connaissance sur un banc de le parc. Elle était *so*…

Il se tut brusquement, stupéfait d'avoir reçu un coup sous la table, un coup donné indubitablement par une coquette chaussure à bride bleu foncé.

— Sean s'intéresse à Paul Virilio, déclara hâtivement Nelly.

Elle devait empêcher l'homme venu du Maine de dévoiler, à sa manière naïve, l'une ou l'autre chose qu'il valait mieux que Jeanne ignore. Il faut préciser que Jeanne Delacourt ne soupçonnait pas les sentiments élevés que sa jeune cousine nourrissait pour son professeur. Ceux-ci devaient garder un caractère secret en attendant le fait accompli, qui étoufferait dans l'œuf toute remarque déplacée. Certes, Nelly avait régulièrement prononcé le nom de Daniel Beauchamps dans des discussions – c'était inévitable quand on vénérait quelqu'un, et elle travaillait pour lui, après tout –, mais elle avait conscience que son mentor adoré ne ferait jamais son entrée, aux yeux de Jeanne, dans le top dix des hommes les plus sexy de la planète. Les deux s'étaient croisés une seule fois, par hasard, un soir d'été où Jeanne était venue chercher sa cousine à la Sorbonne. Seulement, comme il fallait s'y attendre, Beauchamps et ses manières avenantes n'avaient pas laissé à Jeanne un souvenir impérissable.

— Il fait plus que trente-cinq ans, tu ne trouves pas ? avait été son unique commentaire après la brève rencontre, alors qu'elles descendaient les marches de l'université. Il boite en plus, non ?

Cela n'aurait servi à rien d'expliquer à la prosaïque Jeanne pourquoi elle trouvait tout exceptionnel chez Daniel Beauchamps – jusqu'à sa démarche légèrement balancée, que Nelly n'aurait jamais qualifiée de « boitement ».

— Virilio ?

Nelly vit les sourcils de sa cousine s'arquer, interrogateurs. Puis Jeanne parut se rappeler qu'elle avait déjà entendu ce nom quelque part. Nelly n'avait parlé que de cela pendant des semaines, tout de même, tandis qu'elle rédigeait son mémoire.

— Ah… *Virilio* ! Oui, ma petite cousine se consacre à des choses affreusement savantes, elle a toujours été la plus intelligente de la famille. Vous étudiez aussi la philosophie, Jean ?

Sean leva les mains en signe de dénégation.

— Oh… non, non ! la détrompa-t-il. Mais je le trouve très excitant. J'ai juste gradué ma *master in engineering*, et maintenant je fais le *break* et je bouge un peu dans l'Europe avec mon guitare. Je ne chante pas mauvais, ou quoi ? – Il tapota l'étui près de sa chaise, et fit un clin d'œil à Nelly. – Sinon, je suis toujours très intéressé de… *How do you say ?* Évaser ma horizon.

— Eh bien, je ne vais pas vous déranger plus longtemps, alors, commenta Jeanne avec un sourire.

Nelly voyait sans peine les rouages tourner derrière le front de sa cousine : il y avait là un homme grand et séduisant, qui, en plus d'avoir achevé des études d'ingénieur et de parler un français acceptable, avait l'oreille musicienne, l'esprit cosmopolite, et s'intéressait à la philosophie…

« Qu'est-ce que je te disais ! » semblait signifier le regard que Jeanne lança à Nelly. Ensuite, elle s'éloigna enfin de la table au fond de la salle, laissant seuls Nelly et Sean.

Sean mangea un morceau de tarte et but une gorgée de café. Puis il se pencha en avant et fixa Nelly d'un air plein d'espoir.

— *Well*, commença-t-il en baissant la voix. Maintenant que le cousine ne va plus attraper la conversation, c'est le temps pour m'expliquer tout sur la dromologie. Alors… pourquoi pas raconter l'histoire compliquée avec toi, ce Virilio et la professeur volante ?

3

Nelly avait toujours eu peur, aussi loin qu'elle se souvienne. Peur qu'un individu animé de mauvaises intentions se cache derrière le rideau, peur de l'obscurité, peur quand quelqu'un était en retard, peur d'être quittée, peur d'échouer dans une tâche, peur des cambrioleurs, peur de rester coincée dans un ascenseur, peur de trop ouvrir son cœur, peur de ne plus avoir d'argent, peur quand le téléphone sonnait au beau milieu de la nuit, peur que quelqu'un tombe malade, peur qu'un raz-de-marée submerge tout, peur qu'il se passe une chose terrible.

La vie n'était pas un endroit sûr, habitable en toute confiance. Très tôt, Nelly avait fait le constat que les êtres humains, avec leurs rêves, leurs désirs et leurs aspirations, évoluaient en terrain glissant. Même au moment le plus beau, le plus merveilleux, le plus grandiose, la fatalité pouvait faire irruption, sans le moindre avertissement.

Il fallait donc rester vigilant, ne jamais être trop sûr de son fait : tant qu'on restait à la fenêtre, à regarder dehors, il n'arrivait rien ; mais il suffisait d'un moment d'inattention, il suffisait de se détourner brièvement et tout arrivait d'un coup.

Comme ce jour, à l'âge de huit ans, où elle faisait au revoir à ses parents chargeant leurs deux valises dans la vieille Citroën, ravis de s'envoler pour une île dont le nom semblait tout droit sorti d'un conte de fées. Une île qui embaumait la noix de muscade, lui avait raconté sa mère, où de hauts palmiers ourlaient les plages de sable blanc, léchées par des eaux bien différentes du houleux Atlantique gris ardoise – un océan chaud, d'un turquoise miroitant, et si limpide qu'on pouvait voir de petits poissons de toutes les couleurs vous nager autour des pieds, comme des arcs-en-ciel irisés.

Zanzibar.

Sa mère avait toujours rêvé de s'y rendre, et Nelly l'avait rarement vue aussi excitée et heureuse que ce matin-là.

— Je n'y crois pas, je vais à *Zanzibar* ! Vous imaginez ? avait-elle crié.

Puis elle était montée dans la Citroën bleu ciel et s'était tournée une dernière fois vers sa fille qui agitait impatiemment la main, à la fenêtre de sa chambre.

Mais en fin de compte, ils n'étaient pas allés à Zanzibar. Nelly ne devait jamais revoir la Citroën. Ses parents non plus.

Tout cela parce qu'elle n'avait pas fait attention. Peut-être aurait-elle dû rester plus longtemps à l'étage. Attendre que la voiture disparaisse au bout du long chemin droit menant en dehors de la ville. Peut-être aurait-elle dû accompagner ses parents par la pensée. Au lieu de cela, Nelly avait tourné les talons et descendu l'escalier en sautillant, une chanson à la bouche, pressée d'essayer avec son amie Camille, dans le jardin à l'arrière de la maison, le bateau-balançoire que son père avait monté ce matin-là. Elle n'avait pas fait attention, et ses parents n'étaient même pas arrivés à Paris. Sur le trajet de l'aéroport, un routier exténué venant dans l'autre sens avait dévié sur leur côté de la chaussée, et le 20 tonnes avait aplati l'auto bleu ciel comme une voiture miniature.

Depuis ce jour funeste, le mot « voler » avait pour Nelly l'arrière-goût effrayant de la mort et du danger. Le monde avait changé de façon irrémédiable, en l'espace d'un instant, laissant derrière lui une fillette de huit ans traumatisée, croyant dur comme fer, selon un raisonnement tiré par les cheveux, que son malheur résultait de la décision de ses parents de voyager en *avion* – bien que l'appareil en question ne se soit pas écrasé ; bien que Mme et M. Delacourt n'aient même pas mis le pied dans cet avion pour Zanzibar. La logique enfantine prend souvent d'étranges détours qui vous marquent pour la vie.

Des années plus tard, après que Nelly eut enfin admis que le décès tragique de ses parents n'était nullement dû à un accident d'avion, la seule perspective de monter dans un de ces appareils déclenchait encore chez elle une attaque de panique. Claire, qui avait aussitôt pris la petite orpheline sous son aile, avait beau lui exposer à l'envi que deux neurones s'étaient connectés par erreur et qu'il aurait été bien plus logique qu'elle refuse de conduire une voiture (ce qui n'était pas le cas) ; Jeanne avait beau produire des statistiques désignant l'avion comme le moyen de transport le plus sûr : impossible de convertir Nelly. De toutes ses peurs, celle de voler était sans aucun doute la plus redoutable. Avec le temps, cette phobie devait devenir un état d'esprit, dont Nelly ne faisait pas étalage, parce qu'elle avait honte et voulait éviter qu'on lui demande pourquoi elle ne prenait pas l'avion, une question qui aurait ravivé le souvenir de la plus grande catastrophe de sa vie. Pour autant, elle ne démordait pas, avec un rien d'arrogance, de son principe de ne jamais voler – comme si elle appartenait à un petit cercle d'élus, des initiés se soustrayant à la barbarie moderne. Entasser des gens dans l'espace réduit d'une boîte de conserve volante ne convenait tout bonnement pas à l'être humain, trouvait Nelly, et pas davantage le simple fait de voler. Pourquoi diable aurait-on dû, volontairement, abandonner le plancher des vaches ? Quand Nelly voyageait, c'était à l'image de Marco Polo – sur terre et sur mer. L'homme n'était pas destiné à voler, voilà tout, et le seul fait qu'il naisse avec des bras, et non des ailes, en témoignait. Des bras présentant l'avantage unique de pouvoir serrer quelqu'un contre soi – une étreinte qu'on n'avait encore jamais observée chez des oiseaux.

Sans en être pleinement consciente, Nelly avait fait de nécessité vertu. Elle n'évoquait jamais les circonstances du grand malheur assombrissant sa vie tel un nuage épais. Au mieux indiquait-elle que ses parents étaient morts prématurément et qu'elle avait grandi chez sa grand-mère. Si son interlocuteur était assez indélicat pour insister, elle le faisait taire d'un regard appuyé de ses yeux gris de pluie, avec la remarque qu'elle n'aimait pas en parler. Il faut ajouter que seules deux personnes connaissaient sa phobie : sa grand-mère Claire et sa cousine Jeanne.

Lorsque Nelly, à dix-huit ans, était partie étudier la philosophie et l'italien à Paris, elle avait constaté, à sa grande joie et avec une certaine satisfaction, qu'il existait un penseur français considérant d'un œil extrêmement critique – quoiqu'en adoptant une autre perspective – le fait de voler dans un avion. Cet homme était Paul Virilio, et sa théorie de « l'immobilité fulgurante » l'avait immédiatement convaincue.

Elle n'avait pas oublié la phrase stupéfiante avec laquelle le Pr Daniel Beauchamps avait commencé son cours magistral sur Paul Virilio : « La vitesse de la lumière est inhabitable. »

C'était pendant le quatrième semestre de Nelly, qui absorbait le savoir comme une éponge. Aristote, Rousseau, Kant, Voltaire, Descartes, Kierkegaard, Sartre... Tous avaient tenté de percer le sens de la vie, mais ce qu'elle apprenait là, dans ce cours, avait un rapport personnel avec elle-même. Elle avait trouvé en Virilio une personne partageant ses vues, un défenseur de la lenteur critiquant sévèrement, dans sa théorie de la vitesse et de l'accident, l'accélération croissante du monde. Plus beau encore, les avions étaient pour Virilio des « non-lieux », car l'être humain ne pouvait plus s'y situer et perdait donc ses repères. Le philosophe était également à l'origine du fabuleux constat selon lequel inventer l'avion, c'était inventer le crash. Nelly avait failli pousser un cri de joie lorsque Daniel Beauchamps avait cité cette phrase !

L'homme habitait l'espace-temps, mais l'espace se dérobait de plus en plus dans un univers en accélération constante, ce que Virilio considérait comme un danger pour l'être humain, qui perdait par là même son ancrage : il avait en effet besoin d'un lieu concret où se fixer, de la même manière qu'un arbre doit plonger ses racines dans la terre pour subsister.

Nelly hochait la tête encore et encore, couchant fébrilement toutes ces nouvelles connaissances sur son bloc-notes. Elle était suspendue aux lèvres du professeur, qui avait alors abordé la théorie dromologique de « l'immobilité fulgurante ». Virilio avait forgé lui-même le terme « dromologie » à partir du grec, *dromos* (la course) et *logos* (la science). Il désignait ainsi l'étude de la vitesse et de ses effets sur l'homme.

Virilio postulait qu'à l'origine, l'être humain se déplaçait à un rythme naturel. Le monde était encore en ordre, pour ainsi dire. Cependant, avec l'invention de la machine à vapeur et la révolution des transports, l'homme s'était mis à repousser ses limites – jusqu'à atteindre la vitesse de la lumière avec laquelle, à l'ère de la communication numérique, on échangeait mails et informations. Or, son esprit ne pouvait concevoir cette vitesse. Où était donc l'être humain, quand il pouvait se trouver simultanément à différents endroits ? L'identité locale se désagrégeait de plus en plus, et le temps ainsi que la vitesse à laquelle on traversait l'espace venaient se substituer au véritable lieu géographique. Seulement, ne pas pouvoir se situer dans le temps et la vitesse entraînait inévitablement une aliénation et une « déréalisation ». Autrefois acteur, couvrant des distances à la mesure de ses pas, l'homme devenait un téléacteur, qui, finalement, ne se déplaçait même plus grâce à un moyen de transport physique, comme l'avion, mais dans un corps virtuel, dans lequel il avançait sans bouger. Un voyageur sans voyage, un passager sans passage.

Et voici ce qu'il y avait de vraiment singulier, de remarquable : plus l'espace, constituant l'habitat de l'être humain depuis des millénaires, se dissolvait au profit du temps (plus le monde s'accélérait autour de lui, donc), moins ce monde était intelligible et plus l'homme devenait statique. Plus mobile que jamais grâce à la voiture, il restait bloqué dans les bouchons ; il envoyait des mails en Amérique à la vitesse de la lumière, en restant devant son ordinateur au lieu de parler avec le voisin au bout de la rue ; il était assis dans l'avion, genoux remontés sous le menton, pouvant à peine bouger, traversant l'espace à une allure délirante qui le déréalisait, le faisait même devenir « hors monde ».

Arriverait le moment, avait conclu Beauchamps, où l'accélération ferait sombrer l'être humain dans une régression totale, après des millénaires de progrès. Il fixerait sans bouger son écran d'ordinateur et ne se déplacerait plus qu'au moyen de simulations, s'exilant ainsi de son propre corps. Ce serait le paradoxal stade final de son histoire – « l'immobilité fulgurante ».

Après ce cours brillant, il avait été évident pour Nelly que son mémoire de licence porterait sur Virilio. C'était comme un signe que lui envoyait le ciel. Et lorsque son excellent travail attira l'attention de Daniel Beauchamps et qu'elle devint son assistante, l'évidence s'imposa tout aussi rapidement : elle était tombée folle amoureuse de son professeur.

Songeuse, Nelly remuait son café maintenant froid.

— La vie est parfois absurde, hein ? demanda-t-elle en regardant Sean. Je veux dire… Je trouve quelqu'un qui étaie de façon quasiment scientifique ma profonde aversion pour l'avion, je rédige un mémoire intitulé « De l'impossibilité de voyager en avion », je tombe amoureuse de mon professeur qui me semble être une âme sœur et qui juge ce travail formidable… Et tout ça échoue à cause d'un *vol transatlantique* ? On dirait une mauvaise blague, non ?

Sean hocha la tête avec compassion.

— Dans le Maine, on dirait c'est l'ironie de la destin.

— On dirait ça aussi à Paris, soupira Nelly.

Elle jeta un coup d'œil à sa montre et constata avec surprise qu'elle avait parlé près de deux heures. Il était un peu plus de 18 heures et toutes les tables du café étaient désormais prises. Partout, des jeunes gens riant, bavardant, buvant un verre de vin rouge et mangeant, qui une quiche, qui une galette jambon-emmental, qui une soupe de poisson avec de la rouille. Nelly nota qu'elle commençait à avoir faim.

Se confier sur tout ce qui lui pesait sur le cœur lui avait fait du bien. Cet après-midi-là, lorsque le musicien de rue s'était approché de son banc et lui avait proposé un mouchoir, elle n'aurait jamais imaginé que, peu après, elle s'épancherait auprès de l'inconnu à la tignasse bouclée et à l'accent amusant. Quant au fait qu'elle ait évoqué – pour la première fois après tant d'années ! – l'accident de voiture de ses parents, voilà qui la surprenait le plus. Nelly détailla avec curiosité l'Américain au sweat à capuche bleu clair, qui, assis en face d'elle, lui souriait d'un air encourageant. Il l'avait écoutée attentivement d'un bout à l'autre, posant ici et là une question, pressant brièvement sa main quand le souvenir étranglait sa voix et qu'elle avait du mal à parler.

Peut-être, se dit Nelly, poursuivant sa réflexion, était-il parfois plus facile de s'en remettre à la gentillesse d'inconnus. Contrairement à la famille ou aux amis, ils n'avaient pas d'intérêts personnels ou d'avis préconçu, ce qui facilitait la démarche.

— Tu veux connaître ce que je pense, ou quoi ? demandait justement Sean.

— Je t'écoute, fit Nelly en appuyant son menton dans sa main.

Elle était insensiblement passée au tutoiement – quoi de plus approprié quand on laissait quelqu'un plonger aussi profondément dans son âme ?

— Tu ne dois pas faire de la souci sur des choses qui n'ont pas encore passé. *Don't worry about things that are not necessarily going to happen.*

Nelly sourit.

— C'est aussi ce qu'on dit dans le Maine ?

— *Nope*, j'ai lu à propos de ça dans une livre fantastique. Il y a une femme, elle fait de la souci sur tout. Elle écrit les listes, toujours les listes, expliqua-t-il en la regardant avec insistance. Ce n'est pas bon, Nelly, tu dois le stopper, *now !* – Comme pour souligner ses paroles, Sean tapota la table de l'index. – OK, c'est super difficile de perdre les parents si jeune, mais la pire arrive pas toujours. Tu dois confier plus dans la vie, maintenant. Ta fabuleuse professeur vole à cette congrès sans toi, *so what ?* Quand il revient, vous pouvez être ensemble encore.

— Mais nous ne sommes même pas *ensemble*, objecta Nelly en jouant avec sa fourchette.

— *Then* tu dois faire quelque chose pour, ou quoi ?! Pourquoi pas tu lui dis simplement tu l'aimes ?

Nelly replaça doucement la fourchette à côté de son assiette.

— Parce que… commença-t-elle, puis elle secoua la tête. Ce n'est pas encore… le bon moment.

— *Is that so ?*

Sean haussa les sourcils. Il n'était pas difficile de deviner ce qu'il pensait du bon moment.

— Oui. Je veux attendre le moment parfait, voilà.

La conversation prenait une tournure qui ne plaisait pas du tout à Nelly. Sentant sur elle le regard indulgent de l'Américain, elle se tortillait sur sa chaise, mal à l'aise.

— *Well…* si tu le dis, lâcha-t-il finalement. Mais fais un promesse.

— Quoi ?

— N'attends pas trop long cette parfaite moment. Si tu n'as pas le chance, elle vient jamais.

Nelly eut un rire un peu forcé.

— Mais oui, assura-t-elle avant de prendre la carte. Je ne suis pas stupide.

Jeanne avait tenu à leur servir en personne galette au canard et salade de chèvre, alors que c'était Céline, la serveuse aux cheveux noirs coupés court, portant de grandes créoles, qui avait pris leur commande. Sean mangeait avec enthousiasme la fine galette de sarrasin garnie d'un magret croustillant dehors et rosé dedans, assurant n'avoir jamais rien dégusté d'aussi délicieux de toute sa vie.

— Incroyable ! s'exclama-t-il tout en mâchant, les joues pleines. J'adore le nourriture français ! Il est merveilleux, ou quoi ? Je peux avoir encore la vin rouge, *please* ?

Jeanne versa le bordeaux dans leurs verres et sourit, flattée.

— Dans ce cas, il faut venir plus souvent, monsieur O'Malley !

— Oh oui, *I'll do* ! fit Sean en levant son verre à sa santé. Et s'il te plaît, dis juste Sean : les Américains font moins les formalités.

Jeanne rit à gorge déployée.

— OK… Sean.

Elle avait dit « Jean », en réalité, mais seule Nelly le remarqua.

— Bon, continuez à vous régaler tous les deux, alors. J'ai en réserve une mousse au chocolat… suave comme l'amour.

Jeanne adressa un clin d'œil à Nelly et s'éloigna à pas majestueux pour accompagner, à la table qui venait de se libérer, quelques clients attendant dans l'entrée.

— *Wow !* Ton cousine est vraiment une géniale femme, confia Sean en contemplant Jeanne avec une admiration non dissimulée. Tu as déjà noté elle balance comme une reine ?

Le vin semblait lui délier la langue, et Nelly réprima un sourire.

— *Avance*, pas balance, corrigea-t-elle (même si « balancer » ne lui paraissait pas tout à fait inadéquat, vu la façon dont Jeanne envoyait certaines réflexions). Oui, sa taille est plutôt imposante. C'est pour ça qu'elle n'aime que les hommes grands.

Ses yeux étincelaient d'une lueur moqueuse, et Sean rit. Il but une généreuse gorgée de vin et s'essuya la bouche.

— *Yeah !* Une vraie… *tigre*, murmura-t-il.

Ça plairait sûrement à Jeanne de savoir qu'on la compare à un félin, pensa Nelly, amusée.

Elle prit elle aussi son verre et sentit que le velours liquide venait tapisser sa gorge. Malgré, ou justement grâce au brouhaha régnant dans le café, elle se sentait agréablement détendue. Elle se laissait porter, ses soucis semblant se dissoudre dans cet océan de mots. Sean se révélait être un interlocuteur divertissant, qui s'exprimait avec une grande aisance, et cela faisait longtemps déjà qu'ils parlaient d'autre chose que de Virilio, d'avions et de professeurs de philosophie.

Après ses études d'ingénieur, Sean avait travaillé quelques mois, histoire de mettre assez d'argent de côté pour son grand tour européen, et il allait maintenant de ville en ville, vivant au jour le jour et s'attardant dans les endroits qui lui plaisaient. Il avait choisi de prendre une année sabbatique pour découvrir les plus beaux lieux d'Europe – Paris était sa sixième étape après Helsinki, Oslo, Londres, Heidelberg et Amsterdam, mais certainement pas la dernière, comme il l'affirma à Nelly. Deux jours plus tard, il avait prévu de prendre le train pour Marseille, et de là, il se rendrait peut-être à Barcelone, Madrid et Grenade. L'Italie, avec Venise, Florence et Rome, était aussi au programme.

— Et donc, tu voyages à droite et à gauche, juste comme ça ? s'étonna Nelly, tout en finissant la mousse au chocolat noir et en grattant le fond du ramequin en grès.

Jamais elle n'aurait pu envisager de rouler sa bosse de cette manière, fût-ce pour un an. Pas pour le moment, en tout cas. Après la licence venait le master, puis il fallait veiller à trouver un emploi correct avant de prévoir un grand voyage. Tel était son programme – un peu plus ennuyeux que celui de Sean, il faut l'admettre.

— Tu n'as pas peur de rater des opportunités professionnelles ? poursuivit-elle.

Sean rit et lui assura que non. Il allait « faire tourner assez long le roue de la hamster », si bien qu'il voulait juste vivre un moment sans *schedule*, sans emploi du temps ni agenda.

— Et après ? s'enquit Nelly. Tu as une idée de ce que tu voudrais faire avec ton diplôme d'ingénieur ? Les sciences sont une discipline familière pour moi, tu sais… – Elle se mit à entortiller une mèche de ses cheveux, pensive. – Je ne t'ai pas encore raconté que mon père aussi était ingénieur, comme mon grand-père et même mon arrière-grand-père, Georges Beaufort. C'était un célèbre architecte naval qui a déposé beaucoup de brevets.

— *I'm deeply impressed.* Une famille d'inventeurs ! Et tu fais les études de la philosophie ?

— Oh. Eh bien… commença Nelly en haussant les épaules. Je suis malheureusement dépourvue de ce gène familial. – Elle eut une petite grimace. – Je n'ai aucun talent technique. Je dois plutôt tenir de ma grand-mère, qui était épatante, mais incapable de distinguer les vitesses quand elle conduisait.

Nelly sourit en repensant à Claire qui prenait toujours ses virages à toute allure, le moteur s'emballant et rugissant parce qu'elle n'avait pas enclenché le bon rapport.

— Après la mort de mon grand-père, elle a acheté une automatique, ce qui valait mieux pour elle… et sûrement pour sa pauvre voiture, aussi.

— Alors, ton grand-papa était le beau-fils de *Big George*, conclut Sean.

— Tout juste. Tu veux un café ?

Nelly leva deux doigts en l'air et fit signe à Céline d'apporter deux petits noirs. Puis elle raconta que sa grand-mère lui avait confié que le fameux Georges Beaufort n'aurait sans doute accepté, pour sa benjamine, qu'un homme qui soit au moins ingénieur comme lui.

— Elle en a épousé un, et l'histoire s'est répétée. En tant qu'architecte naval, tu aurais de bonnes chances avec ma famille bretonne, plaisanta Nelly.

S'étonnant de cette légèreté nouvelle, elle prit mentalement note de parler ainsi avec Daniel Beauchamps, à l'avenir.

— Bon, sérieusement, qu'est-ce que tu as prévu de faire ?

— *Well…* Je suis effrayé je ne peux pas offrir les services de l'architecte naval, mademoiselle.

— Tu as vraiment un projet ?

— Oh… *Yes… yes… Sure*, répondit Sean d'une voix hésitante.

— Assez de suspense, alors ! insista Nelly.

— Je pense ça ne va pas te faire le plaisir.

Nelly lui jeta un coup d'œil intrigué.

— Quoi ? Tu ne vas quand même pas entrer dans les services secrets ?

— Pire, soupira Sean. *Frankly ?* – Il la fixa dans les yeux, plaça la main sur sa poitrine et sourit avec un air de désespoir comique. – Je veux devenir un pilote.

Lorsque Nelly se mit en route, il était plus de minuit. Elle avait envisagé de prendre le métro à Mabillon, puis finalement décidé de rentrer chez elle à pied. Le temps avait fraîchi, la lune était entourée d'un halo verdâtre et on entrevoyait déjà les pluvieuses journées d'automne qui suivraient bientôt. Nelly pressa le pas en tournant rue du Four, le léger clac-clac de ses chaussures à bride bleues accompagnant ses pensées comme un air entraînant. *Come Fly with Me…* Nelly eut un petit gloussement et s'arrêta un moment devant la vitrine d'une petite boutique, où était exposé le sac à main rouge horriblement coûteux qu'elle admirait depuis fort longtemps, sans jamais succomber à la tentation de l'acheter. Puis elle s'arracha à sa contemplation et repartit. Si l'on faisait abstraction du coup de poignard que Sean lui avait donné dans le dos, avec ce choix de carrière dont il ne démordait pas malgré les sombres scénarios de Virilio, la soirée avait été merveilleuse. Ils avaient beaucoup ri ; en fin de service, Jeanne était venue s'asseoir à leur table, et durant quelques heures, Nelly n'avait plus du tout pensé au congrès new-yorkais qui devrait se passer d'elle. Plus tard, en y songeant de nouveau, fugacement, elle se demanda pourquoi diable elle s'était autant émue. La situation n'avait rien de catastrophique. Et tant que le Pr Beauchamps rentrait sain et sauf à Paris, sans s'être abîmé dans l'Atlantique – chose qu'il ne fallait pas craindre, à en croire les assurances que lui avait données le futur pilote –, rien n'était perdu.

Après avoir maintes fois assuré qu'il repasserait sûrement chez Les Amis de Jeanne avant de poursuivre son voyage, pour y « déglutir un délicieux tarte de poires » et complimenter encore un peu sur ses beaux yeux la patronne, *Madame la tigre*, Sean avait mis son étui à guitare sur l'épaule et embrassé les deux femmes sur la joue pour leur dire au revoir.

Alors que Jeanne rentrait dans son café pour encaisser les derniers clients, Nelly avait suivi du regard le géant blond qui descendait la rue de Buci à grandes enjambées, prêt à découvrir de nouveaux pays, et elle avait trouvé un peu dommage de songer qu'elle ne le reverrait sans doute jamais.

— *Take care.* Les choses vont tourner bon avec la professeur volante, lui avait glissé Sean en prenant congé.

Nelly sourit en repensant à cette expression. « La professeur volante » – voilà qui lui plaisait. Peu de temps après, tandis qu'elle poussait la grande porte cochère de l'immeuble ancien donnant rue de Varenne, puis entrait dans son appartement, elle ne se doutait pas que ni Sean ni elle ne devaient avoir raison. Le destin, comme souvent, avait ses propres plans.

4

Le temps avait changé. À la clarté radieuse des journées d'octobre, qui s'était attardée jusqu'à gagner largement le mois de novembre, avait succédé la pluie. Il pleuvait sans interruption depuis des semaines. Paris était littéralement inondée et la ville était devenue assez inhospitalière, même pour le plus incorrigible des romantiques. Les décors de Noël illuminés dans les vitrines des grands magasins, qui, évoquant de l'argent en fusion, se reflétaient sur les trottoirs détrempés et dégageaient une magie bien spéciale, n'y changeaient rien. L'humidité s'insinuait dans les moindres recoins, grimpait le long des jambes et traversait les cols de manteau boutonnés jusqu'en haut. Dans la rue, les passants essayaient d'éviter les flaques et jonglaient avec leur parapluie, la mine renfrognée ; dans le métro, les voyageurs éternuaient et toussaient derrière d'épaisses écharpes en laine.

Daniel Beauchamps aussi était victime du mauvais temps. Depuis deux semaines, il traînait une angine qui l'éloignait de l'université. Nelly lui avait proposé plus d'une fois ses services.

— Si vous avez besoin de quoi que ce soit, dites-le-moi, ça ne me dérange vraiment pas, assurait-elle, pressant le combiné contre son oreille.

Elle se voyait déjà rangeant la cuisine de célibataire, avant de préparer un citron chaud et de l'apporter au chevet du professeur, qui, reconnaissant, prendrait sa main et – le regard brillant de fièvre, admettant soudain ses sentiments pour elle – l'attirerait contre lui, sur le lit. Hélas, Beauchamps avait chaque fois décliné son offre, gentiment mais fermement.

— Il ne manquerait plus que je vous contamine, mademoiselle Delacourt. Non, non, je préfère garder mes bacilles pour moi, avait-il plaisanté un jour, puis il avait raccroché dans une quinte de toux.

Le professeur avait apparemment une femme de ménage du nom de Clothilde, avec laquelle il était disposé à partager ses bacilles et qui lui procurait le nécessaire : surtout des médicaments, une compresse chaude autour du cou et un peu de repos au lit – pas davantage, se rassurait Nelly.

— Ne vous inquiétez pas, je m'en sors formidablement bien. Je serai de retour dans quelques jours, avait-il croassé lors de leur dernier échange téléphonique.

Une semaine s'était écoulée, depuis. Une autre semaine interminable. Nelly n'avait pas osé rappeler le Pr Beauchamps, qui voulait manifestement qu'on le laisse tranquille. Elle n'avait pas trouvé de prétexte valable pour le déranger une nouvelle fois ; or, plus que quelques jours, et tous s'éparpilleraient pour les vacances de Noël.

Chaque matin, lorsque Nelly jetait un coup d'œil au bureau vide du professeur, dont la porte entrouverte donnait sur la salle d'attente du secrétariat, elle poussait un soupir intérieur, espérant y retrouver, le lendemain, l'homme au nez de boxeur et aux yeux bienveillants. Ensuite, chaque fois, elle pensait avec une ardente impatience à l'enveloppe bleu pâle qu'elle transportait dans son sac à main brun, depuis plus de deux semaines maintenant.

— Des nouvelles du Pr Beauchamps ? demanda-t-elle ce matin-là aussi, en passant la tête par la porte du secrétariat.

— Il soigne son angine, répondit comme toujours Mme Borel, à qui le professeur ne paraissait pas manquer particulièrement.

Elle lisait ce jour-là un magazine et chassa distraitement de la table quelques miettes de thon, tombées à l'évidence du sandwich qu'elle venait de manger. Depuis la nouvelle (récente) de sa grossesse, Mme Borel vouait un véritable culte aux sandwichs au thon. Sinon, la brune secrétaire au visage rond, presque enfantin, était juste encore un peu plus placide que d'habitude.

— Autant qu'il reste au lit, ajouta-t-elle. Je le lui disais hier, d'ailleurs.

— Mais vous pensez qu'il va revenir avant Noël ? fit Nelly, revenant à la charge.

Mme Borel haussa les épaules.

— Vous me prenez pour une voyante ? ironisa-t-elle avant de se replonger dans sa revue et de caresser d'une main satisfaite son ventre, gainé dans une robe fleurie en maille verte. Faut pas qu'il se sente obligé de venir pour moi.

— Très bien, lâcha Nelly, comprenant que la conversation ne mènerait nulle part. Ah, dites, madame Borel... Vous avez eu le temps de taper et d'imprimer le tableau des suppléances ?

Mme Borel leva lentement la tête et plissa le front.

— Écoutez, mademoiselle Delacourt. Je fais aussi vite que possible, déclara-t-elle avec la majesté d'une reine bedonnante importunée par un solliciteur. Seulement, je n'ai que deux bras. Si j'en avais quatre, je pourrais me produire dans un cirque.

Après avoir jeté vers la porte un coup d'œil chargé de reproche, elle s'intéressa de nouveau à son magazine, lécha son index et tourna la page en soupirant. Ses cheveux, qui lui arrivaient au menton, tombaient devant son visage comme un rideau.

L'espace d'un instant, Nelly eut la vision d'une Mme Borel dotée de plusieurs bras. Telle la déesse Kali, ventre fleuri et langue tirée, elle était assise au centre de la piste et accordait ses bienfaits au public – ou les refusait.

Nelly décida de ne pas relever la dernière réflexion de la secrétaire, et referma la porte un peu plus bruyamment que d'habitude.

Alors qu'elle empruntait le couloir long et étroit menant à son bureau, songeuse, elle vit Isabella Sarti arriver dans l'autre sens. L'Italienne élancée, qui avait l'élégance d'une Audrey Hepburn avec ses yeux sombres et ses cheveux courts (blond clair, ce qui n'arrangeait rien), avançait avec précaution, un énorme *mug* de café crème dans une main et un sachet de croissants dans l'autre. Isabella salua amicalement la jeune assistante, les joncs en argent à son poignet accompagnèrent son « *Ciao* » d'un léger tintement, et Nelly ne put s'empêcher de penser, une fois de plus, qu'elle serait heureuse et soulagée que le séduisant professeur invité, qui semait un certain trouble chez ses collègues masculins, retourne dans sa Bologne natale après les vacances de Noël. L'y attendaient non seulement un poste à la faculté de philosophie, mais aussi, comme on l'avait entendu dire, un fiancé du nom de Leandro.

Isabella Sarti lui adressa un sourire innocent.

— Tu veux bien avoir la gentillesse de m'ouvrir la porte ?

— Naturellement, dit Nelly, embarrassée.

Elle fit quelques pas à côté de sa collègue, qui avait son bureau à côté du sien, et poussa la porte à l'arrière de laquelle était accrochée, depuis octobre, une affiche du Metropolitan Museum of Art.

— Je t'en prie, fit Nelly en s'effaçant pour la laisser entrer.

Dès qu'elle voyait cette affiche – une reproduction de *L'Orage*, célèbre tableau de Pierre-Auguste Cot où l'on voyait deux amoureux enlacés cherchant à se protéger de la pluie, d'un même pas instinctif –, elle sentait monter en elle un sentiment de mécontentement qui la laissait désarmée, bien qu'elle s'ordonne de se ressaisir. Après tout, ni le peintre ni la belle Isabella n'y pouvaient rien si *elle* n'avait pas eu le courage de prendre l'avion pour New York avec le Pr Beauchamps. Sinon, se disait-elle avec une pointe de jalousie, l'affiche serait peut-être accrochée à sa propre porte. Sinon, tout serait déjà résolu. Une fois de plus, Nelly repensa à la lettre dans son sac, qui n'avait toujours pas atteint son destinataire.

À son retour, Isabella Sarti était surexcitée. New York semblait l'avoir énormément impressionnée. Elle ne tarissait pas sur le congrès *si* intéressant, les intervenants *si* inspirés, les New-Yorkais *si* sympathiques, les musées *si* magnifiques, les parcs *si* superbes, le jeu de couleurs *si* fantastique de l'*Indian summer*.

— C'est une ville qui vous électrise, avait-elle répété plusieurs fois, et Nelly avait réprimé l'envie de se boucher les oreilles.

Revenant à l'instant présent, elle vit Isabella se laisser tomber sur son siège, entamer un croissant et glisser gracieusement le morceau dans sa bouche.

— Ah… Ces choses-là vont vraiment me manquer quand je serai repartie à Bologne, déclara celle-ci en contemplant la pâtisserie, pensive. Quel dommage que ça doive prendre fin. Vos croissants descendent tout droit du ciel, ils sont tellement délicieux, si aériens et croustillants en même temps ! Aaah… On aura beau mettre toute la crème à la vanille qu'on veut dans nos *cornetti*, ils ne soutiennent pas la comparaison.

Elle renversa la tête en arrière et poussa un nouveau soupir de ravissement, puis tendit le sachet odorant à Nelly.

— Tu en veux un ? Ils sont encore tièdes. Mais ne réfléchis pas trop, j'ai peur qu'ils ne fassent pas long feu.

Nelly esquissa un signe de refus, souriante. Au fond, elle aimait bien Isabella, pas compliquée et pleine de vie. Isabella qui serait bientôt de retour à Bologne. Et qui se réjouissait de retrouver son fiancé. Isabella qui ne lui avait jamais rien fait. Qui avait sept ans de plus qu'elle. Et qui, par bonheur, ne manifestait pas le moindre intérêt pour Daniel Beauchamps.

— Non, je ne vais quand même pas manger tes derniers croissants, commenta Nelly. Profites-en tant que tu es là.

Isabella opina du chef et détacha un autre morceau de croissant.

— C'est exactement ce qu'a dit Beauchamps.

— C'est exactement ce qu'a dit *Beauchamps* ? répéta Nelly avec un grand point d'interrogation dans les yeux. Mais quand… est-ce que…

— Nous avons parlé brièvement hier soir, expliqua Isabella avant de lécher quelques miettes sur ses doigts effilés. Il doit encore me signer des papiers.

Nelly se faisait-elle des idées, ou les joues de sa collègue venaient-elles de se colorer d'une délicate teinte rose ?

— D'ailleurs, il revient demain à ce qu'on dirait, reprit Isabella avant de rire. Ç'aurait été trop bête qu'il manque le repas de Noël, non ?

Elle fit un clin d'œil à Nelly.

Cette dernière sentit que son cœur se mettait à palpiter joyeusement. Fini de se faire du mauvais sang ! Daniel Beauchamps revenait le lendemain. Il s'assiérait de nouveau à son bureau. Alors, elle lui donnerait la lettre.

— Quand tu aimes quelqu'un, tu dois lui dire, avait déclaré Sean en octobre, ce fameux après-midi.

Elle en avait tenu compte. Cela lui avait demandé du temps, mais elle avait pris une bonne résolution : elle ne répéterait pas son erreur et ne pleurerait pas les occasions manquées. Éléonore Delacourt allait prendre les choses en main. Ensuite – enfin ! –, tout irait pour le mieux. Quelle était la pire chose qui puisse lui arriver ? Qu'elle attrape une angine *après* le baiser du professeur ? À cette idée, Nelly sourit.

— Un sou pour tes pensées, fit Isabella.

— Ne te fatigue pas, répliqua Nelly. Tu ne devineras jamais.

Elle adressa un signe de la main à l'Italienne surprise et disparut dans son propre bureau. Là, elle sortit une fois de plus l'enveloppe bleu pâle de son sac en cuir et caressa affectueusement le papier vergé.

Dans cette enveloppe se trouvait, sur cinq pages couvertes d'une écriture serrée, tout ce que Nelly avait à dire.

5

Le lendemain devait virer à la catastrophe. Heureusement, Nelly ne se doutait de rien lorsque, tôt ce matin-là, elle tâtonna pour arrêter le réveil. Elle s'étira sous la couette, avant de se redresser et d'essayer d'attraper, avec ses pieds nus, les pantoufles dont l'une avait tendance à disparaître sous le lit pendant la nuit.

Le parquet craqua légèrement tandis qu'encore ensommeillée, elle enfilait son peignoir et se rendait dans la petite cuisine pour se préparer un café. Il faisait très sombre et seule la lumière d'un lampadaire éclairait la rue, humide de la pluie tombée pendant la nuit.

Nelly prit une casserole sur l'étagère, chauffa le lait qu'elle battit ensuite avec un fouet pour le rendre mousseux, avant de verser café et lait dans sa tasse favorite, bleue à pois blancs, et de regarder les deux se mélanger. Elle aimait ce rituel matinal. Il ne lui serait jamais venu à l'idée de manger un croissant vite fait, dans la rue, ou de boire son café dans un gobelet en carton, tout en marchant. Contrairement à nombre de ses collègues, qui ne petit-déjeunaient souvent qu'à l'université, Nelly prenait son temps. Elle s'installait à la minuscule table en bois, placée contre l'unique mur libre de la pièce, buvait deux tasses de café, mangeait un morceau de baguette tartiné de beurre et de confiture de fraises, et lisait en détail *Le Figaro* qu'elle trouvait chaque matin dans sa boîte aux lettres.

— Il faut respecter le matin, disait toujours sa grand-mère. Pas la peine de s'étonner que rien ne marche si on ne commence pas sa journée dans le calme.

Nelly n'avait pas de mal à suivre ce conseil. Même au cœur du plus sombre des hivers parisiens, le matin était son moment préféré de la journée. Au chant du coq, le monde tout entier lui appartenait encore, et seuls le léger tintement de sa cuillère contre la tasse ou le froissement du papier journal rompaient de temps à autre le silence. Une heure plus tard, l'immeuble s'éveillerait, avec toutes ses histoires, tous ses bruits – chaises repoussées, pas lourds dans le vieil escalier en bois, portes refermées, au revoir résonnant dans la cage, baisers échangés à la hâte et pleurs de protestation d'enfants mal réveillés.

Nelly but une gorgée de son café corsé, qui lui donna aussitôt un coup de fouet. Claire Delacourt aurait été étonnée de la façon dont le monde avait changé, depuis ces fameux après-midis passés dans la grande cuisine aux carreaux de ciment, où flottaient toujours des effluves alléchants. Étonnée de la vitesse implacable à laquelle il tournait désormais. Un monde dans lequel il y avait de plus en plus d'informations, et où tout paraissait avoir de moins en moins de sens.

Tout ? s'interrogea Nelly en tenant fermement, à deux mains, sa tasse fumante. Son regard tomba sur la bague en grenat ancienne, glissée au majeur de sa main droite, et les souvenirs affluèrent. Non, *tout* ne perdait pas de son sens. Repensant à la lettre dans son sac, elle se demanda ce que sa grand-mère aurait dit à propos de Daniel Beauchamps. Elle aurait donné beaucoup pour pouvoir passer encore un après-midi sur le canapé bleu, au bout du monde, et demander conseil à la vieille dame.

À l'âge de dix ans déjà, Nelly entrevoyait l'étendue de la perte qui se produirait inévitablement. Claire Delacourt non plus n'était pas immortelle. Il arriverait un jour où elle ne se tiendrait plus devant sa cuisinière tel un rocher dans la tempête, ramenant à un niveau supportable, avec son flegme breton, les petites et grandes catastrophes de la vie.

— Ah, mamie, avait soupiré Nelly, petite fille, devant son bol de chocolat. Mais qu'est-ce que je vais faire quand tu ne seras plus là ?! Pourquoi tu ne peux pas vivre pour toujours ?

— Mon enfant, personne ne peut vivre pour toujours, il y a un moment où ça suffit.

Claire Delacourt, qui avait survécu à une guerre mondiale, ne raffolait pas des scènes sentimentales.

— Bientôt, tu seras grande et tu suivras ta propre voie, comme nous tous. Et tu penseras : « Ah, mince, qu'est-ce que je vais encore aller faire à mon âge chez ma vieille mamie ? » C'est le cours normal des choses, avait-elle plaisanté.

— Mamie, comment peux-tu dire une chose pareille ! Je viendrai toujours te voir, tu le sais parfaitement, avait protesté Nelly. Mais s'il faut que tu meures un jour, promets-moi au moins que tu me feras un signe. N'importe quel signe, où que tu sois.

— Je le ferai, mon enfant, je le ferai, avait assuré sa grand-mère en riant. Tu ne crois quand même pas que je vais t'oublier, juste parce que je suis morte. Et maintenant, arrête de te lamenter et mange tes tartines.

Nelly mit *Le Figaro* de côté et étala un épais morceau de beurre salé sur sa tranche de baguette, comme elle l'avait toujours fait enfant. Il n'y avait rien de plus simple, ni de meilleur, que de la baguette fraîche avec du beurre salé breton.

Tandis que le beurre fondait agréablement dans sa bouche, se mêlant au pain croustillant, Nelly songea que sa grand-mère n'avait pas encore tenu promesse. Puis elle se dit que Claire Delacourt n'était pas femme à attendre des mois un quelconque signe. Par ailleurs, elle éprouvait une saine méfiance vis-à-vis des lettres d'amour. Et elle avait – naturellement ! – ses raisons.

Jeune femme déjà, Claire faisait ce qu'elle voulait, se jetant sans hésiter dans les bras de la vie. Et cela, bien qu'elle ait un père des plus stricts, qui surveillait ses trois ravissantes filles avec des yeux d'Argus. Entre les deux guerres mondiales, puis jusque dans les années 1950, les riches Beaufort donnaient même traditionnellement des bals dans leur villa blanche Art nouveau. Pour autant, rares étaient ceux qui se risquaient à inviter une des demoiselles Beaufort à danser, car le redouté maître des lieux était appuyé contre le chambranle de la porte, moustache de marbre, prêt à intervenir et à interrompre la danse en personne s'il avait le sentiment que quelque chose de malséant s'ébauchait.

Cela n'avait cependant pas empêché sa benjamine – échappant à la sévère vigilance paternelle – de tomber amoureuse d'un jeune homme qui s'était épris au premier regard de la belle Claire.

Claire avait rencontré Maximilien Delacourt, son aîné de huit ans, qui venait d'achever ses études d'ingénieur, lors d'un thé dominical chez sa meilleure amie Antoinette. Celui-ci engagea aussitôt la conversation avec la vive jeune femme de vingt et un ans ayant pris place à côté de lui, et ne fut pas avare de compliments et de coups d'œil admiratifs. Il arriva finalement ce qui devait arriver : les mains se trouvèrent sous la longue table nappée de blanc où trônait une porcelaine raffinée, des baisers furent échangés dans le pavillon au fond du grand jardin, et Antoinette, qui trouvait cette histoire du plus haut romantique, se montra toute disposée à jouer les postillons d'amour et à porter les lettres à l'un et à l'autre, des lettres dans lesquelles il fut très vite convenu d'un rendez-vous secret.

Le choix s'était porté sur un petit hôtel de Plogonnec, où les amoureux projetaient de se retrouver un dimanche à midi pour faire, rideaux tirés, ce que les amants ont fait de tout temps, quoi que les autres puissent en penser.

Dans sa dernière missive, Claire confiait, de sa grande écriture énergique, qu'elle avait hâte que Maximilien vienne l'accueillir à la gare de Plogonnec, à 11 h 10 ce dimanche-là, pour partager avec lui l'intimité d'un lit, dans cet hôtel discret où il avait réservé une chambre pour sa « femme » et lui (celle-ci étant, officiellement, invitée à un pique-nique estival chez son amie Antoinette).

Il aurait mieux valu que Claire ne rédige pas cette lettre, car un hasard malheureux la fit tomber entre les mains de la mère de Maximilien. C'était une personne au caractère extrêmement dominateur, coiffée d'un échafaudage de cheveux bruns pesant pas moins d'un kilo, qui se souciait peu du secret épistolaire – après tout, le fiston mettait toujours les pieds sous la table. Soupçonneuse, elle ouvrit l'enveloppe sans y aller par quatre chemins mais avec un certain style, en se servant d'un coupe-papier en argent.

Apprenant la rencontre prévue dans cet hôtel, les yeux faillirent lui tomber de la tête. Où était la morale ? Une jeune créature de Quimper tentait de faire tourner la tête de son merveilleux fils, un futur ingénieur ?! Il fallait empêcher cela à tout prix ! La mère du pauvre Maximilien, qui ne se doutait de rien, avait une idée très claire de la personne qui choisirait sa future belle-fille – à savoir, elle. La réputation du strict M. Beaufort – que Mme Delacourt, issue d'une famille de médecins considérée, avait toujours tenu pour un peu snob – précédait ce dernier, et Mme Delacourt se figurait déjà avec satisfaction la tête du vieux grincheux quand il découvrirait quelle effrontée sa benjamine était. Voilà ce qui arrivait quand on donnait des bals privés. *Des bals privés*, pff !

Sans plus attendre, madame s'installa donc à son élégant secrétaire et rédigea une lettre moins élégante, dans laquelle elle priait M. l'architecte naval de tenir un peu mieux en bride, à l'avenir, sa fille qui dépassait manifestement les bornes, et d'empêcher par tous les moyens ce scandaleux rendez-vous. Dans sa perfidie, Mme Delacourt ne prévint nullement son fils. Elle songeait que se retrouver inopinément devant un M. Beaufort écumant de colère donnerait au jeune homme et à sa complice une leçon dont les deux tourtereaux se souviendraient toute leur vie.

Des années plus tard, le portrait de Caroline Delacourt serait accroché dans la demeure de la famille Delacourt ; l'huile représentait une matrone d'âge moyen au regard peu aimable, dont on avait du mal à se représenter qu'elle avait été jeune un jour. Chaque fois que Claire – qui, après son emménagement dans la vieille maison en moellons bretonne, avait vite relégué dans le couloir la toile auparavant exposée dans le salon – passait devant le portrait de sa belle-mère, elle ne pouvait retenir un sourire de triomphe. Ensuite, elle repensait à ce dimanche de juin où, robe rayée de bleu et de blanc, grand chapeau de paille, elle avait posé sa gracieuse chaussure à bride couleur crème sur le marchepied du train, le cœur battant la chamade à l'idée de ce rendez-vous défendu avec Maximilien.

Seulement, Maximilien ne l'attendait pas sur le quai de la gare. Claire avait regardé autour d'elle, troublée. Elle se dirigeait finalement vers la sortie, le pas hésitant, lorsqu'elle entendit soudain une voix grave qu'elle connaissait bien. Cette voix paraissait sortir tout droit d'un énorme bouquet de pivoines et de gypsophile qu'on lui tendait.

— Bonjour, Claire, répéta la voix.

D'effroi, Claire cessa de respirer. Devant elle se dressait, comme surgi de nulle part, Georges Beaufort.

— Papa ! murmura Claire, au bord de l'évanouissement.

— C'est bien moi. J'ai eu vent du fait que tu avais rendez-vous avec un jeune homme, ici et aujourd'hui, tonitrua Georges Beaufort.

Puis il sourit, mit d'autorité les pivoines dans la main de sa fille préférée, stupéfaite, et lui proposa son bras, l'air réjoui.

— Ton soupirant attend dans la salle des pas perdus, j'ai pensé que ce serait sympathique d'aller déjeuner tous les trois, qu'en dis-tu ?

Georges Beaufort avait beau être un homme strict et impitoyable quand il s'agissait du bien-être de ses filles, il savait reconnaître une méchanceté quand il en croisait une. Et ce que cette vieille peau de Delacourt avait imaginé là, faisant appel à son concours pour que les jeunes gens se jettent dans la gueule du loup, était plutôt méchant. Trop méchant à son goût.

Lorsqu'il avait reçu le courrier cinglant de Caroline Delacourt, l'intrigante, il s'était d'abord mis dans une colère noire en constatant que sa petite Claire l'avait dupé. Agité, il avait fait les cent pas dans son cabinet de travail pendant plusieurs heures. Il ne faisait aucun doute que les jeunes gens se permettaient là une belle effronterie, même si, à condition d'accorder foi aux dires de la vieille Delacourt, il ne s'était encore passé « rien de pire, Dieu soit loué ». Prenant ensuite des renseignements sur Maximilien Delacourt, Georges avait acquis la conviction que sa benjamine, qu'il devait continuer à surveiller tout particulièrement, semblait-il, avait fait preuve de bon goût cette fois. Le jeune homme était issu d'une famille bretonne respectée, pas totalement dépourvue de fortune non plus. Et même si cela était sans doute franchement égal à sa Claire – les jeunes filles modernes, dans la naïveté de l'amour, ne se projetaient malheureusement pas plus loin que le lendemain matin –, le vieux monsieur fut un tant soit peu rassuré que certains impératifs au moins soient remplis.

Finalement, l'architecte naval était parvenu à la conclusion qu'une bêtise qu'on commettait par amour était plus pardonnable qu'une méchanceté intentionnelle.

Il avait donc décidé de se faire violence et d'aider les stupides jeunes gens en mettant cette affaire sur les rails. Le constat selon lequel Maximilien, qu'il attrapa par la peau du cou dès son arrivée sur le quai, paraissait aimer profondément sa fille (bien que le petit bouquet rond du garnement ne soit pas aussi imposant que la brassée de fleurs du père aimant) se révéla peut-être moins déterminant que le fait qu'il serait en mesure d'assurer à celle-ci une vie sans souci – il faut avoir l'honnêteté de le mentionner. Le jeune homme était ingénieur, tout de même !

C'est ainsi que, ce dimanche-là, deux jeunes gens embarrassés, le visage écarlate, et un homme d'un certain âge au regard jovial, yeux gris acier et moustache énorme, déjeunèrent dans le restaurant le plus raffiné de la ville, pour s'entendre merveilleusement bien à la fin du repas.

Pas une seule fois Georges Beaufort ne devait évoquer les circonstances qui l'avaient conduit à surgir à l'improviste sur le quai de la gare de Plogonnec, et sa fille Claire lui en avait toujours été reconnaissante.

— Il ne m'a pas fait le moindre reproche, il se tenait là en souriant, son bouquet à la main, et il nous a invités à déjeuner. C'était vraiment généreux, racontait-elle des années plus tard, Nelly ne cessant de lui réclamer l'histoire du bouquet de fleurs, qu'elle ne se lassait pas d'entendre.

Le rendez-vous secret céda ainsi la place à des fiançailles, annoncées très officiellement en septembre de la même année. Au vif déplaisir de Caroline Delacourt, qui grinça tant des dents, de rage, qu'elle perdit finalement une molaire. La vieille dame autoritaire manœuvra encore plusieurs fois pour empêcher le mariage qui se profilait à l'horizon, mais elle avait sous-estimé la force de caractère de sa future bru.

C'est ce qu'on va voir, s'était dit Claire après que Mme Delacourt, à leur toute première rencontre (plutôt glaciale) après le rendez-vous contrarié par ses soins, lui eut lancé entre ses dents que son fils était bien trop jeune pour s'engager sérieusement, et pouvait assurément trouver mieux.

Claire, qui savait comme Mme Delacourt ce qu'elle voulait, avait alors annoncé à son futur fiancé qu'elle y réfléchirait à deux fois et partirait pour l'Angleterre si la vieille vipère continuait à cracher son venin.

L'histoire de papi Maximilien, qui s'était présenté au déjeuner avec un pistolet chargé, l'agitant sous les yeux de sa mère et menaçant de se tuer avec si Claire ne devenait pas sa femme, était une anecdote qu'on racontait volontiers dans la famille de Nelly. À ce repas des plus dramatiques, un coup de feu était bel et bien parti, de façon accidentelle. La balle, qui n'avait heureusement blessé aucune des personnes présentes – laissant dans le mur en pierre de la cuisine un trou profond, dans lequel la petite Nelly et sa cousine Jeanne allaient, bien des années plus tard, enfoncer le doigt avec respect –, avait convaincu Caroline Delacourt, mieux que n'importe quel argument, d'en rester là. Elle tint dès lors sa langue et continua de détester sa belle-fille en silence, jusqu'à ce qu'elle doive finalement concéder, morose, que Maximilien et Claire Delacourt, qui se dirent oui par une journée ensoleillée de décembre (événement fêté par un dernier bal somptueux dans la maison des Beaufort), formaient un couple de jeunes mariés radieux, heureux en ménage ; une union qui leur donnerait deux fils dont l'un devint ingénieur, tout de même.

Il faut ajouter que Claire devait être la seule des demoiselles Beaufort qu'on mena à l'autel. Ses deux sœurs moins affirmées, Anne-Solange et Marie, demeurèrent sous la sévère protection paternelle, jusqu'au moment où la sauvegarde de leur vertu devint superflue. L'une devint enseignante et partagea un appartement (sans doute aussi son lit, comme il se murmura plus tard dans la famille, à mots couverts) avec une amie travaillant comme couturière. L'autre ne quitta pas la villa blanche de ses parents, s'aménagea une chambre dans la tour et se consacra à l'entretien attentionné d'une petite roseraie, dans laquelle elle écrivit également quelques poèmes qui tombèrent dans l'oubli après sa mort.

Par bonheur, l'histoire de Claire et Maximilien s'était bien terminée, sans quoi ni son père, l'ingénieur mort si tragiquement, ni elle-même n'auraient existé, songeait Nelly. Pensive, elle faisait tourner autour de son doigt la bague en grenat ancienne, comme pour invoquer l'esprit de Claire Delacourt, qui avait suivi imperturbablement son chemin en matière d'amour.

— Pense à moi aujourd'hui, mamie, murmura-t-elle. L'amour gagne toujours ! C'était ton credo, non ?

Nelly sourit. Au moins, elle ne devait pas affronter une belle-mère sournoise, juste remettre une lettre qui, à coup sûr, ne tomberait pas entre de mauvaises mains.

Une demi-heure plus tard, elle était habillée. Vaisselle lavée, lit refait. Nelly tira la porte de son deux-pièces rue de Varenne et fit deux tours de clé. Ensuite, elle descendit les quatre étages, ouvrit son parapluie à carreaux et sortit dans le froid, le pas décidé.

Une demi-heure plus tard, il pleuvait toujours tandis que Nelly montait deux à deux les marches mouillées menant à l'entrée de l'université.

Mme Borel la salua en mâchant. Tout le secrétariat sentait le thon.

— Revenu, fit-elle sans façon, indiquant du menton la porte fermée.

— Je sais, répondit Nelly en hochant la tête.

Peu de temps après, alors qu'elle frappait à la porte du bureau du Pr Beauchamps, elle ne se doutait pas qu'à la fin de la journée, elle aurait un besoin impérieux des conseils de sa grand-mère.

De sa grand-mère, ou de n'importe qui.

6

Pendant son angine, Daniel Beauchamps n'avait pas été autant à plaindre que Nelly se le figurait. Loin de là. Certes, il avait de la fièvre et déglutir lui faisait mal, mais la plupart du temps, il était sous ses couvertures, dans une agréable somnolence, écoutant le bruit de la pluie avec le contentement d'un malade qui ne doit pas sortir, attendant que la clé de son appartement tourne dans sa serrure.

Beauchamps ne se rappelait pas quand, pour la dernière fois, il avait eu les amygdales infectées (enfant, peut-être ?), mais il pouvait compter, parmi les agréments de cette maladie, la glace qui descendait dans sa gorge, bienfaisante, et surtout, la main effilée et fraîche qui caressait son front chaud avec tendresse et préoccupation, dans le doux tintement de bracelets en argent – un véritable carillon des anges.

On l'aura facilement deviné, cette délicate main féminine n'appartenait pas à Clothilde, la femme de ménage qui, deux fois par semaine, allait et venait bruyamment dans l'appartement du professeur, pestait contre le désordre et repartait après avoir tout briqué.

Oui, c'était bien Isabella Sarti qui s'asseyait presque chaque jour près du lit de Beauchamps et, malgré son visage congestionné et ses yeux vitreux, le couvait d'un regard enamouré. Après son départ, le professeur pouvait à loisir laisser ses pensées vagabonder jusqu'à Central Park, où tout avait commencé par un orage. Un orage qui s'était abattu sur sa collègue et lui, aussi subit et inattendu que des flèches décochées par Cupidon.

Beauchamps en revoyait les images, comme dans un film qu'il pourrait se repasser à tout moment. À la fin de la deuxième journée de congrès, certains participants avaient décidé de faire une promenade dans Central Park, dont les arbres, sous le soleil de l'après-midi automnal, s'embrasaient tel un feu ardent, jetant des flammes rouges, orange, jaunes et prune. Mais en fin de compte, beaucoup renoncèrent ; les uns étaient trop fatigués, les autres préféraient rentrer à l'hôtel ou faire les magasins de Fifth Avenue, si bien qu'il ne resta plus qu'Isabella Sarti et lui pour flâner en bavardant dans le parc au cœur de New York, admirant le magnifique jeu des couleurs.

— Je n'ai jamais rien vu d'aussi beau, disait Isabella, dont l'accent italien formait un charmant contraste avec son allure élégante, lorsqu'une rafale de vent plaqua soudain sa frange blonde sur son visage. Au fait, votre conférence était géniale.

— Vous trouvez ? demanda Beauchamps, flatté.

C'est alors que tombèrent les premières gouttes.

— Mince ! J'ai l'impression qu'il commence à pleuvoir, s'exclama Isabella Sarti en accélérant le pas.

— Je crois que vous avez raison.

Le Pr Beauchamps essaya de suivre le rythme de la femme élancée à côté de lui, et son boitement s'intensifia. La pluie aussi, malheureusement ; des nuages sombres et sinistres s'amoncelèrent dans le ciel, un énorme coup de tonnerre déchira l'air, Isabella poussa un cri et s'agrippa au bras du professeur, puis l'averse éclata et ils se mirent à courir. Seulement, où se réfugier ?

Beauchamps fut le premier à apercevoir le kiosque.

— Venez !

Il se débarrassa précipitamment de son imperméable et le déploya au-dessus d'eux comme une toile, puis ils se remirent à traverser le parc au pas de course, riant et pestant. Lorsqu'ils atteignirent le petit pavillon, à bout de souffle, ils étaient trempés jusqu'aux os et des trombes d'eau continuaient à tomber du ciel.

— *Mamma mia !* haleta Isabella. Qu'est-ce que c'est que *ça* ?!

Comme elle était presque aussi grande que le professeur, celui-ci avait son visage en forme de cœur juste en face du sien, et à travers ses lunettes couvertes de buée, il vit que de l'eau dégoulinait sur ses joues et que son mascara avait coulé. Beauchamps sourit largement.

— Vous pouvez postuler au zoo de Central Park. Vous ressemblez à un panda, déclara-t-il.

— Et on voit bien que vous ne voyez plus rien !

Isabella Sarti pouffa, puis il rit aussi ; ils ne pouvaient pas s'arrêter et se tordaient de rire. Tout à coup, ils furent emportés par une joie de vivre débordante, et peu de temps après qu'ils se furent calmés, se retrouvant l'un devant l'autre dans ce kiosque, Isabella Sarti, en plus d'avoir des traînées de mascara autour des yeux, avait la bouche barbouillée de rouge à lèvres.

Depuis ce baiser inattendu dans Central Park, après lequel Isabella avait lâché un « Mais… et Leandro ! » consterné, ces deux-là ne se quittaient plus. Leur séjour à New York avait donc été marqué par les théories de Virilio sur la vitesse et l'accident – l'accident s'était produit, à la vitesse de la lumière –, mais aussi par de furtifs coups frappés à une porte d'hôtel et par une passion qui n'avait que faire de la découverte de la lenteur, réclamant avec impatience son assouvissement. Aussi, lorsqu'Isabella, le dernier jour du congrès, se figea au MET, extasiée, devant le tableau de Pierre-Auguste Cot – dont Beauchamps devait lui offrir la reproduction dans la boutique du musée, reproduction qu'elle accrocha ensuite à la porte de son bureau à la faculté de philosophie, où Nelly, à juste titre, put la contempler avec un certain sentiment de malaise –, tous deux savaient qu'il était temps de faire des projets d'avenir et de légaliser leur liaison, qu'ils allaient continuer à entretenir à Paris avec la discrétion qui s'imposait.

La maladie du professeur était tombée à point nommé, car au cours des nombreuses heures qu'Isabella et lui passèrent dans la chambre sentant le menthol et le citron, la jeune femme avait pris la triste décision de quitter son fiancé (« Ce pauvre, pauvre Leandro ! »). Elle ne pouvait cependant pas imaginer une vie loin de son immense famille italienne.

— Je ne *peux* pas rester à Paris, il faut que tu comprennes ça, mon chéri ! avait-elle dit avec de grands yeux implorants (des yeux auxquels, malheureusement, on ne pouvait pas refuser grand-chose). La famille, c'est la famille.

Même si Beauchamps considérait cette histoire de famille avec un peu moins d'exaltation, il s'était montré prêt à tâter discrètement le terrain en Italie et à s'efforcer de décrocher une chaire à l'université de Bologne. Et comme la chance est souvent – pas toujours, mais souvent – du côté des amants, et que le professeur jouissait d'une excellente réputation, il avait obtenu une réponse favorable pour l'automne de l'année suivante. Ce temps de battement devait être employé au déménagement et à l'acquisition de la langue italienne, dont le professeur ne maîtrisait encore que le vocabulaire de l'amour.

Naturellement, il appréhendait un peu de dévoiler le pot aux roses. Son angine lui avait procuré un petit sursis, mais il était désormais urgent qu'il organise quelques entretiens pour annoncer son départ. Il avait déjà pris rendez-vous avec le doyen, ce midi-là. Le retour en arrière n'était plus possible. Lors de la fête de Noël, ce vendredi même, Isabella et lui diraient enfin la vérité aux autres. Quant à Noël, il le fêterait avec des *panettoni* et des conversations nourries, auprès de sa future femme et de sa vaste famille. L'amour pouvait vraiment vous prendre par surprise. Il n'en revenait pas !

Le Pr Beauchamps secoua la tête et se mit à compulser les piles de feuilles sur son bureau. Sa sympathique équipe lui manquerait, bien entendu, à commencer par Mlle Delacourt, son étudiante la plus compétente, dont il était le directeur de mémoire et qui demeurait un mystère à ses yeux, malgré le temps depuis lequel elle travaillait pour lui. Il éprouvait un sentiment de responsabilité presque paternel pour cette charmante jeune femme qui l'assistait sans faillir, attentive. Une personne réservée, mais qui possédait – il en était sûr – une riche vie intérieure. Un peu trop sérieuse pour son âge, mais quand elle souriait, la pièce s'éclairait. Au moment de lui dire au revoir, il lui confierait qu'elle devrait sourire plus.

Trois coups discrets frappés à la porte l'arrachèrent à ses pensées. Beauchamps rajusta ses lunettes et leva les yeux.

7

— Ah… Mademoiselle Delacourt ! Entrez, entrez. Je pensais justement à vous.

Le Pr Beauchamps mit un document de côté et fit signe à Nelly d'approcher. Assis devant la grande bibliothèque qui occupait presque tout le mur du fond, il paraissait d'excellente humeur.

— Bonjour. Quelle joie que vous soyez de retour !

Nelly sourit et traversa rapidement la pièce, puis s'arrêta devant le bureau. Le fait que le professeur pense à elle lui paraissait être un début prometteur pour son projet.

— Êtes-vous totalement rétabli ?

— Oui, je vais très bien, répondit Beauchamps, et en effet, il s'était rarement senti mieux. Je vous en prie !

Il indiqua la chaise devant son bureau, ses yeux posés avec plaisir sur son assistante qui, ce jour-là, était particulièrement jolie.

Nelly prit place. Quelques minutes plus tôt, elle avait inspecté son reflet dans le miroir des toilettes : la robe souple à encolure ronde, couleur mûre, dont l'ourlet s'arrêtait à une dizaine de centimètres au-dessus du genou ; les pendants d'oreilles oscillant gracieusement à chaque mouvement de tête ; les cheveux châtains brillants, qui tombaient librement sur ses épaules et que l'humidité extérieure avait fait frisotter ; le rouge à lèvres – tout était parfait.

Le cœur battant, elle écoutait maintenant le Pr Beauchamps, qui – armé d'une écharpe bleue à motif cachemire, censée protéger du froid et des courants d'air ses amygdales encore atteintes – discourait sur le temps épouvantable en général et son angine en particulier, sans se douter de rien, avant de joindre les mains et de se pencher en avant.

— Mais *vous*, comment allez-vous, mademoiselle Delacourt ? Tous les voyants sont au vert ? Avez-vous bien avancé dans votre mémoire ? L'introduction m'a beaucoup plu, à propos. Vous devriez peut-être souligner davantage le…

— Professeur Beauchamps ! l'interrompit alors Nelly, qui, à cet instant précis, se souciait comme d'une guigne de son mémoire de master.

Elle avait une mission plus importante. Sans hésiter, elle sortit l'enveloppe bleu pâle de son sac.

— Tenez… Voilà un bon moment que je veux vous donner ça ! reprit-elle en la tendant au professeur.

— Oh, vous m'avez écrit une carte de bon rétablissement, quelle gentille attention ! s'exclama Beauchamps en retournant la lettre, avant d'attraper le coupe-papier qui se dressait dans un pot à crayons en argent.

— Non, pas maintenant ! s'écria Nelly, qui rougit en sentant sur elle le regard surpris du professeur.

Vous savez… J'aimerais que vous lisiez ça à tête reposée, et ensuite… Enfin… Il y a longtemps que je voulais vous en parler, mais… Je ne suis pas très douée pour les… les… Ah, bref ! Lisez la lettre et vous comprendrez tout !

Nelly s'affaissa dans son siège et se tut, soulagée. Elle l'avait fait ! Le reste ne dépendait plus d'elle.

Beauchamps remit le coupe-papier en place et lui fit un clin d'œil.

— Eh bien, tout cela me paraît très mystérieux.

Il réfléchit un moment, puis poursuivit en baissant la voix :

— Je crois que je dois vous révéler un secret, moi aussi.

— Un secret ? demanda Nelly qui se redressa, son cœur s'emballant.

Beauchamps hocha la tête en souriant.

— Je vais bientôt quitter la Sorbonne.

— Quoi ?! fit Nelly, qui resta bouche bée.

— Oui, je sais, c'est assez inattendu. Même pour moi. Au fond, je n'ai arrêté ma décision qu'au moment où j'ai eu cette affreuse angine.

— Mais… ce n'est pas possible. Pourquoi… bredouilla Nelly. Vous voulez partir de Paris ?

Elle ne comprenait plus rien, mais pressentait que cette nouvelle n'augurait rien de bon pour elle.

Beauchamps poussa un soupir résigné.

— Je veux, je veux… Ce n'est pas un départ tout à fait volontaire, disons… Vous allez tous beaucoup me manquer, bien sûr. Collaborer avec vous, en particulier, a toujours été formidable. Vous êtes vraiment bluffante, mademoiselle Delacourt, si je peux m'exprimer aussi familièrement.

Nelly ouvrit de grands yeux.

— Mais pourquoi vous en aller, alors ? On n'a pas renouvelé votre contrat, ou quelque chose du genre ?

Pour quelqu'un qui *devait* partir, Beauchamps avait l'air sacrément de bonne humeur, trouvait Nelly. Une bonne humeur presque *inquiétante*.

Le professeur se racla la gorge.

— Si vous me promettez de garder bouche cousue jusqu'à la fête de Noël, je vous le dis tout de suite, déclara-t-il avec excitation. Je vais à Bologne… par amour.

— À *Bologne* ?

Nelly fut prise de vertige. Pas besoin d'avoir fait Polytechnique pour établir le lien.

— À Bologne, répéta Beauchamps avec un sourire. Vous êtes surprise, hein ? En fait, c'est à vous que je dois tout cela, ou plutôt, à ce petit chien.

Le professeur se carra dans son fauteuil, et son regard prit une expression rêveuse.

— Vous vous rappelez, en octobre, vous ne pouviez pas m'accompagner à ce congrès new-yorkais à cause de cette Lila…

— Loula, corrigea mécaniquement Nelly, avant que son crâne se vide totalement.

Et, tandis que le professeur, l'air extatique, lui relatait le grand bonheur qui l'avait pris par surprise, avec l'imprévisibilité d'un orage, et lui donnait un aperçu de l'avenir radieux qui l'attendait aux côtés de sa collègue italienne blonde aux bracelets en argent,

Nelly tentait, le regard fixe, de retenir les larmes qui lui montaient aux yeux avec force.

— Vous êtes la première personne à qui j'en parle, mademoiselle Delacourt… Ah, et puis zut ! Puis-je vous appeler Nelly ? Vous savez ce que c'est… Isabella et moi, nous avons jugé qu'il valait mieux garder le secret dans un premier temps, pour éviter les commérages stupides à la faculté. Ce midi, j'ai rendez-vous avec le doyen. Et nous l'annoncerons officiellement à la fête de Noël.

Beauchamps se tut, rayonnant. Alors seulement, il parut remarquer la pâleur de son assistante.

— Mais Nelly, que vous arrive-t-il ? fit-il en la scrutant. Est-ce que vous pleurez ?

Nelly secoua la tête et constata que le léger bourdonnement, dans ses oreilles, enflait et laissait place au mugissement d'un ouragan.

— Non, non ! assura-t-elle d'une voix étranglée. Je suis juste… très… émue.

— Ah, Nelly, vous avez vraiment un cœur d'or. Je crois que je vais vous regretter, sourit le professeur, ému à son tour et prêt à s'épancher. Mais c'est une histoire tout à fait romantique, n'est-ce pas ?

Nelly se leva, jambes flageolantes, et hocha la tête. Il fallait qu'elle quitte cette pièce au plus vite.

— Je me… réjouis sincèrement pour vous, balbutia-t-elle.

Le Pr Beauchamps se leva lui aussi.

— Merci, Nelly ! s'exclama-t-il, enchanté. Quant à votre mémoire de master, ne vous inquiétez pas. Je vous encadrerai jusqu'au bout, bien entendu.

Nelly encaissa le coup, fixant le professeur comme une naufragée à qui on refuserait une bouée de sauvetage.

— Très aimable.

— Mais je vous en prie, c'est tout naturel... Dites, Nelly ?

— Oui ?

— Vous devriez sourire plus souvent. Savez-vous à quel point vous êtes ravissante quand vous souriez ?

Nelly pressa les lèvres et se força à sourire. Elle regarda Daniel Beauchamps une dernière fois. Il n'avait rien compris... rien du tout !

— Nous nous verrons à la fête de Noël, alors ! reprit celui-ci. Et, s'il vous plaît, gardez notre secret jusque-là, d'accord ?

— Ne vous en faites pas...

Nelly s'apprêtait à tourner les talons, lorsque son regard tomba sur l'enveloppe bleue ; toujours posée sur le bureau, elle renfermait un bien plus grand secret. Le rouge lui monta aux joues. Elle fit un pas en avant et s'empara, d'un geste vif, de la lettre où se trouvaient ses tendres aveux.

Le professeur haussa des sourcils surpris.

— Mais Nelly, qu'est-ce que... protesta-t-il.

— Ça s'est réglé, lâcha Nelly avec un sourire bref, puis elle fourra l'enveloppe dans son sac en cuir. Vous êtes rétabli, non ?

Ensuite, elle se détourna et sortit en toute hâte, aveuglée par les larmes, du bureau du professeur perplexe (une fois de plus conforté dans l'idée que Mlle Delacourt était une personne énigmatique) – passant devant Mme Borel et ses sandwichs au thon, devant son bureau où elle attrapa imperméable et foulard posés sur le dossier de sa chaise, devant Isabella Sarti qui ouvrait justement, en fredonnant, la porte derrière laquelle était accrochée la révélatrice affiche du Metropolitan Museum of Art. Laissant derrière elle tout ce qui avait encore du sens, tôt ce matin-là.

Et pendant tout ce temps, les trois mêmes mots martelaient son crâne, des mots dignes d'un Alexis Zorba : *the full catastrophe, the full catastrophe !*

Une demi-heure plus tard, Nelly aurait été incapable de dire si c'étaient des larmes qui coulaient sur ses joues, ou la bruine qui mouillait son visage. Le parapluie à carreaux séchait dans son bureau. Elle l'avait oublié dans son départ précipité, mais cela lui importait peu.

Sans réfléchir, elle s'était précipitée au jardin du Luxembourg, totalement désert ce jour-là, pour marcher sans but dans les allées familières menant sous les vieux arbres imposants. Ils tendaient leurs branches nues, comme s'il y avait un bout de ciel à saisir. Levant les yeux, Nelly suivit du regard les nuages gris qui dérivaient. Il pleure dans mon cœur comme il pleut sur la ville, pensa-t-elle amèrement, et soudain, elle sentit que sa chaussure droite s'imbibait complètement d'eau. Elle bondit à côté de la grosse flaque en jurant.

— Bon sang, tout va aller de travers aujourd'hui ?! lâcha-t-elle.

Et pourquoi, réfléchit-elle encore, furieuse, le Pr Beauchamps s'était-il toujours montré aussi gentil s'il ne voulait rien d'elle ? Elle n'avait quand même pas tout inventé – ces regards, son sourire, toutes les merveilleuses phrases qu'elle avait rapportées chez elle comme des trésors de grande valeur. Sans oublier la « Liste des similitudes » dressée avec minutie. Il était parfaitement logique, pourtant, qu'ils forment un couple tôt ou tard. Elle avait eu foi dans le fait que le temps travaillerait pour elle, elle avait attendu l'occasion, patiente comme un veau. Puis cette Italienne était arrivée, une Italienne qui avait déjà un fiancé, et un fichu orage suffisait pour que le professeur s'enflamme ! La vie n'était vraiment pas juste, il ne fallait pas avoir étudié la philosophie pour le comprendre.

Et que se serait-il passé si c'est toi qui avais été à Central Park avec lui ? intervint une petite voix mordante à l'arrière de sa tête. Tout aurait peut-être connu une issue totalement différente. Tu y as déjà réfléchi ?

Nelly plaqua ses mains sur ses oreilles.

— Ah, *aurait, aurait, aurait* ! s'écria-t-elle avec désespoir. *Aurait* ne m'est plus d'aucune utilité. Il n'y a pas de vie au conditionnel ! Et cela ne sert à rien de rêver. Il faut agir, il faut simplement *agir* !

Un homme âgé, qui avait manifestement décidé de ne pas renoncer à sa promenade matinale malgré le mauvais temps, s'approcha à pas circonspects. Il souleva un peu son parapluie noir et considéra, avec un mélange de curiosité et de fascination, la jeune femme qui pestait.

— Puis-je vous aider, mademoiselle ?

— Non !

Nelly accéléra l'allure, sous la pluie incessante. La pitié d'un retraité bienveillant était la dernière chose dont elle avait besoin. Même au parc, il fallait que les gens vous dérangent ! Elle tourna à gauche et emprunta une contre-allée boueuse, conduisant à un restaurant qui était fermé. En été, à la pause-déjeuner, il lui arrivait d'y prendre une salade, à l'ombre des arbres verdoyants. Elle y avait même mangé une fois avec le Pr Beauchamps. Malheureusement, des torrents d'eau n'étaient pas tombés, ce jour-là. Nelly se remit à sangloter et sombra dans un profond auto-apitoiement. C'est alors qu'elle vit la poubelle au bord du chemin et s'arrêta. En colère, elle s'acharna sur la fermeture Éclair de son sac, qui s'était coincée, et réussit finalement à l'ouvrir sur toute sa longueur. Quelques secondes plus tard, des centaines de lambeaux de papier bleu pâle tombaient dans la poubelle, signant la fin d'une lettre d'amour que personne, sans doute, ne reconstituerait jamais.

Après cet accès de masochisme héroïque, Nelly se sentit mieux, momentanément. Elle fit demi-tour et décida de quitter le jardin du Luxembourg qui ne lui procurait aucun réconfort véritable, ce jour-là. Elle était gelée, ses pieds mouillés. Quelle stupidité d'errer des heures sous la pluie ! Cela n'arrangeait rien. Elle allait se rendre au Vieux Colombier, cette petite brasserie non loin de l'église Saint-Sulpice, pour s'y réchauffer et s'y revigorer avec une soupe gratinée à l'oignon et un verre de vin. Ensuite, elle appellerait sa cousine Jeanne, qui, exactement comme sa grand-mère, était toujours de bon conseil.

8

Installée sur le grand canapé de velours bleu qui se trouvait autrefois dans la cuisine de Claire Delacourt, l'air perplexe et les jambes ramenées vers elle, Jeanne écoutait. Pensive, elle détaillait Nelly qui lui faisait face, assise en tailleur, enveloppée dans une couverture en laine blanche. Les yeux gonflés par les pleurs, un mouchoir chiffonné à la main, elle était l'incarnation de la détresse.

— Ah, Nelly, Nelly, tu en fais toujours de belles, soupira Jeanne.

— Atchoum ! Moi ? Je ne fais rien du tout, répliqua Nelly.

— Précisément.

Jeanne s'affala contre l'accoudoir. Il avait fallu un moment pour qu'elle saisisse ce qui se passait, au juste. Lorsque Nelly, en début d'après-midi, l'avait appelée en pleurant pour lui demander si elle pouvait venir *vite*, elle avait d'abord été épouvantée. Quand on sanglotait dans le téléphone à vous déchirer le cœur, il ne pouvait y avoir que deux raisons – pour Jeanne en tout cas, un peu plus terre à terre que sa cousine : quelqu'un était mort ou souffrait d'une grave maladie. Le chagrin d'amour ne faisait pas partie des maladies que Jeanne prenait vraiment au sérieux. Personne n'en était encore mort, et elle s'était empressée de le dire à Nelly.

— C'est à propos de Jean ? s'était-elle enquise ensuite.

— Jean ? Qui est Jean ? avait demandé Nelly qui, stupéfaite, avait cessé un instant de sangloter.

— Eh bien, ce guitariste du Maine qui te faisait les yeux doux. Il y avait quelque chose entre vous, non ? J'ai toujours pensé que vous étiez restés en contact. Il était vraiment gentil…

— Ah, tu veux dire *Sean* !

Malgré tout son chagrin, Nelly avait failli rire, tant sa cousine faisait fausse route.

— Non, non, qu'est-ce qui te fait croire ça ? Il n'y a jamais rien eu entre nous. C'est un ami, une connaissance. Ce Sean n'est pas du tout mon type, de toute façon.

— Aha, avait fait Jeanne avec un étrange petit bruit satisfait. Et *qui* est ton type alors, si je peux poser la question ? Je veux parler de celui qui vient de te briser le cœur. Dis-le-moi et je lui envoie mes hommes de main.

Nelly avait dégluti, puis lâché à voix basse :

— Daniel Beauchamps.

— Mais enfin, tu n'es pas sérieuse ! s'était écriée Jeanne avant de se mettre à rire. Le professeur boiteux, pas croyable ! Bon, ce n'est pas trop grave, alors. Il était beaucoup trop vieux pour toi.

— Ce n'est pas vrai, avait répondu Nelly, vexée, songeant qu'elle aurait peut-être dû s'abstenir de téléphoner à Jeanne. Et arrête de l'appeler le professeur boiteux, ce n'est pas respectueux.

— Très bien, avait concédé Jeanne qui n'entendait pas discuter davantage les égarements romantiques de sa cousine. Écoute, ma chérie, je ne peux pas quitter le café pour le moment, je suis seule. Alors tu vas te préparer un bon thé, enlever tes fringues mouillées et t'allonger un peu. Essaie de dormir, ça fait toujours du bien. Je dois attendre que Céline arrive. Je suis chez toi dans trois heures au plus, tu tiendras le coup jusque-là ?

— Oui. Je vais essayer, avait répondu Nelly.

Et Jeanne avait raccroché sur la promesse douteuse que ce n'était pas la fin du monde et que Nelly rirait bientôt de bon cœur de ce malheureux épisode de sa vie.

La pragmatique Bretonne était maintenant assise depuis un bon moment sur le canapé de Nelly, tentant de comprendre ce qui s'était passé. Sur la table se trouvaient deux tasses de thé noir et deux assiettes où l'on pouvait voir les restes d'une tarte aux poires.

— Je suis incapable d'avaler quoi que ce soit, avait protesté Nelly, lorsque Jeanne s'était présentée chez elle avec la pâtisserie.

— Oh, allez, juste une petite part… Tu as toujours aimé ça.

Dans l'univers de Jeanne, bien manger procurait forcément un puissant réconfort. Elle avait donc mis sous le nez de Nelly la tarte dorée en souriant d'un air encourageant, et finalement, celle-ci avait porté à sa bouche un morceau après l'autre, tout en racontant la grande catastrophe qui s'était produite ce matin-là.

— Hmmm, faisait maintenant Jeanne en haussant les épaules.

Elle ne saisissait vraiment pas en quoi c'était une grande catastrophe, mais, connaissant la sensibilité exacerbée de sa jeune cousine, elle essaya de formuler avec la prudence requise les pensées qui lui traversaient la tête.

— Bien sûr, c'est… moche. Mais vu de l'extérieur, tout ça n'est pas non plus vraiment… grave. Je veux dire, que s'est-il déjà passé entre cet homme et toi ? Rien, si je comprends bien. Alors, tu ne peux pas sérieusement affirmer que ce professeur boi… euh… que ce Beauchamps t'a trompée.

— Je ne dis pas ça non plus, précisa Nelly en fixant sa cousine, l'air malheureux.

— Ne fais pas cette tête-là, enfin, c'est difficile à supporter.

Jeanne prit la main chaude de Nelly, qui serrait toujours son mouchoir, et la pressa pour lui remonter le moral.

— En plus, vous n'allez pas du tout ensemble, ce Beauchamps et toi, poursuivit-elle.

Jeanne tenait le professeur pour un gentil raseur, mais, faisant preuve de tact, elle garda ce jugement pour elle.

Repensant à sa « Liste des similitudes », Nelly se taisait.

Après un moment de silence, Jeanne se pencha en avant et prit la théière pansue pour remplir à nouveau les tasses. Le visage triste de Nelly lui fendait le cœur. Pourtant, son chagrin était totalement inutile, presque absurde, même. Jeanne but une gorgée de thé, puis reposa sa tasse avec détermination.

— Tu veux que je te dise la vérité ?

— Non, répondit Nelly qui ne voulait entendre aucune vérité.

— La vérité, c'est que tu t'es fait tout un cinéma. Mais enfin, cette drôle d'« histoire d'amour » (Jeanne leva les mains et dessina deux guillemets en l'air) n'existe que dans ta tête. C'est juste une projection. Tu as un peu rêvé, Nelly. Une étudiante qui a le béguin pour son professeur… le grand classique ! Bon, ce n'est pas interdit, mais redescends un peu sur terre, maintenant. S'il te plaît !

— Qu'est-ce que tu connais aux sentiments ?! demanda Nelly avant de se mettre à mordiller sa lèvre inférieure.

Jeanne poussa un soupir. Le romantisme, ce n'était pas son truc. Tous ces chichis, ce débordement d'allusions ; tout ce bla-bla autour du clair de lune et de la langueur qui vous envahissait – cela vous procurait peut-être des sensations merveilleuses sur le moment, mais n'aboutissait à rien, en général.

— J'en connais un rayon, rétorqua-t-elle calmement. Tes sentiments, en tout cas, sont à sens unique depuis le début. Ce Beauchamps n'a pas la moindre idée de l'intérêt que tu lui portes, ça au moins c'est clair. – Jeanne écarta les mains. – Et comment pourrait-il être au courant, alors que tu ne t'es jamais vraiment exprimée ? Ça fait combien de temps que tu connais Beauchamps ? Un an ? Deux ans ? Enfin, Nelly ! Les choses qui doivent arriver arrivent. Au fond, tu t'es toujours doutée qu'il ne se passerait rien.

Mais naturellement, il est toujours beaucoup plus facile de se bercer d'illusions que de voir la réalité en face.

— Non, ce n'est pas vrai, répliqua vivement Nelly, qui se demanda soudain si, finalement, ce n'était pas exactement ce qui s'était passé. Et même si ça peut te paraître bizarre… J'ai toujours eu un bon pressentiment. Je voulais juste attendre…

— Attendre ? Attendre quoi ?

— Un signe, répondit doucement Nelly.

Jeanne se frappa le front du plat de la main.

— Oh. Mon. Dieu. Tu n'es pas sérieuse, si ?

Elle avait complètement oublié que sa cousine croyait aux signes. Nelly avait tendance à relever des liens là où il n'y en avait pas, à donner un sens aux faits et à « voir » des choses partout et chez tout le monde.

Jeanne secoua la tête avec compassion.

— Ah, ma pauvre cousinette ! Tu ne peux pas t'intéresser au bon philosophe, pour une fois ? Sartre serait un excellent choix… Il n'y a pas de signes, Nelly, admets-le enfin. D'où viendraient-ils, d'ailleurs ? Il n'y a que nous qui puissions donner du sens à notre vie. Alors, s'il te plaît, arrête d'attendre je ne sais quels signes. Crois-moi, l'univers n'a franchement rien à faire de ce qu'on fabrique sur terre.

Nelly se moucha et remonta la couverture jusqu'à son menton. Elle avait toujours froid.

— Je trouve ta perception du monde totalement dépourvue de magie, déclara-t-elle ensuite. Il faut bien croire à quelque chose…

— Je crois à ce que je vois. C'est assez magique à mes yeux, réagit Jeanne avec un sourire, puis elle se leva. Il se fait tard et tu devrais te mettre au lit, ma chérie. Mais, avec ou sans magie, il y a une chose que je peux t'assurer : dans quelques semaines, le Pr Beauchamps appartiendra au passé, et tu ne comprendras plus du tout pourquoi tu en faisais tout un plat.

— Atchoum, répondit Nelly. Je préférerais que ce soit avec magie.

Après le départ de sa cousine, Nelly s'approcha de la fenêtre en frissonnant. La lune, suspendue au-dessus de Paris, solitaire, avait l'air aussi perdue qu'elle. Pour la première fois depuis qu'elle y habitait, Nelly souhaita être loin, très loin de son appartement. Quelque part dans le Sud, où il faisait bon, où le soleil brillait et où les gens se montraient gais et insouciants. Elle tira les rideaux et éternua.

Pensive, elle laissa errer son regard dans le deux-pièces qu'elle avait acquis quelques années plus tôt, avec son héritage. Une chambre tranquille avec balcon, un salon aux dimensions généreuses, dans lequel son bureau, et même le grand canapé de sa grand-mère avaient trouvé place, une petite cuisine chaleureuse, une salle de bains avec baignoire. Un joli appartement ancien au cœur de Paris, qui lui appartenait, ou presque. Elle économisait dur pour pouvoir procéder à un remboursement anticipé de son prêt chaque année, et virer la somme en janvier l'emplissait toujours d'un sentiment de satisfaction. Soixante-dix mètres carrés de sécurité. Elle était si fière, à l'époque de son achat ! À présent, tout cela lui paraissait étrangement insignifiant. Paris était soudain devenue sombre et froide, à des millions d'années-lumière de la délicieuse soirée d'été dans le parc des Buttes-Chaumont, alors qu'elle se tenait devant Rosa Bonheur, amoureuse et remplie d'espoir.

— Allez, ne broie pas du noir, lui avait demandé Jeanne en la quittant. Ça passera. Tu as déjà survécu au pire. Rappelle-toi ce que mamie disait toujours : un nouveau jour s'annonce déjà au beau milieu de la nuit.

Ce nouveau jour débuta de manière peu prometteuse, avec des maux de tête et des frissons aux premières heures du matin. Nelly ne prit pas part à la fête de Noël de la faculté (ce qui lui épargna le discours enamouré du professeur, qui s'acheva sur un joyeux « *Tanti auguri !* »), et contrairement à chaque année, elle ne passa pas non plus les fêtes avec sa cousine et le reste de sa famille bretonne à Locronan, dans la maison aux volets bleus où elle avait grandi.

Au lieu de cela, elle resta au lit, toussa à fendre les plafonds et eut tout le temps de réfléchir aux occasions manquées et aux rêves inaccomplis. Cependant, trois jours après que les cloches de Notre-Dame eurent sonné pour annoncer le Nouvel An et que Nelly eut remis le pied par terre pour la première fois, la jeune femme devait faire une mystérieuse découverte, qui allait donner à sa vie une toute nouvelle direction – au sens propre.

Jeanne aurait évidemment contesté le fait que la dédicace soit un signe. Nelly, elle, croyait dur comme fer que c'était précisément cela. Un signe.

9

Chaque fois que Nelly allait mal ou se sentait dépassée par les événements, elle rangeait son appartement. Quand on était en mesure de mettre de l'ordre à petite échelle et de donner aux choses la place qui était la leur, tout s'ordonnait à grande échelle aussi, trouvait-elle. Il ne fallait jamais permettre aux choses de commencer à prendre le dessus, sinon, il arrivait un moment où l'on perdait le nord et sombrait.

Cependant, il aurait été faux de dire qu'un fouillis incroyable régnait dans les armoires et les tiroirs de Nelly, que des vêtements traînaient sur chaque siège ou que le dessus de son bureau disparaissait sous les piles de papier. On pouvait lui reprocher quelques défauts, mais pas d'être désordonnée. Certaines tâches étaient toutefois restées en souffrance, durant ces dernières semaines troublées. Dans la cuisine s'entassaient, dans un grand cabas, des emballages en plastique et en carton d'aliments que Jeanne lui avait apportés avant de partir en Bretagne. Des bouteilles d'eau vides s'accumulaient près du chevet. La salle de bains devait être nettoyée, et le parquet aurait mérité une couche d'huile d'entretien.

Lorsque Nelly, ce jour de janvier, sortit les jambes de la couette et, toussant encore un peu, ouvrit la porte du balcon, un léger rayon de soleil, se faufilant entre les nuages gris, vint lui chatouiller le nez. Nelly inspira l'air matinal et constata avec surprise qu'elle se sentait mieux. Les maux de tête et les courbatures avaient disparu, et pour la première fois depuis ce funeste jour de la mi-décembre, elle n'avait pas pensé à Daniel Beauchamps au réveil. Pas immédiatement, en tout cas.

Nelly se prépara un café, s'habilla et décida que la journée était propice à un grand nettoyage. Il ne fallait pas qu'elle continue à se laisser aller. En remettant de l'ordre dans son appartement, elle chasserait peut-être ses idées noires.

Elle refit donc son lit, jeta les boîtes de médicaments vides dans la corbeille à papier, descendit les ordures ménagères, les vieux journaux et les bouteilles en plastique pour les jeter dans les poubelles de la cour, lava verres et assiettes, épousseta les étagères, aspira le tapis berbère dans le salon, passa de l'encaustique sur la table ovale jusqu'à faire reluire le bois, tria quelques habits et chaussures qu'elle n'avait plus mis depuis une éternité, et remarqua que son humeur s'améliorait, au fur et à mesure. C'est ce qu'il y avait d'agréable quand on s'occupait manuellement – à la différence du travail intellectuel, on voyait tout de suite un résultat, et c'était extrêmement gratifiant.

Quand on demandait à Nelly, enfant, ce qu'elle voulait faire plus tard, elle répondait toujours qu'elle serait « vendeuse de livres » comme maman. *À l'hortensia sauvage*, la petite librairie-salon de thé que sa mère tenait à Quimper, était un lieu à part avec ses murs peints en jaune soleil et sa porte d'entrée bleu clair, de part et d'autre de laquelle s'épanouissaient des buissons d'hortensias d'un bleu éclatant. Il n'y avait pas que la petite fille qui s'y sentait bien ; les clients également, qui achetaient ouvrages et variétés de thé sélectionnées, et – quand l'envie leur en prenait et qu'ils avaient le temps de s'attarder – pouvaient lire, dans l'accueillant salon attenant, les romans et livres de photographie qu'ils venaient d'acheter, installés à une table ronde ou dans un canapé, tout en buvant un thé à la rose dans une délicate tasse en porcelaine et en mangeant une pâtisserie. Quand elle avait huit ans, Nelly trouvait qu'il n'y avait rien de plus beau que de se pelotonner avec un livre et un gros morceau de gâteau au chocolat sur son canapé préféré, sous une des deux hautes fenêtres, et de plonger dans un autre univers.

Les deux pièces qui avaient été un paradis pour les amis des livres accueillaient désormais un magasin de vêtements, où l'on pouvait trouver vareuses, casquettes de capitaine, vestes et manteaux imperméables. Sans oublier les marinières typiques, à rayures bleues et blanches, que les touristes aimaient rapporter chez eux en souvenir de leur séjour breton.

En commençant ses études à Paris, Nelly avait eu la grande joie de découvrir La Fourmi ailée alors qu'elle explorait le quartier de la Sorbonne. L'ancienne librairie au nom curieux, située à l'ombre de la vieille église Saint-Julien-le-Pauvre et donnant le choix entre trente-quatre sortes de thé différentes, était un fabuleux havre de paix dans l'agitation du cinquième arrondissement. Nelly avait tout de suite remarqué le petit établissement à la devanture peinte en bleu, rue du Fouarre – à quelques pas de la fameuse librairie Shakespeare and Company –, qui lui avait rappelé l'Hortensia sauvage. S'il n'y avait pas de buissons de fleurs dans ce salon de thé proposant aussi des plats savoureux, on y trouvait une salle au décor enchanteur, dont les murs accueillaient quantité de miroirs, de tableaux et surtout de livres, qu'on pouvait sortir des rayonnages pour les feuilleter. C'est entre deux colonnes élancées qu'entouraient des guirlandes de fleurs que Nelly avait découvert son thé préféré de l'époque, par ce jour venteux de novembre, après avoir pris place à une table carrée au plateau de marbre noir et ouvert la carte.

Le thé à la rose… Elle se rappelait parfaitement le tendre parfum montant de la tasse raffinée. Enfant, elle buvait le thé noir avec beaucoup de lait et trois morceaux de sucre, pour qu'il soit moins fort, et elle se sentait toujours très distinguée et adulte quand elle portait à ses lèvres la tasse à l'anse dorée. « C'est la tasse qui va à la bouche, pas la bouche qui va à la tasse », lui avait dit sa mère la première fois, et Nelly n'avait jamais oublié cette phrase.

Ce jour-là, allant chercher son balai dans le placard de la cuisine, elle médita un peu sur ce qui serait arrivé si ses parents n'avaient pas eu cet accident. Son rêve d'enfant se serait-il réalisé ? Aurait-elle repris l'Hortensia sauvage ? Ou serait-elle malgré tout partie étudier à Paris ? Aurait-elle appris l'italien ? Aurait-elle eu connaissance des théories de Paul Virilio et rencontré le Pr Beauchamps ? Serait-elle partie avec lui à New York, se méfiant moins des avions ?

Nelly se mit à balayer en soupirant la niche qui abritait son bureau, et pensa avec un sentiment de malaise à son mémoire de master, dont il lui fallait encore achever la rédaction. Sa motivation avait rapidement flanché. La seule perspective de discuter de tel ou tel détail avec le déloyal professeur, ou de défendre ses thèses devant un jury dont Beauchamps ferait partie, la plongeait dans la déprime. Nelly serra plus fort le manche de son balai.

— Ressaisis-toi, s'ordonna-t-elle sévèrement. Ça suffit, maintenant !

Elle se rendit dans sa chambre et balaya énergiquement le parquet. Elle rassembla ainsi en un petit tas deux pinces à cheveux, un cachet d'aspirine qui avait dû tomber du chevet, des miettes de baguette, en veux-tu, en voilà, un stylo-bille, un carnet de timbres et du sable qui devait provenir de sa lamentable promenade au jardin du Luxembourg. De sous le large lit, calé dans un angle, elle sortit quelques plumes de sa couette en duvet, et même le thermomètre qu'elle avait cherché partout. Se baissant pour passer le balai dans les recoins, elle heurta brusquement un obstacle. Curieuse, elle s'agenouilla. Au fond, tout contre le mur, se trouvait un carton trop lourd pour qu'elle puisse le déplacer avec le balai. Qu'est-ce que c'était que ça ?

Surprise, Nelly se mit à plat ventre et rampa sous le lit pour attraper l'objet. Tandis qu'elle le tirait vers elle en gémissant, il lui revint à l'esprit que c'était le carton contenant les livres préférés de sa grand-mère, qu'elle avait rapportés à Paris, un moment après la mort de celle-ci. À l'époque, elle venait de trouver son appartement rue de Varenne, et comme elle n'avait pas encore fixé d'étagères, elle avait glissé la boîte sous son lit, histoire de la vider plus tard, tranquillement. Près de cinq ans s'étaient écoulés depuis.

Nelly s'étonnait d'avoir totalement oublié ce carton. C'était comme retrouver un billet de cent euros dans un vieux manteau, ou sortir du fin fond d'un tiroir un cadeau qu'on avait reçu trop tôt et mis de côté pour le déballer le jour J.

L'anniversaire de Nelly était passé depuis longtemps ou n'arriverait pas avant un bon moment, selon le point de vue qu'on adoptait – quoi qu'il en soit, c'était le 22 juillet. Elle se réjouissait donc de cette trouvaille, à laquelle étaient accrochés quelques moutons de poussière qu'elle retira vite, et qui lui faisait l'effet d'un cadeau de Noël tardif.

Claire avait toujours aimé lire, Nelly le savait bien, et au cours des premières années de son mariage avec Maximilien Delacourt, il arriva souvent que le dîner soit servi à une heure avancée, car la jeune épouse, en cuisine, était plongée dans un roman. Nelly sourit en décollant l'adhésif et en ouvrant les rabats du carton. Tandis qu'une excitation étrangement teintée de solennité s'emparait d'elle, elle écarta le papier de soie noir recouvrant les livres favoris de Claire Delacourt.

Nelly n'avait jamais douté du bon goût de sa grand-mère en matière de lecture. Les trois filles Beaufort avaient reçu une excellente instruction, toutefois, ce carton recelait certains trésors inattendus. Il y avait notamment quelques classiques à la reliure de cuir, qui devaient avoir appartenu au père de Claire – l'ex-libris xylographié aux initiales de Georges Beaufort était collé dans ces ouvrages : des pièces de Molière et de Racine, deux romans de Victor Hugo, les célèbres *Fleurs du mal* de Baudelaire et *Les Aventures de Télémaque* de Fénelon. En revanche, le merveilleux recueil de poèmes d'Aragon, *Les Yeux d'Elsa*, était manifestement à sa grand-mère, tout comme une vieille édition du *Grand Meaulnes* d'Alain-Fournier, qui se trouvait également dans la bibliothèque de Nelly et comptait parmi ses lectures préférées. L'histoire du malheureux *Docteur Jivago* se trouvait côte à côte avec le roman sudiste qu'était *Autant en emporte le vent* – un pavé sûrement palpitant pour les jeunes filles de l'époque. Dessous, Nelly découvrit un exemplaire plutôt fatigué de *Pas de printemps pour Marnie*. Elle se souvenait très bien de ce livre dont le titre en italique imitait l'écriture manuscrite. Enfant, elle l'avait aperçu dans le salon de la maison de Locronan, sur un des rayons en bois foncé, et avait lu *Mamie* en déchiffrant trop vite la couverture. « Regarde, mamie, ça parle de toi ! » Nelly rit tout haut à ce souvenir et sortit les ouvrages suivants : *Portrait de femme* et *Les Ailes de la colombe* d'Henry James, *La Lettre écarlate* d'Hawthorne et *Tess d'Urberville* d'Hardy, un roman qu'elle avait dévoré, jeune fille, pendant les vacances d'été. Sa grand-mère lui avait raconté un jour que, dans les années 1970, Locronan avait même servi de décor pour la célèbre adaptation de Polanski avec Nastassja Kinski. En approchant du fond du carton, Nelly tomba sur des œuvres italiennes, parmi lesquelles se trouvaient, entre autres, *Le Jardin des Finzi-Contini* de Bassani et *La Storia* d'Elsa Morante, mais aussi quelques romans plus récents d'Umberto Eco,

Si par une nuit d'hiver un voyageur de Calvino, ainsi que *L'Amant sans domicile fixe* et *Place de Sienne, côté ombre* de Fruttero et Lucentini.

Assise par terre, Nelly exhumait un livre après l'autre, complètement absorbée dans son activité. Finalement, elle remit le tout avec précaution dans le lourd carton qu'elle traîna jusqu'au salon, pour ranger les ouvrages de sa grand-mère avec cinq ans de retard.

Avant de les placer sur les étagères, elle feuilleta chacun consciencieusement. On ne savait jamais ce qui pouvait se dissimuler entre les pages… Une carte postale, peut-être, une vieille photo ou un billet de banque ? Nelly avait elle-même tendance à cacher dans les livres des choses qu'il lui arrivait d'oublier, mais elle ne trouva rien de tel dans la collection de sa grand-mère.

Celle-ci avait cependant, chaque fois, inscrit une date et son identité sur la deuxième page de droite – sauf dans les ouvrages qui avaient de toute évidence appartenu à son père Georges –, indiquant soit son nom de jeune fille, Beaufort, soit son nom d'épouse, Delacourt. À l'exception d'un seul livre, un des derniers que Nelly prit en main, tout au fond du carton, et dans lequel sa propriétaire n'avait pas laissé sa trace.

Il s'agissait d'un roman de l'Italien Silvio Toddi dont Nelly n'avait jamais entendu parler, *Validità giorni dieci* (« valable dix jours »), qui avait manifestement connu cinq éditions au moins, comme on pouvait le lire sur la couverture d'un jaune verdâtre. Sa grand-mère devait maîtriser drôlement bien l'italien pour être capable de lire tout un roman dans cette langue. Valable dix jours… Voilà qui évoquait un certain désarroi, et faisait plutôt penser à un billet périmé qu'à un titre de roman. Ce n'était sûrement pas une grande œuvre de la littérature mondiale.

Nelly souffla sur le petit volume pour en chasser la poussière et parcourut la première page, qui s'ouvrait sur les mots pleins de promesses du héros, jurant qu'il n'irait pas au bureau ce jour-là, même si le monde devait s'écrouler.

Nelly sourit. Le roman n'avait pas l'air si mauvais, finalement. Elle le feuilleta, assez pour comprendre qu'elle avait affaire à une charmante histoire d'amour aux retournements inattendus, qui se passait visiblement à Venise et dans laquelle un Paolo et une Clara finissaient par être réunis après quelques malentendus. Ce faisant, une phrase soulignée au crayon retint son attention. Elle la traduisit sans peine : *Il pourrait réaliser l'impossible, aux côtés de celle qu'il adorait.*

Était-ce sa grand-mère qui avait relevé ce passage ? Nelly tourna les pages précédentes, puis les suivantes ; elle s'apprêtait à glisser le mince ouvrage dans sa bibliothèque, lorsqu'elle nota un détail qui lui avait échappé dans un premier temps.

Sur la première garde, un peu plus épaisse que les autres pages, il y avait, tout en bas, des mots manuscrits que quelques gouttes d'eau avaient rendus presque illisibles. Nelly essaya de les déchiffrer : *Noi… sempre… al Settimo Cielo…* Dessous se trouvait une initiale floue, qui aurait aussi bien pu être un *R* qu'un *B*, un *D*, un *G* ou un *P*, puis *Venezia* et une date : *12 V 1952*.

Étrange. Peut-être ce livre n'appartenait-il pas à sa grand-mère, peut-être avait-il atterri par erreur dans le carton, songea Nelly. Alors seulement, elle remarqua le proverbe latin en haut de la page. Il paraissait imprimé car on l'avait peint en caractères d'imprimerie, avec une grande précision. Il comptait trois mots, très familiers à Nelly :

AMOR VINCIT OMNIA

Ce n'était pas la première fois que Nelly regrettait de ne pas avoir questionné Claire Delacourt à propos de l'inscription pâlie que portait la bague en grenat. Bien entendu, elle connaissait le sens de cette phrase, cette devise que les chevaliers du Moyen Âge affichaient volontiers sur leur bannière : l'amour triomphe de tout. Mais elle ignorait quelle *signification* personnelle les mots gravés avaient revêtue pour sa grand-mère.

Claire lui avait offert pour son vingtième anniversaire l'anneau en or ancien, orné de minuscules perles de grenat disposées en ovale, qui évoquait une mûre et que Nelly portait toujours au majeur.

— Cette bague m'a appartenu autrefois et elle te revient maintenant, avait-elle dit à l'époque, avant de lui souhaiter de trouver quelqu'un avec qui voler, une phrase que Nelly se rappelait parfaitement.

Le lendemain, elle rentrait à Paris. Tandis que sa grand-mère lui faisait signe au revoir sur un quai de la gare de Quimper, la jeune femme ignorait qu'elle voyait pour la dernière fois la personne qui avait le plus compté dans sa vie.

Nelly avait ôté cette bague quelques jours plus tard, et découvert l'inscription. Elle envisageait d'interroger sa grand-mère à ce propos en retournant la voir à Locronan, mais elle n'en avait plus eu l'occasion.

Claire Delacourt était morte cet été-là sans crier gare, paisiblement, comme une étoile qui tombe. Elle s'était éclipsée, ne se relevant jamais de son fauteuil préféré, et Nelly, assise sur un banc du Luxembourg lorsque son portable avait sonné et que son oncle lui avait annoncé la triste nouvelle, avait senti le bol en plastique contenant sa salade composée trembler dans sa main. Brusquement, elle n'était plus qu'une toute petite fille.

Après le décès subit de sa grand-mère, elle avait cherché encore un moment à découvrir ce que signifiait l'inscription. Elle avait demandé à son oncle si la citation sur l'amour triomphant de tout aurait pu être une sorte de devise des Delacourt. Mais l'oncle, qui avait emménagé avec femme et enfants dans la vieille maison de Locronan, n'en savait rien, ni d'ailleurs le reste de la famille. Jeanne présumait que la bague avait été un cadeau de Maximilien à sa future épouse. Peut-être, aussi, le vieux Beaufort l'avait-il rapportée d'un de ses nombreux voyages à sa fille préférée, avant de faire graver le proverbe – même si Claire, en matière d'amour, n'avait assurément pas manqué de courage. Nelly avait finalement cessé de poser des questions, et considéré la précieuse bague comme ce qu'elle était : le legs très personnel de sa grand-mère bien-aimée.

Seulement, voilà qu'elle venait de trouver, dans un roman italien abîmé, manifestement acheté ou offert au début des années 1950 avant d'atterrir dans le carton de sa grand-mère, *la* phrase qui lui avait toujours paru si énigmatique.

Nelly examina de nouveau la date et se livra à un petit calcul. En mai 1952, Claire avait dix-sept ans.

La dédicace lui était-elle destinée ? Pensive, Nelly caressait la couverture sur laquelle était imprimé, en grandes lettres démodées, le nom de l'auteur.

Silvio Toddi… Qui était cet homme ? Nelly ne se souvenait pas que son nom ait jamais été prononcé en Bretagne, dans la grande maison en moellons, mais cela ne voulait rien dire. Elle se mit à réfléchir. Se pouvait-il que sa grand-mère ait connu un écrivain italien qui lui aurait offert son roman dédicacé ?

Nelly alla s'asseoir devant l'ordinateur avec le livre. Après une demi-heure de recherches, elle avait trouvé tout ce qu'il y avait d'intéressant à savoir sur Silvio Toddi, qui s'appelait en réalité Pietro Silvio Rivetta di Solonghello, était né à Rome en 1886, et issu d'une famille d'aristocrates. Japonologue, il avait souvent servi de médiateur entre le gouvernement italien et le Japon, au cours de la première moitié du XXe siècle. Journaliste, il était l'auteur d'essais et d'ouvrages didactiques, mais signait toujours ses romans du pseudonyme de « Toddi ».

Validità giorni dieci, paru en 1931, était visiblement un de ses romans les plus populaires. Régulièrement réédité, il avait connu un véritable regain d'intérêt dans les années 1950, après son adaptation au cinéma par Camillo Mastrocinque, en 1940. Quant à Toddi, il était mort à Rome en 1952.

Nelly considéra encore une fois la dédicace, puis secoua la tête. En 1952, Toddi avait déjà un certain âge. Il était difficilement imaginable qu'un homme de soixante-six ans, qui avait un pied dans la tombe, promette à une jeune fille de dix-sept ans le *settimo cielo*, le septième ciel. D'autre part, n'importe qui aurait pu acheter le livre et y inscrire une dédicace – dédicace destinée à une dame qui n'était pas forcément Claire Delacourt, laquelle s'appelait encore Claire Beaufort à cette époque. En fin de compte, ce livre ne lui appartenait pas forcément.

Cela *aurait* pu être le cas, naturellement. Après tout, le nom de sa grand-mère ne figurait pas dans la dédicace. Mais alors, comment expliquer cette citation latine, qu'on pouvait trouver tant dans l'ouvrage qu'à l'intérieur de l'anneau ?

AMOR VINCIT OMNIA.

Nelly sentit un frisson lui parcourir le dos. Cette coïncidence ne pouvait être un hasard. Quelque chose devait relier le vieux roman et la bague. Une histoire dans laquelle sa grand-mère avait joué un rôle… Mais laquelle ? Que s'était-il passé à Venise en mai 1952 ?

— *Venezia.*

Nelly avait murmuré ce mot, qui lui fit soudain l'effet d'une formule magique, capable de tout changer. Était-ce un hasard si elle avait trouvé ce livre à ce moment précis, après toutes ces années, alors qu'elle perdait pied et avait un besoin urgent qu'on l'aide à s'orienter ? N'était-ce pas plutôt le signe que sa mamie lui avait promis des années plus tôt, dans la cuisine, avec un rire indulgent ? Nelly songeait à tout cela en faisant tourner la bague autour de son doigt.

Étrange, se disait-elle. Étrange, étrange, étrange.

C'est alors que surgit en elle une pensée, qui grandit et grandit encore, jusqu'à ce que Nelly finisse par l'exprimer tout haut :

— Je devrais aller à Venise.

10

Le Sud était toujours synonyme de langueur – que le voyage débute à Siorapaluk ou qu'on prenne simplement le train à Paris. C'était juste une question de point cardinal, mais la promesse demeurait la même. On faisait route vers le sud comme on partait retrouver une personne aimée.

Nelly appuya son visage contre la vitre et regarda le paysage défiler à toute vitesse. Ses joues étaient rougies, ses yeux brillaient. À l'aube, elle avait quitté la gare de Lyon pour s'embarquer dans la plus grande aventure de sa vie.

On aurait aussi pu dire qu'elle fuyait, même si elle-même n'aurait pas qualifié ainsi la situation. « Trop dramatique », aurait-elle commenté en écartant une mèche de cheveux de sa figure, embarrassée. Et cependant, on aurait deviné qu'elle ne disait pas tout à fait la vérité.

Nelly n'était pas le genre de personne qui, par un froid matin de janvier, faisait ses bagages sans hésiter, retirait ses économies à la banque, s'achetait un sac à main rouge au prix exorbitant et quittait Paris pour Venise, juste comme cela.

Seulement, il arrivait parfois des choses dans la vie. Des choses comme une toux sévère et un chagrin d'amour plus sévère encore. Des choses comme une mystérieuse phrase dans un vieux livre. Sans compter le fait que la pluie tombant sans relâche sur Paris n'était vraiment plus supportable. Et soudain, on se retrouvait dans un compartiment du TGV, le soleil perçait les nuages, l'année ne faisait que commencer et tout paraissait possible.

Un sourire éclaira brièvement le visage de Nelly, dans ce train argenté qui se dirigeait irrésistiblement vers le sud. *Il sud*...

La jeune femme était surprise de l'allure à laquelle les événements s'étaient déroulés. De la détermination qui s'était emparée d'elle. De la rapidité avec laquelle elle avait pris sa décision, animée par la curieuse conviction de faire ce qui était juste. Elle avait regardé les photos de différents appartements sur Internet, et son choix s'était porté sur un deux-pièces à San Polo, qu'elle avait réservé pour quatre semaines. Quatre longues semaines ! Nelly ne se rappelait pas quand, pour la dernière fois, elle avait pris un mois de vacances. Cela lui semblait assez hardi, presque honteux même, et son cœur avait battu la chamade au moment de confirmer d'un clic. Pour choisir le quartier, elle avait tout bonnement suivi son intuition. San Polo... Le nom lui plaisait et lui évoquait un peu Marco Polo, le grand explorateur, qui, comme elle, ne voyageait que sur terre et sur mer (l'avion n'existait pas à l'époque, certes, mais Nelly n'était pas pointilleuse à ce point). Elle avait acheté un billet de train et un guide de voyage. Dans sa valise se trouvaient, outre des pantalons et des pulls, quelques vêtements légers, et elle avait même emporté une paire de sandales. Elle allait dans le Sud, non ?

Comme la plupart des gens, Nelly associait le Sud, de façon tout à fait irrationnelle, à un lieu où le soleil brillait toujours et où la vie était plus gaie et insouciante que nulle part ailleurs. Or, c'était précisément ce dont elle avait besoin à cette heure précise. Le fait qu'elle ait trouvé le livre de Silvio Toddi lui apparaissait de plus en plus comme un signe du ciel. C'était le coup de pouce qu'il lui fallait de façon si pressante. Le roman était glissé dans son nouveau sac à main, en compagnie d'un petit dictionnaire d'italien, et Nelly comptait le lire pendant son long trajet en train.

Elle se carra dans son siège rembourré. La première classe était vraiment beaucoup plus spacieuse. À la gare, lorsque le guichetier lui avait posé la question, elle avait hésité pendant un moment minuscule (c'était encore l'ancienne Nelly, raisonnable et économe), puis elle avait dit :

— Première, s'il vous plaît !

Oui, elle était partie à l'improviste, et cette année-là, il n'y aurait pas de remboursement anticipé à la banque. Elle avait besoin de tout cet argent pour son séjour à Venise. Bon, d'accord, rien ne l'obligeait à acheter ce sac à main.

Nelly contempla avec ravissement l'élégant sac carmin qu'elle admirait depuis des mois dans la vitrine d'une boutique chic, rue du Four, sans jamais envisager de dépenser une somme d'argent aussi extravagante pour un objet aussi petit. Tandis qu'elle caressait le cuir fin, admirative, et actionnait deux ou trois fois le fermoir doré, elle ne soupçonnait naturellement pas que ce sac à main jouerait bientôt un rôle non négligeable dans sa vie. Nelly ne possédait pas beaucoup de choses coûteuses. En quittant le magasin avec le sac, que la sympathique vendeuse avait fait disparaître dans un pochon en tissu souple, puis dans un sac en papier turquoise au logo doré, elle avait été gagnée par une euphorie qui l'avait étonnée et ne l'abandonnait pas. Bien sûr, il y avait dans la vie plus important que… des *objets*. Et pourtant !

A thing of beauty is a joy for ever. Tout objet de beauté est une joie qui demeure… Keats ne l'avait-il pas écrit dans un poème ? Nelly poussa un soupir de satisfaction. Parfois, justement, il importait de réaliser un de ses rêves, même si la raison s'y opposait en grande partie, voire totalement.

Nelly venait de parvenir à cette conclusion, lorsque la porte du compartiment coulissa. Heureusement, ce n'était que le contrôleur. Nelly se félicitait d'avoir les lieux pour elle seule – pour l'instant, en tout cas. Il était agréable de regarder par la fenêtre et de donner libre cours à ses pensées, sans être dérangé par le froissement des pages d'un journal ou les conversations d'inconnus. C'était précisément l'avantage d'un long trajet en train : il vous donnait le temps de réfléchir. On pouvait voir se succéder les paysages ou évoluer la météo. Voyager en sachant toujours où l'on se trouvait.

Nelly tendit son billet au contrôleur barbu, qui l'examina avant de le composter.

— Venise ! Vous verrez, c'est une ville d'une beauté céleste, mais vous avez encore un sacré nombre de kilomètres devant vous, mademoiselle. J'espère que vous ne trouverez pas le temps trop long. Quelqu'un va bientôt passer avec du café et de quoi grignoter.

Après ces mots, il offrit bien volontiers son sourire bonhomme à la jeune dame aux joues rougies et à la bouche bien dessinée.

Nelly le remercia et remit le billet dans son sac à main.

— Ah, vous savez, j'aime beaucoup prendre le train.

Elle envisagea un instant de lui expliquer que, même au XXIe siècle, il existait des gens qui ne mettraient pour rien au monde le pied dans un avion, sans parler de voler. Mais elle s'abstint.

— Ça fait plaisir à entendre. Bon voyage, alors. Changement à Turin à 12 h 24, précisa le contrôleur qui souleva brièvement sa casquette, avant de quitter le compartiment.

Une ville d'une beauté céleste, se dit Nelly avec un sourire amusé, repensant à l'inscription dans le livre de sa grand-mère. *Il settimo cielo*… Et si ce voyage, de façon totalement inespérée, la menait tout droit au ciel, le septième, cela va de soi ?

Nelly ouvrit le roman de Silvio Toddi. Bientôt, elle était plongée dans sa lecture, qui l'emmena à Venise avant même que son train arrive à quai. Elle fit la connaissance de Paolo Rubini, ce jeune homme occupant un emploi de bureau plutôt monotone dans une société de production cinématographique, et qui, au début du livre, se jure de ne pas aller travailler ce jour-là. Peu de temps après, il trouve dans une cabine téléphonique romaine un billet retour pour Venise, en première classe, valable dix jours. Il se précipite à la gare pour le rendre à son légitime propriétaire, mais le train part avant que le brave Paolo ait le temps d'en descendre. Le voilà engagé bon gré mal gré dans une drôle d'aventure, à laquelle il fait face sans argent (ou presque !). S'ensuivent un nouveau travail et une histoire d'amour troublante. Car Paolo ne cesse de croiser, dans les ruelles et sur les ponts courbes de la ville envoûtante, une jeune femme insaisissable qui, à trois reprises, mais pour des raisons radicalement différentes, prononce un seul mot : « Oh. » Si bien que Paolo, dans le secret de son cœur, appelle tendrement la séduisante inconnue « *Signorina* Oh ».

Au fil de cette lecture extrêmement plaisante, qu'elle n'interrompit que de temps à autre pour chercher une traduction dans son dictionnaire, Nelly eut confirmation que Venise était depuis toujours la ville idéale pour les amoureux. Elle apprit que les *calli*, les rues vénitiennes, se divisaient en deux groupes – celles où tout le monde passait, et celles qu'absolument personne n'empruntait. Mais aussi, que deux personnes étant à Venise finissaient toujours par se croiser sur la place Saint-Marc.

Ce petit roman rafraîchissant regorgeait de trouvailles poétiques et vibrait d'optimisme, c'était une déclaration d'amour à l'amour, mais surtout à la ville, que l'auteur décrivait avec quantité de mots merveilleux. Nelly avait hâte d'être sur place. Sous le charme, elle suivait les pensées de Paolo Rubini, qui, comme elle, n'avait pas beaucoup bourlingué et découvrait Venise pour la première fois :

Il se sentait riche du spectacle que Venise lui offrait dans sa magnanimité. Riche de la lagune, du mirage d'une ville flottant dans un ciel rose pâle ; même l'eau paraissait faite d'éther et se teintait toujours plus comme le ciel, peu à peu. Paolo s'imprégnait de la lumière dont le miroitement doré, toujours plus clair, l'éblouissait. Il se sentait aussi heureux que si tout cela lui appartenait.

Au bout de trois heures, Nelly arrivait à la fin de l'histoire, qui se terminait bien, et refermait le livre. Difficile de croire que ce roman avait été publié en 1931 ! Elle ne s'était pas autant divertie depuis longtemps. Elle aurait aimé dire à ce Silvio Toddi que son roman débordait de bonne humeur. Quel dommage qu'il soit mort depuis longtemps…

Elle rangea le livre dans son sac et leva les yeux, pour constater avec surprise qu'absorbée dans sa lecture, elle n'avait pas remarqué que deux voyageurs l'avaient rejointe dans le compartiment – un couple apparemment, qui n'avait plus grand-chose à se dire et la fixait avec curiosité.

Nelly adressa un bref signe de tête aux deux inconnus et but une gorgée de son café qui avait refroidi. Une demi-heure plus tard, ils s'arrêtaient à Turin. Et une autre demi-heure plus tard, Nelly était installée dans le train à destination de Venise.

Malgré sa joie et son impatience, elle commençait à se sentir fatiguée. Onze heures de trajet, ce n'était pas rien. Elle bâilla derrière sa main, se mit à regarder par la fenêtre, et le paysage se brouilla progressivement sous ses yeux – des yeux qui, à la lumière de ce début d'après-midi, avaient les reflets de la lagune. Nelly n'en était naturellement pas consciente, elle qui n'avait jamais eu l'occasion de contempler les eaux de la Sérénissime.

Et tandis que le train avalait kilomètre après kilomètre et que les paupières de Nelly se fermaient peu à peu, ses pensées la ramenèrent au premier jour de son voyage – dans le hall de la gare de Lyon, où, peu avant le départ, elle avait posté une carte postale très sibylline, adressée à sa cousine qui ne croyait pas aux signes. On pouvait y lire :

Chère Jeanne,

Quand tu rentreras à Paris, ne t'étonne pas que je ne sois pas chez moi. Ne t'inquiète pas, s'il te plaît. Il se trouve que l'univers a bien une âme, et je pars pour quatre semaines.

Ta Nelly qui t'embrasse

11

Voilà plus d'une demi-heure que Nelly attendait à la station de vaporetto Rialto Mercato. Il faisait sombre et elle commençait à se sentir nerveuse, pour ne pas dire au bord de la panique. Le *signor* Pozzi, dont elle guettait l'arrivée sans même savoir à quoi il ressemblait, ne se montrait pas.

— Pas croyable ! s'exclama Nelly en regardant une fois de plus sa montre.

Elle secoua la tête, furieuse. Alors qu'elle avait rendez-vous à 18 h 15 avec le *signor* Pozzi, la grande aiguille se rapprochait inexorablement du chiffre sept. Nelly sortit de nouveau son portable de la poche de son manteau et rappela le numéro qui figurait sur le site internet de l'agence. Elle atterrit encore sur le répondeur, où une voix grincheuse annonçait en italien que le *signor* Luigi Pozzi n'était pas joignable pour le moment.

Nelly jura entre ses dents.

En début de soirée, alors que son long trajet en train prenait fin à la Stazione Santa Lucia, le soleil s'était déjà couché. Nelly était sortie de la gare, s'attardant un moment devant le bâtiment pour s'imprégner des premières impressions offertes par Venise. *Venezia*... Elle y était, enfin !

Sous les marches partant du parvis, le Grand Canal miroitait de reflets prometteurs derrière la station de vaporetto Ferrovia. Sur la rive gauche, on accédait à des ruelles aux lumières colorées accueillant petits magasins et bars, et quelques mètres devant elle, un grand pont courbe en pierre blanche s'élevait au-dessus du Grand Canal qui naissait plus ou moins à cet endroit.

Il faisait beaucoup plus frais que Nelly s'y attendait ; le froid humide montant du canal la saisissait. Elle avait boutonné en frissonnant son manteau, trop léger pour la température. Elle avait clairement été trop optimiste et se félicitait de porter dessous un cardigan et un pantalon. Elle était un peu déçue que le temps à Venise soit presque aussi désagréable qu'à Paris. Enfin, il ne pleuvait pas, au moins.

Heureusement, la station où elle devait prendre le bateau ne se trouvait qu'à quelques pas. Nelly avait descendu les larges marches en tirant sa valise à roulettes bleu foncé, et acheté un *biglietto* à l'automate. Puis elle était montée dans le vaporetto, qui devait l'emmener au lieu de rendez-vous et attendait déjà au débarcadère. La plupart des passagers avaient pris place à l'intérieur du petit vapeur, où, protégés du vent et de l'humidité, ils s'étaient assis sur des sièges en bois inconfortables. Nelly, elle, était restée dehors avec son bagage, debout derrière le bastingage.

Elle était bien trop excitée pour pouvoir rater la Stazione Rialto Mercato. Et comme c'était la première fois qu'elle empruntait le Grand Canal, serpentant comme un grand S à travers cette incroyable ville flottante, elle voulait tout voir. Le vaporetto s'était mis en mouvement, le vent soulevant les cheveux de Nelly, et il avait longé, dans le ronflement régulier du moteur, les immeubles et *palazzi* de toutes les couleurs qui se dressaient dans le ciel bleu nuit. De part et d'autre du Grand Canal, des réverbères éclairaient les façades des bâtiments, qui, avec leurs hautes fenêtres s'achevant en pointe, paraissaient sortir tout droit d'un conte oriental. Les lumières se reflétaient dans l'eau ridée de petites vagues dorées, et tandis que le vaporetto glissait tranquillement sur cette artère paisible et majestueuse, dépassant des gondoles isolées dont les ombres étroites avançaient à la surface de l'eau, Nelly avait senti son cœur s'emballer. Tout cela était vraiment enchanteur.

Pour un peu, elle aurait manqué son arrêt, tant elle était absorbée dans la contemplation d'un énorme lustre en verre vénitien, qu'elle voyait étinceler à travers la porte-fenêtre d'un *piano nobile*, le premier étage d'un *palazzo*. Lorsque le vaporetto avait accosté avec une secousse sur la rive opposée, qu'elle avait tourné la tête et lu le nom de la station sur le panneau, elle avait sursauté d'effroi et s'était hâtée de tirer sa valise jusqu'à la sortie, puis sur les planches de l'abri, derrière lequel s'élevait la Pescheria, la vieille halle aux stores rouge sang.

Nelly avait lu dans son guide que le marché aux poissons de Venise était un des plus beaux au monde, mais par cette fraîche soirée de janvier, il n'y avait pas foule et le bâtiment faisait l'effet d'un immense voilier abandonné.

Elle s'était arrêtée et avait regardé autour d'elle. Maintenant que les autres passagers, manifestement des autochtones pour la plupart, avaient quitté le vaporetto et s'étaient éloignés d'un pas résolu, il ne restait plus qu'un couple de touristes japonais qui se tenaient devant la halle ; gloussant et se contorsionnant, ils faisaient quelques selfies avec leur smartphone, fixé au bout d'une perche. Nelly avait plissé le nez. Elle avait déjà remarqué ces objets à Paris. Elle ne voyait pas ce qu'apportait l'obsession actuelle poussant à s'immortaliser en permanence, mais elle ne possédait pas de smartphone, juste un portable à touches démodé, avec lequel elle téléphonait ou envoyait des textos. Bien entendu, elle avait également un appareil photo. Il ne fallait pas tout mélanger.

Les Japonais se photographiaient donc avec un bel enthousiasme, rapprochant leurs têtes et levant les doigts en l'air pour faire le V de la victoire, et c'est alors que Nelly avait vu un jeune homme en veste de cuir, surgi de nulle part, se diriger vers elle d'une démarche nonchalante. Elle l'avait scruté et il avait eu un sourire réjoui.

— Êtes-vous le *signor* Pozzi ? lui avait-elle demandé en italien.

L'homme s'était arrêté, l'air interrogateur à son tour.

— *Perché ?* avait-il fait en étirant inutilement les syllabes.

— Parce qu'il devait venir me chercher ici.

— *Perché ?* avait répété l'homme en sortant un paquet de cigarettes de sa poche.

Nelly avait froncé les sourcils.

— Parce que… Mais… Vous n'êtes pas le *signor* Pozzi, si ?

Le jeune homme avait secoué la tête.

— Non, malheureusement, avait-il déclaré à regret. C'est dommage, hein ?

Il lui avait fait un clin d'œil, avant de gratter une allumette. La flamme avait éclairé ses traits anguleux, puis il lui avait tendu le paquet.

— Vous n'auriez pas envie d'une cigarette ? On pourrait attendre ensemble.

— Je ne fume pas.

— Oui, c'est ce que je craignais.

— Je déteste qu'on ne soit pas ponctuel.

Le jeune homme avait hoché la tête avec un sourire gêné. Il était probablement lui-même toujours en retard. Ensuite, il avait écarté les bras dans un geste jovial.

— Ah, pourquoi ne pas oublier ce *signor* Pozzi ! Et si je vous invitais à boire un verre de vin ? Là, juste au coin.

— Sûrement pas.

Voilà qui commençait bien. Elle était seule depuis quelques minutes à peine et elle se faisait déjà draguer par un gigolo.

— Merci, mais on va passer me prendre dans un instant.

— Vous êtes sûre que je ne peux pas vous aider ?

— Certaine, avait répliqué Nelly avec détermination. *Buonasera.*

Elle lui avait adressé un bref signe de tête et s'était éloignée de deux ou trois mètres avec son bagage. Quelques minutes plus tard, le vaporetto suivant accostait. Du coin de l'œil, Nelly avait vu le jeune homme monter et une poignée de passagers descendre. Rapidement, elle s'était retrouvée seule avec sa valise à roulettes et son sac à main rouge, plantée là comme une idiote.

Et si ce *signor* Pozzi ne venait pas ? Un frisson parcourut le dos de Nelly. Le quartier ne semblait pas très animé le soir, pas en janvier en tout cas. Et même si elle trouvait son chemin jusqu'à l'appartement de la calle del Teatro à l'aide de son plan de la ville – ce qui était plus qu'improbable, car il faisait sombre et Nelly avait un sens de l'orientation catastrophique –, comment entrer sans clé ?

Le cœur de Nelly se mit à cogner dans sa poitrine. C'était la première fois qu'elle réservait un logement sur Internet, et tout allait déjà de travers. Dans son désespoir, elle regrettait presque d'avoir refusé l'aide du jeune homme en veste de cuir. Peut-être voulait-il juste être gentil, peut-être était-elle la seule à avoir eu des arrière-pensées. Nelly fit quelques pas dans un sens, puis dans l'autre, jetant des coups d'œil agités dans toutes les directions. 19 h 05 ! Ce n'était pas croyable !

S'il le faut, je chercherai un hôtel pour cette nuit, pensait-elle, lorsqu'elle entendit un bruit qui paraissait venir de la Pescheria.

Elle se retourna. Un vieil homme muni d'une canne et coiffé d'une casquette en toile s'approchait d'elle, la démarche traînante.

— Êtes-vous la *signorina* Delacourt ? lança-t-il d'une voix rauque.

— Oui, oui, c'est moi, se hâta de confirmer Nelly.

Soulagée, elle regardait le vieillard qui la détailla brièvement en plissant ses yeux marron.

— Luigi Pozzi, se présenta-t-il ensuite. Avez-vous fait bon voyage ?

— Oui, répondit Nelly qui ajouta sur un ton de reproche : j'attends ici depuis près d'une heure. Je pensais que vous ne viendriez plus.

Le vieil homme hocha la tête et leva la main en signe d'apaisement.

— *Tranquilla, tranquilla*, marmonna-t-il.

De toute évidence, il n'avait pas l'intention de présenter des excuses pour son retard ou d'expliquer celui-ci.

— Venez ! Je vais vous emmener à l'*appartamento*, déclara-t-il en indiquant l'obscurité de son index tordu. Par ici, *signorina* Delacourt, *andiamo* !

Le vieillard passa devant elle et s'éloigna en boitant, à une allure stupéfiante. Tous les deux pas, sa canne venait frapper les pavés de la petite rue étroite dans laquelle il avait tourné.

Nelly poussa un soupir intérieur. Apparemment, le *signor* Pozzi n'avait pas l'intention de l'aider à porter son bagage, ou n'était pas en mesure de le faire. Résignée, elle attrapa la poignée de sa valise et pressa le pas pour le rattraper.

Dix minutes plus tard, il était évident pour Nelly que les grosses valises à roulettes parisiennes n'étaient pas faites pour Venise. Trébuchant çà et là, elle suivait bravement le *signor* Pozzi qui la guidait avec une troublante assurance à travers les rues et ruelles sombres de San Polo, leur faisant traverser des canaux sur de petits ponts qui avaient tous des marches – Nelly n'avait jamais vu de ville qui compte autant de marches. Ils en montaient et en descendaient régulièrement, et Nelly portait et tirait sa valise derrière elle, priant pour qu'une roue ne lâche pas. Elle avait du mal à suivre le rythme du vieillard, qui se retournait de temps à autre pour s'assurer de sa présence, avant de lancer impatiemment : « *Andiamo, signorina* Delacourt*, andiamo !* »

Lorsqu'ils atteignirent enfin l'appartement (quatrième étage sans ascenseur !), Nelly était en sueur et hors d'haleine.

— *Ecco !* lâcha le *signor* Pozzi avec satisfaction, avant de tourner la clé dans la lourde porte en bois, de la pousser avec sa canne et de s'effacer pour laisser Nelly entrer la première.

Lui n'était pas hors d'haleine.

Nelly fit quelques pas hésitants… et se retrouva au milieu d'un *salone* meublé dans le style vénitien, dont le sol en marbre terre de Sienne, aux inclusions blanches, brillait sous un vieux tapis rouge foncé. Elle caressa du regard les deux canapés safran, qui – séparés par une table basse en bois foncé couverte de livres et de magazines – se faisaient face, entourés de tableaux anciens et de lampes. Au-dessus du manteau de la cheminée, sur le mur du fond, était accroché un miroir argenté à moitié terni, dans lequel elle aperçut son reflet flou. Une chambre aux lourds rideaux en velours gorge-de-pigeon, donnant sur un minuscule jardin, une salle de bains tout en longueur dotée d'une petite fenêtre, une cuisine avec un réfrigérateur qui bourdonnait et une table ronde, sur laquelle était posée une bouteille de vin, en signe de bienvenue – Nelly était sous le charme. Elle trouvait l'appartement merveilleusement agréable, et oublia aussitôt les désagréments du voyage. Les yeux brillants, elle se tourna vers le *signor* Pozzi.

— *Che bello !* s'exclama-t-elle.

— *Ecco !* répondit le *signor* Pozzi.

L'air grave, il indiqua un interrupteur près de la porte d'entrée et l'actionna plusieurs fois.

— *Riscaldamento !* expliqua-t-il avant de tourner une molette près de l'interrupteur. *Freddo, caldo ! Freddo, caldo !*

Il scruta Nelly pour s'assurer qu'elle ait saisi.

— C'est bon, assura Nelly. Le thermostat du chauffage, j'ai compris, merci !

Après l'avoir encore entraînée dans une visite guidée de tous les placards et armoires, le *signor* Pozzi lui remit enfin la clé.

— S'il y a un problème, vous n'avez qu'à m'appeler. Sur le *telefonino* ! précisa-t-il en extirpant son portable de la poche de pantalon déformée, et en l'agitant sous le nez de Nelly.

Celle-ci haussa les sourcils et hocha lentement la tête.

— Je n'y manquerai pas, *signor* Pozzi. Mais de votre côté, il faut que vous décrochiez.

— Je décroche toujours, déclara le *signor* Pozzi avec indignation.

Puis il lui souhaita une bonne soirée et s'en alla.

Nelly referma la lourde porte en bois et poussa un soupir de soulagement. Quel drôle de vieillard ! Elle espérait que rien ne l'obligerait à le contacter. Elle ôta son manteau, posa son sac à main sur la table basse et fit un tour sur elle-même, admirant avec bonheur son nouveau chez-soi. Rêveuse, elle parcourut de nouveau l'appartement, regarda les tableaux et les livres, prit en main la coupe en argent sur le manteau de la cheminée, alluma et éteignit le lampadaire à l'abat-jour jaune, ouvrit la fenêtre de la chambre et contempla le jardin paisible. Ensuite, elle inspecta les placards et les tiroirs de la cuisine, et découvrit un ouvre-bouteille avec lequel elle déboucha le vin.

— *Andiamo, signorina* Delacourt, *andiamo*, dit-elle tout haut avec un large sourire, en levant son verre à la santé de son reflet dans le miroir surmontant la cheminée.

Le vin était bon. Elle but son verre d'un trait et sentit l'alcool la réchauffer agréablement. Ensuite, elle monta un peu le chauffage. Dans la chambre, elle défit sa valise et rangea soigneusement ses vêtements dans la vieille armoire et dans la commode en bois foncé, aux larges tiroirs, qui faisait face au lit. Celui-ci était recouvert d'un jeté de lit bleu pigeon, sur lequel étaient disposés quelques coussins de velours, et paraissait très accueillant.

Incapable de résister à l'invitation, Nelly décida de se reposer avant d'aller manger un morceau dans le bar voisin devant lequel ils étaient passés. Elle avait mal aux bras à cause des efforts inhabituels fournis pour porter sa valise.

Nelly consulta sa montre : 20 h 30.

— Juste une petite demi-heure, murmura-t-elle en s'allongeant et en glissant un coussin sous sa tête.

Elle ferma les yeux et une fatigue de plomb l'envahit.

Le sommeil vint alors remplir son office dans le petit *appartamento*, calle del Teatro.

12

Venise était la ville idéale pour flâner – pour les étrangers en tout cas, lesquels ralentissaient instinctivement le pas devant son merveilleux spectacle, tout en *palazzi* roses, ponts de pierre jetés au-dessus de l'eau de la lagune clapotant dans les canaux, bâtiments penchés, petits clochers et ruelles tortueuses qui, de temps à autre, vous faisaient la surprise de déboucher sur un *campo* autour duquel se serraient commerces et bars. San Polo se trouvait au cœur de Venise, et Nelly ne se lassait pas d'admirer la magnifique basilique Santa Maria Gloriosa dei Frari. Finalement, elle entreprit d'en faire le tour.

Tôt ce matin-là, elle s'était réveillée sur le lit bleu, un peu étonnée d'être encore habillée. Elle avait dormi près de dix heures. Après un court petit déjeuner dans un bar du campo San Polo, composé d'un cappuccino et d'un *cornetto* saupoudré de sucre, elle avait décidé de faire un premier tour. Le soleil brillait, et Nelly se réjouissait d'explorer le moindre recoin de la ville qui l'enchantait et la déroutait à la fois, et qui, à cette époque de l'année, était paisible comme rarement.

Elle ne soupçonnait pas que dès mai, au plus tard, des flots de visiteurs se presseraient dans les ruelles de San Marco ou du Rialto. Quant au fameux *carnevale*, qui voyait des milliers de touristes envahir pendant quelques jours la ville flottante, pour faire la fête dans ses rues, il n'aurait pas lieu avant plusieurs semaines. Dans les boutiques, des masques bariolés et de somptueuses robes aux couleurs changeantes étaient déjà exposés, et Nelly, pour qui tout cela était nouveau, s'écrasait le nez aux vitrines pour les détailler.

Émerveillée – et cette fois, simplement équipée de son sac à main rouge qu'elle tenait fermement, on ne savait jamais –, Nelly se promenait dans les ruelles étroites de San Polo, au bout desquelles l'attendaient toujours un coin de ciel et, dessous, le bleu tirant sur le vert d'un des petits canaux miroitants, qui traversaient la ville à la manière d'un labyrinthe. Sur un pont, elle s'absorba dans la contemplation d'une gondole avançant entre les façades pittoresques. Au bout d'une heure, comblée, elle élisait Venise ville la plus lente d'Europe.

Empruntant maintenant un *sottoportego* à un rythme paisible – très dromologique ! –, écoutant avec satisfaction l'écho de ses pas, elle songea que l'absence de bruits de klaxon avait tout d'une douce musique. Nelly était si enthousiasmée que, l'espace d'un moment, elle oublia même Daniel Beauchamps et son chagrin d'amour. Elle marcha sans but au gré de petites rues latérales, traversa le campo San Rocco où se trouvait la grande Scuola abritant des tableaux du Tintoret, qu'elle comptait admirer une autre fois, et parvint finalement au bord du Grand Canal, auquel le soleil matinal donnait des reflets argentés.

Elle s'approcha d'un *traghetto*, une sorte de gondole avec laquelle on pouvait gagner l'autre rive. Elle donna quelques pièces au gondolier et monta dans le bateau noir, sur lequel on traversait le large canal debout. Une entreprise risquée, trouvait Nelly, mais le gondolier au canotier et au pull rayé lui sourit si amicalement qu'elle choisit de cacher son embarras. Quelques minutes plus tard, elle quittait l'embarcation, et elle se retrouva bientôt sur une grande place, le campo Santo Stefano, au coin duquel elle but un Orangina avant de poursuivre son chemin.

Comme Nelly cédait régulièrement à la tentation de jeter un coup d'œil dans de petites cours et des ruelles, ou de s'arrêter devant des boutiques, il lui fallut un certain temps pour rejoindre le lieu auquel on parvient inévitablement quand on se promène dans Venise.

Les cloches du Campanile sonnaient midi lorsque Nelly quitta une des arcades encadrant la piazza San Marco et se figea, subjuguée. La place Saint-Marc s'étendait devant elle, tel un immense salon à ciel ouvert. Les imposants bâtiments à plusieurs étages des Procuraties, avec leurs hautes fenêtres cintrées, entouraient sur trois côtés la piazza tout en longueur. Au fond se dressait – comme pour clore le spectacle en apothéose – la splendide basilique Saint-Marc avec ses coupoles et ses logettes surmontées de toits pointus. Au-dessus du portail principal de l'édifice, le symbole de San Marco – le lion ailé – jetait des reflets dorés.

Nelly traversa la piazza, plus animée, même à cette époque de l'année, que toutes les autres places de Venise. Sur un petit stand, un marchand ambulant vendait des chapeaux de gondolier, des ombrelles en dentelle blanche et noire, des peintures à l'huile bariolées représentant le palais des Doges, le pont des Soupirs ou la basilique ; plus loin, un vendeur noir coiffé d'un bonnet rouge lançait en l'air des boules lumineuses bleues. Au milieu de la place, touristes et pigeons opéraient une étrange symbiose : les pigeons espéraient recevoir à manger des touristes, les touristes escomptaient prendre des photos de pigeons posés sur leur main. Nelly observa, souriante, une Américaine âgée sur les bras écartés de laquelle s'étaient installés plusieurs oiseaux. Se tenant là fièrement, comme un épouvantail en manteau de fourrure, elle se faisait photographier par son mari qui, après lui avoir crié « *Now, honey, cheeeeese !* », appuya sur le déclencheur.

On avait regroupé les chaises du Caffè Florian et du Caffè Quadri, prises d'assaut quand la température était plus clémente, et tiré les rideaux autour des estrades ; placées de part et d'autre de la piazza, elles accueillaient habituellement de petits orchestres baignant les lieux de musique classique. Si l'on voulait un café ou un verre de *prosecco*, il fallait entrer. Nelly jeta un coup d'œil envieux à travers la vitrine du Caffè Florian, un établissement fort d'une longue tradition et dans lequel quelques clients, installés dans de douillettes niches lambrissées, buvaient leur chocolat chaud. Les prix dépassaient la mesure, mais en contrepartie, on était place Saint-Marc, « le plus beau salon d'Europe » à en croire Napoléon.

Continuant à flâner, Nelly contempla la Torre dell'Orologio avec son horloge astronomique ronde, au fond bleu étoilé d'or, et admira les statues des deux Maures qui ne quitteraient jamais le toit, prêts à donner l'heure en frappant la cloche de leur marteau.

Cependant, c'était le Campanile que Nelly trouvait le plus beau. La haute tour en brique rouge, cet emblème de Venise dominant tous les autres bâtiments, la séduisait énormément. Elle se dressait, paisible malgré l'animation de la piazza, les passants allant et venant, les pigeons battant des ailes. Nelly leva les yeux, et comme beaucoup de touristes, elle tenta vainement de faire tenir le Campanile sur l'écran de son petit appareil photo.

Elle fit un pas en arrière, puis un autre, et encore un autre. Elle heurta alors à reculons un groupe de touristes, perdit l'équilibre et se raccrocha au premier bras venu.

Ce bras appartenait à un Vénitien d'une beauté insolente, qui, de toute évidence, servait avec entrain de guide à une troupe d'Italiens.

— *Oplà !* s'était-il écrié avec surprise lorsque la jolie étrangère lui était, pour ainsi dire, tombée dans les bras.

Heureusement, il avait eu la présence d'esprit de la retenir avant qu'elle atterrisse sur les pavés, comme son sac à main rouge.

Un regard moqueur de ses yeux sombres, un large sourire révélant des dents d'une blancheur immaculée, un « *Ciao bella !* » suffisant, et Nelly savait à quoi s'en tenir.

Cet homme était indubitablement un de ces frimeurs italiens.

— Il est plus sage de regarder là où on va, *signorina*, à moins d'avoir des yeux derrière la tête comme moi, plaisanta-t-il.

Nelly, gênée, se remit péniblement d'aplomb sous les rires bienveillants des touristes.

— *Grazie*, lâcha-t-elle.

Elle ne put empêcher le jeune Vénitien – qui se présenta aussitôt, sourire engageant et anglais épouvantable, comme étant Valentino Briatore (Valentino, quel cliché !) – de l'aider à rassembler le contenu de son sac. Une fois de plus, son opinion sur les hommes séduisants semblait se vérifier. Celui-là, en tout cas, paraissait ne rien avoir dans le crâne à part des remarques idiotes.

— *Are you alone ? First time in Venice ? You like to join us ?*

Nelly secoua la tête, muette, et referma son sac à main en faisant claquer le fermoir. Un bruit sec, sans équivoque. Seulement, le Vénitien ne s'avouait pas encore vaincu.

— *Where you come from ?* insista-t-il. *America ? Sweden ? Germany ?*

— *Paris*, répondit Nelly, qui n'avait nullement l'intention de montrer qu'elle parlait mieux l'italien, le cas échéant, que ce guide touristique l'anglais.

— *Aaah, Paris !* s'exclama-t-il d'un air appréciateur, avant de passer la main dans ses boucles sombres et d'ajouter : *Verrry nice city… I love ! But*

Venezia is much nicer than Paris, you will see, mademoiselle... *?*

Il eut de nouveau ce large sourire insouciant, qui dévoilait bien trop de dents au goût de Nelly.

S'abstenant de lui donner son prénom, elle lui adressa un signe de tête et tourna les talons, laissant en suspens sa question implicite.

— *Wait !*

Le jeune homme sortit vivement de son jean une note de restaurant, au dos de laquelle il griffonna son nom et un numéro de téléphone portable.

— *You take this !* ordonna-t-il gentiment en tendant le bout de papier à Nelly. *I'll show you Venice,* mademoiselle. *If you have time, you just call me...*

Il lui fit un clin d'œil.

Nelly n'était pas impolie. Elle prit donc le papier qu'elle glissa dans la poche de son pantalon avec un sourire bref.

— *Grazie*, répéta-t-elle.

— *You call me, okay ?* lui lança encore ce Valentino alors qu'elle s'éloignait, se dirigeant vers la Piazzetta.

Nelly sourit largement.

— Tu peux toujours courir, fit-elle à voix basse.

Elle passa devant le palais des Doges, ce bâtiment rose et blanc qu'elle visiterait sûrement un jour prochain, et se dirigea vers le lion ailé, qui, trônant au bout de la Piazzetta, sur la haute colonne de gauche, semblait surveiller la lagune. Nelly sortit son appareil et prit une photo. Sans incident, cette fois. Satisfaite, elle laissa errer son regard sur le miroir d'argent de l'étendue d'eau, au-dessus de laquelle s'élevait, à une certaine distance, l'île de la Giudecca. Ensuite, elle décida de poursuivre sa promenade le long de la Riva degli Schiavoni et, de là, de jeter un coup d'œil au fameux pont des Soupirs, qu'avait emprunté le plus grand de tous les Casanova de la ville avant d'être jeté en prison.

Dix minutes plus tard, dépassant l'hôtel Metropole, elle avait déjà oublié le bout de papier dans sa poche de pantalon. Si quelqu'un lui avait dit que, trois heures plus tard seulement, elle composerait, en proie au désespoir, le numéro d'un jeune Vénitien du nom de Valentino, elle aurait éclaté de rire.

13

Trois heures plus tard, Nelly se tenait sur le fameux pont du Rialto, reliant San Marco à San Polo, et admirait la vue.

Elle avait déjeuné au Saraceno, un charmant restaurant situé non loin du pont, au bord du Grand Canal. Elle avait d'abord cru à un piège à touristes classique, mais les serveurs, extrêmement aimables et prévenants, l'avaient conduite à une bonne table, près d'une fenêtre devant laquelle étaient accrochées – alignées sur une cordelette comme des lampions, à différentes hauteurs – de ravissantes lampes en soie de style orientalo-vénitien, évoquant un peu à Nelly des poches à douille filigranées.

Le repas avait été délicieux. Sur les conseils du serveur, Nelly avait choisi en entrée un carpaccio de poisson blanc assaisonné au jus de citron, fondant en diable. Ensuite, elle avait commandé la pizza au salami piquant qu'elle avait trouvée excellente, avec ses tomates fraîches et sa mozzarella fondue ; elle avait atténué son goût relevé avec deux verres de vin rouge, un velours peut-être un peu trop capiteux pour le repas de midi. Mais rien ne l'empêchait de faire une petite sieste plus tard, dans son appartement.

Plus Nelly y songeait, plus elle trouvait géniale l'idée de demeurer tout un mois dans une ville où la plupart des personnes ne restaient qu'un week-end. La culture du séjour éclair avait tendance à croître, ces dernières années. Les gens prenaient l'avion pour passer deux-trois jours quelque part, et s'étonnaient ensuite que les virées citadines soient si fatigantes.

Seulement voilà, il y avait une grosse différence entre une virée et un voyage. Pour voyager réellement, il fallait prendre un peu de temps, peut-être même prendre le temps tout court, méditait Nelly au moment du dessert – une boule de glace maison au citron présentée avec différentes baies. Alors, on pouvait se permettre de s'attarder, de retourner aux endroits qui nous avaient particulièrement plu, ou tout simplement, de faire une sieste sans passer pour autant à côté de cinq attractions.

Après avoir conclu son repas par un *espresso* corsé qu'elle avait sucré (servi avec un petit biscuit aromatisé à l'amaretto), Nelly avait réglé l'addition et contemplé une dernière fois les suspensions en soie couleur d'ambre, accrochées devant la fenêtre.

Le serveur lui avait expliqué que les motifs de ces lampes reproduisaient ceux d'anciens textiles créés par le célèbre artiste Mariano Fortuny, qui avait vécu à Venise. Il lui avait chaudement recommandé le musée Fortuny, qui, situé dans un coin assez retiré de San Marco, était souvent méconnu des touristes. Nelly avait pris mentalement note de l'information, puis demandé :

— Et ces lampes ? On peut encore les acheter aujourd'hui ?

— *Sì, certo !* Malheureusement, elles sont très chères. Ce n'est pas vraiment un souvenir pour touristes, avait répondu le serveur souriant, avant d'indiquer à Nelly l'adresse d'une des trois boutiques Fortuny, à San Marco, ponte del Lovo : vous retraversez tout simplement le pont du Rialto, en direction de San Marco, et si vous prenez à droite, vous ne pouvez pas la rater.

C'est ainsi que Nelly, peu après, s'était retrouvée sur le pont du Rialto, déjà emprunté lors de son circuit matinal dans San Marco. Comme la première fois, elle s'arrêta au milieu de l'ouvrage en pierre, tendant un moment son visage au soleil, puis elle posa son sac à main sur le parapet et se mit à contempler les scintillements du Grand Canal qui, au loin, se confondait avec le ciel.

Silvio Toddi n'avait pas exagéré – Venise avait bien quelque chose d'*unique*. C'était toujours le cas. Nelly, elle aussi, s'imprégnait de la lumière dorée enveloppant ce premier après-midi encore jeune. Songeuse, elle se demanda si sa grand-mère Claire s'était tenue un jour sur ce pont offrant une vue aussi grandiose sur le canal.

Elle se pencha par-dessus le parapet et aperçut une gondole bien chargée qui se dirigeait tranquillement vers elle.

Rien ne laissait présager qu'il se produirait, l'instant d'après, une mésaventure qui devait, en fin de compte – c'est le propre de certaines mésaventures –, se révéler être la meilleure chose qui puisse lui arriver.

Peut-être le vin rouge avait-il entamé sa vigilance, peut-être n'était-ce que la faute à pas de chance, toujours est-il que Nelly se pencha un peu plus pour mieux observer la gondole remplie de Japonais souriant avec satisfaction et le gondolier chantant avec ardeur. C'est alors que quelqu'un, empruntant le pont d'un pas pressé, la bouscula au passage : un coup de coude dans le dos, un cri de surprise – et le sac à main rouge, posé devant elle, tomba comme une pierre et atterrit tout droit… non, pas dans le Grand Canal, mais à l'arrière de l'embarcation, à l'insu des passagers et du batelier. Sans que la jeune femme prenne conscience de l'analogie avec l'héroïne du roman de Toddi, la bouche de Nelly articula un « Oh ! » effaré, auquel succéda, la seconde de stupeur passée, un « Oh… non ! » moins discret.

— Mon sac à main, mon sac à main ! s'exclama Nelly.

Elle s'était malheureusement exprimée en français, la traduction italienne de « sac à main » ne lui revenant pas sur l'instant. Elle fit de grands mouvements des bras, en proie à l'agitation, et se mit à crier :

— Hé ! Houhou ! Mon sac ! Mon sac est tombé !

Les Japonais assis en contrebas, dans la gondole, levèrent les yeux à l'unisson, hochèrent la tête en souriant et répondirent par des signes enthousiastes à ce qu'ils prenaient pour un témoignage de l'hospitalité européenne. Un enfant, cheveux longs et bagues sur les dents, brandit même son smartphone pour prendre, avant qu'il soit trop tard, une photo de la gentille jeune femme qui, brassant l'air et s'époumonant, se donnait du mal pour leur souhaiter à tous une formidable journée.

Pendant ce temps, le gondolier, imperturbable, continuait à chanter *O sole mio* en repoussant l'eau avec sa rame, le mouvement souple, et l'embarcation fut finalement avalée par le pont du Rialto.

Dans un film, Nelly aurait trouvé la chose terriblement drôle – c'étaient les scènes de ce genre qui faisaient les bonnes comédies –, malheureusement, il est une vérité assez connue qui veut que seules les œuvres d'art vous fassent rire. La vie, elle, est sérieuse, parfois même *très* sérieuse.

Après avoir assisté, stupéfaite, à la disparition de la gondole emportant son sac à main, la propriétaire de celui-ci demeura un moment sur le pont, comme pétrifiée.

Nelly pensa ce que pensent la plupart des gens dans une situation aussi désespérée. Elle se dit : Ce n'est pas possible ! Puis : Ce n'est pas à moi que ça arrive ! Et enfin : Ce n'est pas mon sac qui vient de tomber dans une gondole !

Une fois familiarisée avec la pensée que sa mésaventure sur le pont du Rialto n'était pas le vestige d'un cauchemar qui s'évanouissait au réveil, il lui échappa un gros juron qui n'aurait jamais quitté sa bouche en temps normal, mais était plutôt approprié au contexte.

Certes, on pouvait se consoler de la perte d'un petit sac à main, fût-il très coûteux. Seulement, le caractère tragique de l'événement résidait dans le fait que Nelly, avant de quitter son *appartamento* ce matin-là, avait cherché en vain un *cassaforte* dans lequel mettre ses objets de valeur, ou en tout cas, tout ce dont on n'a pas besoin pour faire un premier tour dans une ville inconnue.

Constatant qu'il n'y avait aucun coffre-fort dans l'appartement, et remarquant avec inquiétude qu'il serait facile, pour un grimpeur entraîné, de passer par la fenêtre non sécurisée de la cuisine, depuis la cour de derrière, pour voler tout ce qu'on peut voler à des touristes naïfs, Nelly avait donc décidé de ne pas faire le tri dans son sac à main. Ce qui signifiait – pensée effrayante – que tout, mais absolument *tout* se trouvait dans celui-ci : argent liquide, cartes bancaires, carte d'identité, carnet d'adresses, y compris le plan de la ville et son billet retour. Sans oublier, bien entendu, son téléphone portable et la clé du deux-pièces de San Polo.

Nelly avait envie de pleurer. Où était passée la beauté de cette journée, où ? Emportée par une gondole vénitienne !

Elle devait faire quelque chose, mais quoi ? Comment réagissait-on dans une situation pareille ? On allait au poste de police. Ou à l'ambassade de France.

Nelly n'était pas certaine qu'il y ait à Venise une ambassade de France, mais elle avait déjà entendu parler de la *questura* dans un roman de Donna Leon. Elle s'adressa donc à la première passante qui lui parut à peu près fiable et à peu près italienne, et demanda son chemin.

Elle aurait pu se rendre confortablement en vaporetto dans le quartier de Santa Croce, où se trouvait la *questura*, mais elle n'avait plus d'argent, et par ailleurs, les indications de la vieille Italienne lui paraissaient plutôt claires. Du moins, au début.

L'aimable femme vêtue de noir lui expliqua avec un sourire patient qu'en quittant le pont du Rialto, elle devait simplement prendre à gauche et emprunter la deuxième *calle* à droite, puis aller tout droit ; au bout de deux cents mètres environ, elle arriverait sur un petit pont avec un magasin de tissus, elle ne pouvait pas le manquer, et il faudrait alors tourner tout de suite à gauche...

Nelly se mit en route, tentant sa chance.

Après avoir interrogé sept autres passants, la plupart n'étant pas de Venise et les autres se grattant la tête avant de prononcer la même phrase trompeuse : « La *questura* ? Oh, c'est très simple ! », Nelly en avait plus qu'assez.

Elle n'arrivait plus du tout à s'orienter dans ce réseau inextricable de canaux, de ponts et de ruelles. Elle était déjà passée sur un grand pont de bois près duquel une flèche indiquait *Accademia*, mais cela faisait un bon moment. Quoi qu'il en soit, il semblait bien qu'elle se trouve désormais dans ces *calli* que *personne* n'empruntait, à en croire Toddi : elle n'avait pas croisé âme qui vive depuis cinq minutes.

Si seulement elle avait pu appeler quelqu'un ! Elle songea avec un pincement au cœur à sa cousine Jeanne, qu'elle avait traitée si honteusement en lui envoyant une simple carte postale, et qui venait sûrement de rentrer de Bretagne. Elle aurait même accepté que le grincheux *signor* Pozzi endosse le rôle du sauveur, si elle avait eu son numéro, et un téléphone, bien sûr.

Soudain, le bout de papier dans sa poche de pantalon lui revint à l'esprit – c'était l'unique chose qu'elle n'avait pas perdue.

Contrairement à son habitude, Nelly n'y vit pas un signe. Elle y vit toutefois la fameuse bouée de sauvetage, à laquelle elle se cramponna aussitôt.

Peu de temps après, affolée et chancelante, elle entrait dans un bar – sans le savoir, elle avait échoué dans un des coins les plus isolés de Dorsoduro – et demandait avec agitation la permission de téléphoner.

Le *barista* la fixa, surpris. Manifestement, il n'était pas fréquent qu'un touriste s'égare au point de mettre les pieds dans son établissement, et veuille passer un coup de fil.

— *Si tratta di una situazione di emergenza !* assura Nelly.

Oui, la situation était critique.

Le barman lui tendit son portable sans un mot, et Nelly poussa un soupir de soulagement.

— *Grazie ! Grazie mille !* s'exclama-t-elle avec exubérance.

Le *barista* eut un sourire indulgent.

— *Prego !* répondit-il, et il regarda la jolie jeune femme dans tous ses états sortir un bout de papier de sa poche et composer un numéro sur son *telefonino*.

— *Pronto ?*

Nelly faillit s'évanouir de joie en reconnaissant la voix du guide touristique de la place Saint-Marc.

— Valentino ? s'enquit-elle malgré tout, par acquit de conscience.

— *Sì !*

— Ah, Valentino, Dieu merci ! C'est *fantastique* de vous parler ! commença Nelly dans son plus bel italien. Vous avez dit tout à l'heure que je pouvais vous appeler n'importe quand, est-ce que votre offre généreuse tient toujours ? Il faut venir immédiatement, s'il vous plaît ! Je suis… – Elle adressa un regard interrogateur au *barista*, qui lui indiqua une adresse qu'elle répéta au jeune homme à l'autre bout du fil. – Oui, c'est ça. Il n'y a que ce bar, ici. Je me suis perdue. Et… je n'ai plus mon sac à main. Il y avait *tout* dedans !

Pour un peu, elle aurait sangloté de soulagement d'avoir pu joindre quelqu'un qu'elle connaisse. Un minimum, en tout cas.

— Vous *devez* m'aider, Valentino, s'il vous plaît !

Un silence stupéfait régna un moment à l'autre bout du fil.

— Pas de problème. Je vais vous aider, bien sûr. Je serai là dans dix minutes, déclara Valentino Briatore. Mais à qui ai-je l'honneur de parler, au juste ?

Nelly se mit à renifler.

— Nelly Delacourt. La fille de la piazza San Marco. Celle au sac à main rouge.

14

Valentino Briatore ne s'attendait pas à avoir des nouvelles de la fille au sac à main rouge, qui lui avait atterri par surprise dans les bras, sur la piazza.

Il l'avait néanmoins espéré.

Depuis leur rencontre, un accident pour elle, une aubaine pour lui, la jeune Française ne quittait pas ses pensées. Pourtant, elle n'avait pas dit beaucoup plus que *grazie*… Étrange.

Un regard de ces grands yeux sérieux, qui avaient surgi tout près de son visage – une proximité troublante –, et le cœur de Valentino s'était emballé. Pendant un instant, il n'y avait plus eu, sur la piazza, que cette jeune femme à la beauté émouvante et lui. Tout le reste s'était éclipsé sans un bruit – les touristes, les pigeons, le Campanile… Même le ciel au-dessus de San Marco avait pâli devant ces yeux, un océan insondable dans lequel Valentino Briatore avait plongé.

Mais l'instant s'en était allé, aussi vite qu'il était venu. Il n'avait pas duré beaucoup plus longtemps qu'un battement de cloches du Campanile, dont le vent emporterait l'écho.

Elle avait dit *grazie* et s'était dégagée de son étreinte. Il avait essayé de se montrer drôle, il s'était ridiculisé avec son anglais pitoyable, se demandant fiévreusement ce qu'il pouvait faire pour éviter qu'elle disparaisse de sa vie avant qu'il ait la chance de faire sa connaissance.

Il lui avait donné son numéro de téléphone, qu'elle avait distraitement fourré dans sa poche. Elle ne lui avait même pas dit son nom. Pour elle, le moment n'avait sans doute pas été magique. Et lorsqu'elle lui avait adressé un bref signe de tête, avant de s'éloigner avec détermination en direction de la Piazzetta, il avait su qu'il ne la reverrait pas.

Et puis, cet appel ! Il devait y avoir un dieu des amoureux, et ce dernier avait, de toute évidence, le sens de l'humour. Apparemment, quelqu'un lui avait piqué son sac à main, et elle comptait sur son aide.

Valentino rangea son *telefonino* dans son pantalon et, le visage éclairé d'un large sourire, quitta le café dans lequel il venait de boire un *espresso*. Le hasard voulait qu'il se trouve tout près du bar de Dorsoduro dans lequel l'attendait la jeune femme désespérée.

Au début, il n'avait pas reconnu la voix stressée à l'autre bout du fil. Qui était cette femme à l'accent charmant qui lui demandait si son offre tenait toujours et l'implorait de venir au plus vite ? Réalisant que c'était *elle*, elle qui hantait ses pensées depuis leur collision sur la place Saint-Marc, il avait poussé un cri de joie intérieur. Nelly Delacourt ! Il savait maintenant comment elle s'appelait. Il avait été surpris de constater que, brusquement, elle parlait un italien tout à fait acceptable. Cela simplifierait les choses.

Valentino serait bien plus convaincant dans sa langue maternelle qu'avec ses bredouillements embarrassés sur la piazza, il en était sûr. Il allait pouvoir mettre à profit son charme et son esprit pour impressionner la jeune Française. Il n'avait jamais été très doué pour les langues étrangères, malheureusement. Ses talents s'exerçaient dans d'autres domaines.

Valentino n'était pas du genre à faire du rentre-dedans (même si son nom pouvait le laisser supposer), mais il n'était pas timide non plus. Cet homme grand, étonnamment séduisant, ne laissait pas la gent féminine indifférente. De son côté, il était fasciné depuis son quatorzième anniversaire par ces merveilleuses créatures, mystérieuses et paradoxales. Il trouvait les femmes nettement plus intéressantes et plus complexes que les hommes. Et il savait reconnaître la beauté quand elle croisait son chemin. Pas seulement dans les tableaux de Tiepolo ou du Titien. Sur la piazza San Marco, aussi.

En tout cas, le Vénitien de vingt-sept ans aux boucles brunes n'avait pas vécu depuis longtemps un moment aussi magique que ce midi-là. Si cela lui était déjà arrivé un jour...

Lorsque Valentino Briatore, peu après, poussa la porte de ce bar un peu miteux de Dorsoduro, l'unique cliente était assise au comptoir, devant une grappa. Manifestement, le *barista* avait eu pitié de la jeune femme, dont la mine malheureuse s'éclaira à l'apparition de Valentino.

— Eh bien, je ne pensais pas que nous nous reverrions aussi vite, fit Valentino avec un sourire.

— Moi non plus, avoua Nelly. Merci d'être venu. C'est vraiment très gentil.

Elle lui adressa un sourire à son tour et descendit de son tabouret.

— Je ne sais pas du tout quoi faire. Je n'ai plus rien. Plus d'argent, plus de cartes bancaires. Et sans clé, pas moyen d'entrer dans mon appartement, conclut-elle d'une petite voix. Si je n'avais pas eu votre numéro…

Elle se tut, l'air abattu.

Valentino songeait qu'avoir affaire à une femme désemparée, c'était comme toucher le jackpot au loto.

— Ne vous en faites pas, on va arranger ça, assura-t-il avec un geste apaisant, remerciant le ciel que Nelly Delacourt n'ait pas immédiatement jeté son bout de papier. Maintenant, expliquez-moi où on vous a volé votre sac à main.

Nelly le regarda, surprise, puis secoua la tête.

— Non, non, on ne me l'a pas *volé*. Il se balade dans je ne sais quelle gondole, précisa-t-elle en soupirant et en levant les yeux au ciel.

— Dans une *gondole* ? répéta Valentino avec ahurissement. Vous voulez dire… que vous l'avez oublié dedans ?

Nelly secoua encore la tête.

— Il est tombé du pont du Rialto et a atterri dedans.

Valentino ne put s'empêcher de sourire.

— Mais enfin, *comment* avez-vous réussi à faire ça ?

— La chance du débutant ? répondit Nelly qui sourit aussi, avant de redevenir sérieuse. Vous croyez que vous pouvez m'aider ?

— Je pense qu'il y a moyen de faire quelque chose, dit Valentino, saisissant en quelques secondes qu'il tenait là une occasion inouïe. La situation est désespérée, mais pas grave. Venez !

Avant que le soleil soit complètement couché, Nelly était rentrée en possession de son précieux sac à main. Installée avec son guide touristique dans une trattoria de San Marco, elle avait du mal à croire à sa veine.

Valentino Briatore avait bel et bien réussi à remonter la piste du sac perdu en exploitant le réseau des gondoliers. Envahie par un soulagement inimaginable, Nelly tenait sur ses genoux le sac dans lequel il ne manquait rien, et fixait avec reconnaissance l'homme ayant rendu ce petit miracle possible.

En proie à des sentiments mitigés, Nelly avait suivi le Vénitien aux yeux brun chocolat, des yeux qui avaient dû faire fondre le cœur de plus d'une femme (pas de risque que ça lui arrive à elle !). Ils s'étaient d'abord rendus au Bacino Orseolo – un bassin non loin de la piazza, où plusieurs gondoles se balançaient sur l'eau, attendant le client. Ils s'approchaient à peine du panneau *Servizio Gondole* qu'un batelier venait à la rencontre de Nelly.

— *Gondola, gondola !* s'était-il exclamé, et il avait désigné une gondole noire aux sièges lie-de-vin, le geste engageant.

— Je cherche mon sac à main, avait expliqué Nelly.

— *Ciao*, Sebastiano ! avait fait Valentino.

Il avait pris à part l'homme au pull rayé ; ce dernier avait fait glisser son canotier en avant, puis s'était frotté la nuque avec une expression pensive. Une minute plus tard, ils palabraient avec animation, et trois autres *gondolieri* venaient se joindre à la discussion. Les hommes avaient parlé en gesticulant, sorti leur *telefonino* pour y crier des phrases à une vitesse folle, et Nelly, qui avait rapidement renoncé à suivre les échanges, n'avait plus compris que des mots isolés comme « Rialto », « sac à main », « difficile », « service » et « important ». Elle avait hoché la tête. Effectivement, c'était important. Pour ne pas dire d'une importance vitale.

Brusquement, les *gondolieri* s'étaient tus et avaient regardé Nelly, l'air interrogateur.

— Quand est-ce que c'était ? avait traduit Valentino.

Nelly avait réfléchi, l'index posé sur sa bouche.

— Vers… 15 heures, je crois.

Les palabres avaient repris de plus belle, et Nelly, qui voulait apporter sa contribution, avait tiré Valentino par la manche.

— Il y avait des *Japonais* dans la gondole, avait-elle dit à voix basse. Et le gondolier chantait *O sole mio* en passant sous le pont.

Valentino avait hoché la tête. Ensuite, il avait répété tout haut ce qu'elle venait de dire, et les hommes en pull rayé s'étaient esclaffés bruyamment.

Nelly avait rougi et froncé les sourcils.

— Qu'est-ce qu'il y a de drôle ? avait-elle lancé entre ses dents. Je veux juste aider !

Valentino avait levé la main en signe d'apaisement.

— Ne soyez pas fâchée, *signorina*, mais ça ne nous avance pas vraiment.

Nelly n'était pas à Venise depuis assez longtemps pour savoir que tous les *gondolieri* chantaient *O sole mio* à l'occasion (presque toujours, en fait), et qu'il y avait des Japonais dans une gondole sur deux.

— Très bien, avait-elle admis. J'espère que vous n'avez pas oublié de mentionner qu'il s'agit d'un sac à main *rouge. Una borsetta rossa !* avait-elle répété sur un ton pressant.

Elle avait vu les bateliers se remettre à passer des coups de fil. La précision lui paraissait décisive : il ne devait pas y avoir tant de sacs à main rouges que cela dans les gondoles vénitiennes.

Il y avait, en effet, un seul et unique sac à main rouge dans une seule et unique gondole de la ville flottante. Il était couché paisiblement à l'ombre de deux coussins en forme de cœur, jusqu'à ce que Mariano Bruni, propriétaire de l'embarcation, le sorte de derrière les sièges. Ce dernier s'apprêtait à terminer sa journée lorsqu'il avait eu vent que des touristes dérangées jetaient leurs sacs à main du haut des ponts, directement dans les gondoles. Voilà qui était nouveau.

— Il faut être drôlement stupide, avait marmonné Mariano en secouant la tête, et il avait composé un numéro sur son *telefonino* pour faire part de sa trouvaille.

Le soleil s'enfonçait dans la lagune, tel un ballon rouge, lorsque Valentino avait mis un terme à l'attente de Nelly, entre crainte et espoir. Après s'être absenté un quart d'heure, il était revenu au Bacino Orseolo et avait brandi le sac avec un sourire fier et les mots suivants : « C'est lui ? » Nelly lui avait sauté spontanément au cou de soulagement, avant de faire un pas en arrière, gênée.

— Faites-y plus attention, à l'avenir, avait conseillé Valentino en lui remettant le précieux objet.

Ensuite, il avait souri à la jeune femme, laquelle avait manifestement tendance à laisser tomber son sac à main.

— Vous me devez une faveur, avait-il dit calmement.

Nelly avait frénétiquement opiné du chef.

— Oui, je sais. Je vous invite à dîner, avait-elle dit en tapotant joyeusement son sac. J'ai de l'argent, maintenant.

Valentino avait secoué la tête.

— Je suis un Vénitien, *signorina*. C'est *moi* qui vous invite à dîner.

Une fois la mise au point faite, Valentino Briatore avait emmené Nelly Delacourt dans sa trattoria préférée.

Ils allaient maintenant arriver au dessert, et Valentino avait la désagréable impression de ne pas avoir progressé d'un pouce. Lorsque la jeune femme lui avait sauté au cou au Bacino Orseolo, et qu'il l'avait tenue un instant dans ses bras, pour la seconde fois de la journée, il s'était senti très confiant. Là encore, le contact, quoique bref, lui avait donné un tel sentiment d'évidence qu'il espérait être à l'aube d'une merveilleuse histoire. Seulement, c'était sans doute juste le soulagement qui avait parlé : au cours de leur conversation au restaurant, il avait pris sa main, mais elle l'avait aussitôt retirée.

Il n'empêche qu'ils avaient passé une soirée très plaisante. Nelly était sortie de sa réserve. Dans sa joie de s'en tirer sans dommages, et de ne devoir ni passer la nuit à la *questura* ni interrompre brutalement ses vacances qui venaient de commencer, elle s'était laissée aller au tutoiement et à une certaine exubérance. Valentino l'avait fait rire et elle avait un peu évoqué Paris, ses études de dromologie (aucune idée de ce que cela pouvait être !), son arrivée à Venise, dont elle imaginait le climat beaucoup plus doux, le grincheux *signor* Pozzi et le pénible trajet, par monts et par vaux, avec sa grande valise à roulettes.

— Je peux dire, malgré tout, que je suis sous le charme de Venise, avait-elle déclaré ensuite, les yeux brillants et les joues rougies par le vin. Les choses suivent un rythme si lent et serein, ici… Tout est empreint de calme et de beauté.

Valentino n'avait pu s'empêcher de rire.

— C'est Venise en hiver, avait-il répondu. À cette époque, la ville s'enfonce brièvement dans un drôle de sommeil et appartient de nouveau aux Vénitiens. Mais attends un peu l'arrivée du carnaval, ou le printemps avec tous les touristes d'un jour qui se pressent sur la piazza, laissent traîner leurs déchets un peu partout et vont massivement en pèlerinage sur le pont du Rialto… Là, c'est moins calme et beau.

— J'ai bien fait de venir maintenant, alors, avait commenté Nelly.

— Oh, on peut très bien trouver un petit coin paisible à Venise en avril, en mai ou en juin, aussi, s'était hâté d'assurer Valentino. Il faut juste savoir où.

— Je ne resterai pas assez longtemps pour ça, avait-elle dit avec un léger rire.

Elle était si belle quand elle riait. Il devait se faire violence pour ne pas la fixer sans arrêt.

— Et pour combien de temps es-tu là ?

— Quatre semaines.

— Quatre semaines ? Waouh !

Il avait essayé de dissimuler sa joie, et enroulé les derniers *fettuccine Alfredo* autour de sa fourchette. Il pouvait s'en passer des choses, en quatre semaines…

Nelly avait hoché la tête.

— Oui. Une petite voix me poussait à quitter Paris.

— Aha.

— J'avais… une toux carabinée.

— Et tu voulais la guérir *ici* ?

— Oui, avait-elle confirmé avant de pouffer dans son verre de vin. Tu comprends, j'allais dans le *Sud*.

Il avait ri lui aussi, puis scruté son visage.

— Mais… ce n'était sûrement pas la seule raison, si ?

Il avait senti son embarras soudain. Vu la tristesse dans ses yeux.

— Eh bien… disons que… Je suis un peu les traces de ma grand-mère, avait-elle finalement lâché en rassemblant le reste de ses *spaghetti alle vongole* sur son assiette, perdue dans ses pensées. Elle me parlait souvent avec enthousiasme de l'Italie.

Pas difficile de deviner qu'elle ne disait pas toute la vérité en évoquant cette grand-mère. Mais Valentino possédait assez de tact pour ne pas insister. Au fond, ce qui avait incité Nelly à partir à Venise importait peu. Il y avait une raison à chaque voyage, seulement, une fois arrivé à destination, tout pouvait changer. Il arrivait même que les événements donnent une toute nouvelle dimension au sens initial de ce déplacement. C'était justement ce que les voyages avaient de passionnant : on ne pouvait jamais dire à l'avance ce qui allait se passer.

Naturellement, Valentino ignorait qu'une grave déception sentimentale avait chassé Nelly de Paris, communément considérée comme la ville de l'amour. Il se doutait qu'elle lui taisait quelque chose, mais cela ne l'inquiétait pas outre mesure. Même savoir que le cœur de l'énigmatique jeune femme – qui avait soudain cessé de parler pour dessiner avec sa fourchette des motifs sur la nappe jaune – soupirait pour un autre ne l'aurait pas découragé. Un homme sur le point de s'éprendre n'abandonnait pas aussi vite. Valentino, qui voyait toujours le côté positif des choses, aurait probablement avancé qu'il valait mieux tomber amoureux d'une fille ayant un chagrin d'amour que d'une fille heureuse en amour.

— Un petit dessert ? Un tiramisu, peut-être, ou un *zabaione ?* demanda-t-il pour lui changer les idées.

Nelly secoua la tête.

— J'ai peur de ne plus rien pouvoir avaler.

— Un *espresso*, alors ? Un *espresso*, ça ne fait jamais de mal. Oui, elle voulait bien un *espresso*. Il constata avec soulagement qu'elle s'était remise à sourire. Seulement, après l'*espresso*, le dîner était terminé, de manière irrévocable. Nelly déclara qu'elle était morte de fatigue et voulait aller se coucher sans plus tarder. Quant à Valentino, il insista pour l'accompagner jusqu'à son appartement de San Polo.

— Je ne voudrais pas que tu t'égares encore, ou pire, que tu perdes ton sac à main.

Ils se mirent en route, avançant l'un à côté de l'autre en silence. Valentino ne choisit pas le chemin le plus court. Il aurait pu continuer à marcher ainsi éternellement, mais ils finirent tout de même par arriver devant l'immeuble, calle del Teatro.

— Merci pour tout, fit Nelly en sortant la clé de son sac, souriante.

Ils étaient l'un en face de l'autre, dans la ruelle paisible. Le froid était descendu sur la ville. Des bandes de brume s'élevaient au-dessus des petits canaux. Contemplant ses prunelles gris océan, il songea qu'il l'aurait bien embrassée. Instinctivement, il fit un pas en avant et, comme à regret, elle mit les mains sur son torse et le repoussa doucement.

— J'ai peur que ce ne soit pas une bonne idée.

— Mais pourquoi…

Elle le fixait de ses grands yeux.

— Ma vie est déjà assez compliquée comme ça, Valentino.

Il nota qu'elle venait de prononcer son prénom pour la première fois.

— Mais pourquoi vouloir être malheureuse alors que tu peux être heureuse ? insista-t-il.

— Personne ne *veut* être malheureux.

— Alors dis au revoir à ta vie compliquée et laisse-moi être ton ministre des belles pensées.

Cela la fit rire.

— Mon ministre des belles pensées ? Ça me plaît.

— Est-ce qu'on peut se revoir ? Demain, peut-être ?

Elle secoua la tête en souriant.

— Après-demain ? Après-après-demain ?

— Tu ne dois jamais travailler, Valentino Briatore ? Pas de groupe de touristes à balader sur la place Saint-Marc ?

Elle le prenait toujours pour un guide, et il ne la détrompait pas.

— *Carissima*, c'est à *toi* seule que je préférerais montrer Venise. Visite exclusive, précisa-t-il en écartant les bras. La ville tout entière t'appartient.

Elle eut un vague hochement de tête.

— On verra.

— Tu as un ami à Venise, maintenant.

— J'apprécie.

— Tu m'appelles au plus tard quand tu as de nouveau perdu ton sac à main, promis ?

— Promis.

Après un dernier sourire, elle disparut dans l'entrée de l'immeuble.

Empruntant sans hâte les ruelles sombres aux pavés inégaux, Valentino retourna à Dorsoduro où il avait son appartement. En chemin, il se remémora le fil des événements de cette journée remarquable. Ce matin-là, alors qu'il faisait visiter San Marco à quelques connaissances de son père venues de Naples, il ne s'attendait pas à faire une telle rencontre. À croiser le chemin de celle qui portait le superbe nom d'Éléonore et l'avait abrégé en Nelly, le jugeant « trop lourd à porter ». Valentino secoua la tête. « Nelly » était un prénom bien trop normal pour cette jeune femme qu'il trouvait vraiment très spéciale. Assez mystérieuse, aussi. Et réservée. Que voulait-elle dire en indiquant que sa vie était trop *compliquée* ? Était-elle la maîtresse d'un homme marié, avait-elle des problèmes ? Elle lui avait beaucoup parlé de Paris, un peu de ses études et presque pas de sa vie privée. Au cours du repas, lorsqu'il lui avait demandé sur le ton de la plaisanterie si elle était avec quelqu'un, elle avait juste haussé les épaules et répondu par une autre question : « Est-ce que je serais seule à Venise, la destination de rêve de tous les amoureux ? », avant de sourire d'un air narquois. Mais dans ce cas, pourquoi venait-elle passer quatre semaines dans cette ville, alors que le plein hiver n'attirait, à la rigueur, que des photographes ou d'invétérés admirateurs de Venise, lesquels voulaient avoir la Sérénissime pour eux seuls et, le cas échéant, étaient prêts à supporter hautes eaux et bottes en caoutchouc ?

Valentino aurait donné beaucoup pour savoir ce que Nelly lui taisait. Il était arrivé à celle-ci de faire tourner autour de son doigt sa bague, que le jeune homme avait tout de suite remarquée – parce qu'elle était ornée de perles de grenat anciennes et très joliment taillées, comme on n'en trouvait plus que rarement, et que c'était le seul bijou qu'elle portait.

— Un héritage ? avait-il demandé, et il avait été soulagé de la voir hocher la tête.

C'était la grand-mère dont elle suivait les traces (un prétexte, de toute évidence !) qui la lui avait offerte.

— Sans cette bague, je ne serais sûrement pas venue à Venise, avait-elle précisé, songeuse.

Ensuite, elle avait levé les yeux et lui avait posé une question qui l'avait pas mal surpris, car elle lui avait paru totalement hors contexte.

— Le nom de Silvio Toddi te dit quelque chose ?

— Silvio Toddi ? Jamais entendu parler. Pourquoi ? Il vit ici ? avait demandé Valentino avec un pincement de jalousie.

Qui était ce Toddi ? Serait-ce pour lui qu'elle avait fait le voyage jusqu'à Venise ?

Nelly avait ri et eu un vague mouvement de la main.

— Non, non.

— Non, non ?

— Ah, laisse tomber. Ce n'est vraiment pas important.

— Tant mieux, alors.

Ils avaient ri tous les deux, mais pas pour la même raison.

La soirée ne s'était malheureusement pas achevée aussi idéalement que Valentino l'avait imaginé. Mais tout n'était pas encore perdu. Surtout quand on avait quatre semaines devant soi, une adresse et un numéro de téléphone portable.

Valentino traversa un nouveau pont, tourna à droite et franchit un étroit *sottoportego* débouchant sur une petite place.

Lorsqu'il poussa doucement la porte de son immeuble, il était parvenu une fois de plus à la conclusion que les gens du Nord – et c'était pour Valentino Briatore tout ce qui était situé au nord de Milan – réfléchissaient vraiment beaucoup trop. Ils tournaient et retournaient leurs pensées dans leur crâne, ruminaient leurs problèmes, s'attendaient toujours au pire et cherchaient le malheur comme s'ils étaient payés pour cela. Il valait tellement mieux chercher le bonheur !

Lui, en tout cas, n'attendrait pas que Nelly Delacourt perde encore son sac à main. Voilà qui était clair.

15

Assise au soleil, sur les marches de l'église Santa Maria della Salute, Nelly venait de déballer un *tramezzino*, lorsque son portable sonna.

Cet homme la poursuivait avec une admirable ténacité. Voilà plusieurs jours que Valentino Briatore l'appelait pour lui proposer toutes sortes de rendez-vous… alors qu'elle était venue à Venise pour avoir la paix. Ce qui signifiait aussi qu'elle voulait réfléchir à « l'affaire » Beauchamps sans être dérangée. En d'autres termes : elle voulait être triste en toute tranquillité, et ce Vénitien à la crinière brune et à la bouche rieuse tentait de l'en empêcher. Son ministre des belles pensées ! Nelly sourit malgré elle. Cela partait d'une bonne intention, mais à quoi bon, quand on était en deuil ?

Oui, en deuil, car son cœur se faisait toujours lourd quand elle pensait à Daniel Beauchamps. Les pages ne se tournaient pas aussi vite… Elle sillonnait donc la ville paisible, et quand elle voyait un *palazzo* particulièrement beau, ou les gondoles vides qui attendaient le retour du printemps en se balançant sur l'eau, Riva degli Schiavoni, ou encore, quand elle empruntait le soir une ruelle très pittoresque, elle s'imaginait le professeur marchant à côté d'elle.

Venise était un lieu trop romantique pour s'y trouver seul. Rien d'étonnant à ce que la mélancolie la submerge… Elle aspirait à l'amour, certes. Mais pas à une aventure avec un séducteur (aussi sympathique fût-il), aventure qui serait terminée avant même d'avoir eu le temps d'épeler le mot « *avventura* ». Un Italien ne pouvait s'empêcher de chercher à conquérir le cœur d'une jolie femme – c'était une sorte de sport national.

La sonnerie cessa.

Nelly mordit dans le pain blanc moelleux, découpé en deux triangles appétissants et garni de *prosciutto*, d'œufs et de câpres. Elle se mit à mâcher avec satisfaction.

Après ce premier jour épouvantable, marqué par la perte de son sac à main, trois journées très agréables s'étaient écoulées. Le matin, elle se levait sans avoir mis le réveil, tôt la plupart du temps. Ensuite, elle petit-déjeunait dans le bar de campo San Polo, puis partait faire son tour quotidien dans la ville, qui l'entraînait dans des ruelles et des quartiers toujours différents. Elle était entrée dans plusieurs magasins de masques et avait finalement acheté – chez une jeune Italienne vendant ses créations, qu'elle peignait assise à une table, dans sa petite boutique baptisée Il ballo del doge – un étroit masque bleu ciel à bordure dorée, couvrant juste les yeux, dont elle n'aurait sans doute jamais l'utilité. Elle était naturellement retournée sur la piazza, avait contemplé la basilique Saint-Marc et suivi une visite guidée du palais des

Doges, admiré la magnifique salle du Grand Conseil et visité les anciens cachots qui lui avaient procuré d'agréables frissons. Dans un café sous les arcades de la Piazzetta, elle avait bu le meilleur cappuccino de sa vie – orné d'un cœur un peu de travers, qui reflétait assez justement son propre état d'esprit –, et derrière la station de vaporetto San Zaccaria, après avoir traversé un passage couvert, elle s'était immergée dans le dédale de petites ruelles. S'y serraient, les uns contre les autres, des magasins d'antiquités exposant miroirs dorés et Maures vêtus de rouge, un candélabre à la main ; des papeteries présentant carnets de notes et porte-lettres recouverts de jolis papiers ; des boutiques de *dolci* proposant *amarettini* aux emballages colorés et montagnes de nougat blanc ; des commerces de chaussures vendant pantoufles de doge en velours et ballerines en soie de toutes les couleurs.

Devant la vitrine d'une minuscule boutique de bijoux, Nelly avait eu le coup de foudre pour une paire de boucles d'oreilles désuète, qu'elle avait acquise sous les exclamations enthousiastes de la vendeuse (« *Che bello !* »). Venise était une ville très enjôleuse, et si loin de chez soi, d'autres critères avaient cours. Nelly avait aussitôt mis les perles à la surface irrégulière, aux reflets roses. Peu après, fuyant une averse sur le chemin du retour, elle s'était réfugiée dans l'hôtel Metropole. Elle y avait passé près de deux heures, se faisant l'effet d'une princesse vénitienne dans le salon au mobilier tendu de velours rouge et aux tables et coffres de style oriental, buvant du thé servi dans une petite théière en argent.

La veille, elle avait découvert par hasard le musée Fortuny, donnant sur le petit campo San Beneto. Quittant une ruelle, elle s'était soudain retrouvée devant le *palazzo* à la façade d'un rouge passé, au premier étage duquel était installé un musée – une salle sombre et enchanteresse, à laquelle on accédait par un escalier en bois aux marches usées et qui offrait de nombreux trésors. Nelly avait arpenté pendant un moment la pièce haute de plafond, qui était presque vide, cet après-midi-là, et lui évoquait un atelier d'artiste.

D'immenses peintures à l'huile étaient exposées dans la pénombre ; des mannequins vêtus de longues robes en tissu plissé, aux couleurs pâlies, se tenaient entre des fauteuils en velours et des paravents décorés, et derrière, de lourds rideaux aux motifs originaux s'ouvraient sur un mur peint. C'était vraiment un lieu hors du temps.

Plus tard, se promenant le long du Grand Canal, non loin du pont du Rialto, Nelly avait même trouvé la boutique Venetia Studium évoquée par le sympathique serveur du Saraceno. En vitrine, les suspensions Fortuny en soie, mises en scène entre de somptueuses écharpes en velours lie-de-vin et turquoise, et de petites bourses démodées aux cordons torsadés, avaient vraiment quelque chose d'exceptionnel. Malheureusement, leur prix aussi était exceptionnel. Pour une jeune assistante universitaire, en tout cas, qui travaillait encore à son mémoire de master et se montrait normalement très économe. Il n'empêche, Nelly n'avait jamais vu de lampes qui dégagent une telle magie. On ne pouvait s'empêcher de penser aux contes des *Mille et Une Nuits*, à des palais de sultan et des patios où des oranges brilleraient au milieu du feuillage vert, à la nuit tombée.

Nelly s'était attardée dans le magasin et avait caressé du regard les riches étoffes et les lampes dorées, charmée. Sous le plafond flottaient de larges luminaires adoptant la forme d'un bouclier tourné vers le haut, mais c'étaient les lampes effilées en forme de pointe, en bas desquelles pendait une passementerie en soie, qui plaisaient le plus à Nelly. Une suspension Fortuny, accrochée telle une lanterne orientale à un support couleur laiton et qui aurait fait merveille près d'un fauteuil en cuir, l'avait particulièrement séduite. Elle ne se lassait pas d'effleurer des doigts la précieuse soie, jusqu'à ce que le vendeur lui adresse la parole pour l'informer : « *We ship all over the world.* » Nelly avait hoché la tête et l'avait remercié, puis elle avait quitté la boutique avec un léger regret.

Toujours assise sur les marches de l'église Santa Maria della Salute, elle fixait maintenant, perdue dans ses pensées, le Grand Canal et, sur l'autre rive, les *palazzi* pastel s'élevant au-dessus de l'eau. Un vaporetto passa, suivi par un bateau-taxi. Nelly s'étonnait encore qu'un lieu comme Venise puisse exister par les temps qui courent – une ville flottante, où les canaux faisaient office de rues et où les rues étaient réservées aux seuls piétons. Une ville qu'aucune voiture ne traverserait jamais. Nelly s'apprêtait à entamer son second *tramezzino*, lorsque son portable se remit à sonner. Elle jeta un coup d'œil à sa montre.

Ce Valentino s'obstinait ! Voilà qu'il appelait toutes les dix minutes. Nelly mit son en-cas de côté en soupirant et sortit son téléphone de sa poche.

Seulement, ce n'était pas un numéro italien qui s'affichait cette fois, mais un français. Nelly porta son portable à son oreille, en proie à des sentiments mitigés.

— Allô ?

Un grognement indigné… Avant même d'entendre la première syllabe, elle sut que c'était Jeanne. Aussitôt, un déluge de paroles s'abattit sur elle.

— Nelly ! Non, mais vraiment ! Pourquoi est-ce que tu mets autant de temps à décrocher ? J'ai trouvé aujourd'hui ta drôle de carte dans ma boîte aux lettres. Tu m'as fichu une de ces frousses ! Comment ça, tu es partie pour quatre semaines ? Mais où es-tu ? Tout va bien ?

Nelly allongea les jambes et contempla l'eau de la lagune, d'un vert laiteux, qui clapotait contre les marches.

— Ne crie pas comme ça, s'il te plaît, Jeanne. Bien sûr que tout va bien. Je t'avais écrit de ne pas t'inquiéter, pourtant.

— Il y a de quoi s'inquiéter quand on lit ce genre de foutaises ésotériques. *L'univers a bien une âme !* s'exclama Jeanne d'un ton bourru. Je m'imaginais déjà que tu t'étais envolée pour l'Inde.

— Tu sais bien que je ne prends pas l'avion, Jeanne.

— Admettons. Mais où es-tu, alors ?

— À Venise.

— À Venise ? En janvier ? Qu'est-ce que tu vas fabriquer à Venise en hiver ? C'est d'un ennui ! Pourquoi diable être allée là-bas ?

Soudain, Nelly trouva fastidieux de devoir raconter toute l'histoire : le carton de livres de leur grand-mère, le roman de Silvio Toddi et la mystérieuse phrase qui lui avait donné, sans le moindre doute, le signal du départ. Sa cousine n'aurait pas compris, de toute façon. (*Un signe de mamie ? Tu veux rire !*)

— Et pourquoi pas ? riposta Nelly en faisant tourner sa bague autour de son doigt. Je ne vois pas pourquoi je n'aurais pas le droit d'aller à Venise. J'ai mes raisons. – Elle admirait l'eau scintillant à ses pieds. – Et puis, c'est très beau, ici.

— Dis donc, il t'arrive d'être un peu excentrique, Nelly. Pourquoi ne pas partir en Italie au printemps, comme tous les gens normaux ?

Nelly se taisait.

Jeanne se tut aussi. Puis il lui vint manifestement un doute.

— Oh non… ne me dis pas que tu as suivi ce Beauchamps ! s'écria-t-elle.

— Il est à Bologne, pas à Venise, répliqua Nelly, vexée. Il faut mieux écouter quand je te parle.

— Bon. Peu importe. Mais si je ne me trompe pas sur toute la ligne, Bologne et Venise ne sont pas si éloignées que ça, si ? Peut-être que la pensée d'être près de lui t'apaise. Telle que je te connais, tu vas porter le deuil pendant un an, hein ?

— Non. Et arrête ces spéculations absurdes, sinon je raccroche tout de suite !

Nelly fronça les sourcils, irritée. Ensuite, elle dit une phrase qu'elle ne voulait absolument pas prononcer, en réalité. Les mots lui échappèrent tout bonnement :

— En plus, j'ai déjà rencontré un Vénitien très séduisant, tu te rends compte ?

Entendant Jeanne pousser un sifflement étonné, elle eut un sourire satisfait.

— Oh là là ! fit Jeanne. Tu me surprends, petite cousine. Je suis impressionnée. Comment est-ce arrivé ?

— C'est une histoire assez folle, commença Nelly.

En quelques phrases, elle parla à sa cousine du sac à main rouge qui avait eu le malheur d'atterrir dans une gondole, et d'un guide touristique appelé Valentino Briatore, qui, grâce à ses excellents contacts dans le monde des gondoliers, l'avait aidée à récupérer son bien.

— Eh ben, quelle chance inouïe ! commenta Jeanne. Et maintenant ?

— Maintenant, je n'emporte plus que le strict nécessaire.

— Non, je voulais dire : qu'est-ce que ça donne, avec ce gentil guide qui veut être ton ministre des belles pensées ?

Nelly se mit à rire. C'était typique de Jeanne : elle ne perdait pas son temps en paroles creuses et allait toujours droit au but.

— Ça ne donne rien, déclara-t-elle.

— Dommage, lâcha Jeanne.

16

Valentino Briatore, pull en laine bleue et pantalon de toile claire, agitait la main avec un large sourire. Le vaporetto accosta brutalement à la station Ca' Rezzonico et Nelly lui rendit son salut.

On l'avait prise au dépourvu, et pour être honnête, à cet instant précis, elle trouvait cela très agréable. Elle était impatiente de découvrir le musée du Settecento qui se cachait derrière la façade en marbre clair du palais du Ca' Rezzonico, et puis, qu'y avait-il de mal à le visiter avec un guide vénitien ?

Après que sa cousine eut ajouté qu'elle ne devait pas laisser passer *tout* ce que la vie avait à lui offrir, surtout pas à cause d'un professeur boiteux, Nelly avait, sans hésiter, conclu la conversation d'un « C'est à moi d'en juger ». Seulement, Jeanne ne se laissait pas éconduire aussi facilement.

Lorsque son téléphone portable s'était remis à sonner quelques secondes plus tard, Nelly venait d'avaler la dernière bouchée de son *tramezzino*. Visiblement, on ne lui ferait pas le plaisir de la laisser savourer tranquillement son déjeuner sur le pouce.

— Jeanne ? Quoi encore ? avait-elle lâché avec énervement.

Le silence avait régné quelques instants.

— Nelly ? C'est toi ? avait demandé Valentino, hésitant.

Il n'avait compris que le mot « Jeanne », mais son intuition lui disait que Nelly était fâchée, pour une raison ou une autre.

— *Sì*, avait répondu Nelly. Excuse-moi, je pensais que c'était quelqu'un d'autre.

— Non, c'est juste moi, Valentino, avait déclaré Valentino.

Puis il avait saisi la balle au bond, et convaincu Nelly de le retrouver.

— Tu es à la Dogana ? avait-il dit. Fantastique ! J'ai justement à faire au Ca' Rezzonico, c'est tout près. Viens, je te montrerai la balançoire de Polichinelle, ça va te plaire.

— Hmmm, avait fait Nelly. Eh bien…

— Eh bien… quoi ?

Elle n'avait pu trouver une excuse assez vite.

— Allez, Nelly, ne te fais pas prier ! avait insisté Valentino avec des inflexions enjôleuses. Une heure pour ton ami vénitien. Et pour Tiepolo, Longhi et Canaletto. Ce n'est pas trop demander, si ? – Il avait ri doucement. – À moins que je doive venir te chercher, ma belle *dogaressa* ?

— Reste où tu es ! s'était exclamée Nelly, simulant l'effroi. La *dogaressa* arrive.

Sans Valentino Briatore, Nelly serait sûrement passée à côté du palais, qui, situé dans le *sestiere* de

Dorsoduro, se dressait au bord du Grand Canal, à l'embouchure du rio de San Barnaba. Cela aurait été dommage, car ce *palazzo*, loin d'être aussi célèbre que l'Accademia, se révélait être un vrai bijou. Quant à Valentino, il faisait un guide compétent et très intéressant, capable de parler avec le nécessaire enthousiasme des tableaux du XVIIIe siècle qui y étaient exposés.

Nelly s'attarda devant une toile de Pietro Longhi représentant un rhinocéros noir (qui avait dû réellement exister, à en croire Valentino). L'animal était détaillé, avec une fascination identique à celle de Nelly, par un petit groupe de Vénitiens, qui, armés de masques et d'éventails, s'étaient rassemblés derrière une palissade.

— Allez, la pressa Valentino. Venons-en au clou du spectacle.

Ils atteignirent une salle dont l'entrée était bloquée par un gros cordon, un panneau indiquant que l'accès était interdit pour cause de restauration des fresques. Au fond, on voyait une échelle en bois montant jusqu'au plafond, et du matériel de peinture disposé sur une couverture dépliée.

N'y allant pas par quatre chemins, Valentino détacha le cordon du poteau, entra dans la pièce et fit signe à Nelly de le suivre.

— Mais enfin ! Tu es devenu fou ? siffla-t-elle entre ses dents. Tu cherches les ennuis, ou quoi ?

Un étrange sourire éclaira le visage de Valentino.

— Il n'y a pas de problème, crois-moi. Je suis presque chez moi, assura-t-il en prenant la main de Nelly et en l'entraînant à l'intérieur de la salle.

Éléonore Delacourt, je te présente Giandomenico Tiepolo, fils du fameux Giambattista Tiepolo, mon peintre préféré du moment.

Il désigna d'un geste ample l'espace autour de lui.

Nelly eut un rire nerveux, s'attendant à voir surgir un gardien en colère, les rappelant à l'ordre. Mais rien ne troublait le silence. Alors, curieuse, elle fit un tour sur elle-même.

Le blanc était la couleur dominante de la petite salle. Sur chacun des murs se trouvait une œuvre de Tiepolo. Nelly connaissait ce nom, mais elle ignorait que le père comme le fils peignaient. À l'exception du quatrième mur, où figurait un chien élancé de profil – un lévrier italien à la robe fauve, long museau élégant et regard vif –, on voyait partout les rusés polichinelles de la commedia dell'arte, qui, ample costume blanc, haut bonnet raide et masque au nez en bec d'oiseau, se mêlaient à la distinguée société vénitienne et se livraient à leurs facéties.

Une scène les montrait au milieu de la foule, regardant deux jeunes saltimbanques faire la roue. Ailleurs, l'un d'eux cuvait visiblement son vin, couché en pleine nature. Quant au troisième mur, Polichinelle y fêtait carnaval, à la tête d'une troupe d'hommes et de femmes masqués. Il touchait avec insolence la poitrine d'une élégante dame, longue robe blanche et boucles d'oreilles bleues, qui paraissait danser devant lui.

— Ça te plaît ? demanda Valentino, dont la voix lui parut plus lointaine. Regarde le plafond, maintenant !

Nelly renversa la tête en arrière et vit un ciel bleu clair qui s'ouvrait comme une fenêtre ronde entre des cimes d'arbre. Un des hommes-oiseaux vêtus de blanc s'y balançait à une hauteur vertigineuse, sur une mince corde tendue entre les arbres au feuillage vert, et ses acolytes encourageaient l'inconscient depuis un rocher contre lequel une échelle était appuyée.

La seule vue du polichinelle sur le point de tomber donna un léger vertige à Nelly. Elle ferma un moment les yeux ; elle avait l'impression que la pièce se mettait à tourner.

— Nelly ?

Cette fois, pas de doute, la voix venait d'en haut. Nelly pivota vers le mur derrière elle et vit Valentino qui, sourire aux lèvres, se tenait au sommet de l'échelle, sur la plate-forme. Il avait eu le culot d'enfiler le sarrau du peintre qui travaillait là et devait faire une pause, et il tenait en main pinceau et petit pot de peinture.

— Valentino !

Elle avait poussé un cri de frayeur. Ce malade allait se rompre le cou, juste parce qu'il voulait l'impressionner. Il se prenait visiblement pour Polichinelle sur sa balançoire.

— Surprise, hein ? demanda fièrement Valentino.

— Descends ! Tu as perdu la tête ?

— Non… mon cœur, répondit-il avec honnêteté.

Il posa brièvement la main sur son torse, puis se mit à donner de légers coups de pinceau sur la fresque du plafond.

— Mais qu'est-ce que tu fais ! s'exclama Nelly, dans tous ses états. Arrête tout de suite et descends. Tu es devenu dingue ? – Elle jeta un coup d'œil nerveux en direction de l'entrée et il lui sembla entendre des pas. – Qu'est-ce qui va se passer, d'après toi, quand quelqu'un te verra là-haut ?

— Je pense qu'il ne va rien se passer du tout. Je travaille ici.

— Comme guide, idiot ! siffla Nelly entre ses dents.

— Ah, de temps en temps, seulement, dit Valentino en baissant son pinceau, avant de marquer une pause calculée, avec un plaisir non dissimulé. Dans la vraie vie, je suis restaurateur.

Debout sur l'échelle, il éclata d'un rire retentissant.

Heureusement, Nelly, elle, ne se trouvait pas en hauteur. Sinon, elle serait sûrement tombée de surprise. Fixant Valentino Briatore, elle ne put articuler qu'un mot : « Oh ! »

Un quart d'heure plus tard, ils buvaient une boisson chaude au café du musée. Nelly avait retrouvé l'usage de la parole ; elle pouvait même rire.

— Tu m'as drôlement menée en bateau, espèce de farceur, reprocha-t-elle à Valentino en lui donnant une bourrade.

— On ne voit que ce qu'on sait, répliqua-t-il. Toi, tu as vu ce que tu voulais voir. Un guide touristique, ça collait mieux pour toi, avoue. De même qu'avant, tu préférais me considérer comme un gigolo. – Devant son air stupéfait, il sourit et reposa sa tasse d'*espresso*. – Tu crois que je ne l'avais pas remarqué ?

Nelly se sentit fautive. Effectivement, il ne lui serait jamais venu à l'idée que cet homme, qui paraissait toujours prendre la vie avec légèreté, ait pu choisir un métier qui exigeait des études, une habileté manuelle, une précision extrême et le sens de la beauté et des formes. Valentino venait de lui parler de sa formation à Padoue, de sa fascination pour les vieux tableaux dans les musées et les églises. En hiver, il était parfois invité à donner des cours d'art à la fameuse Accademia di Belle Arti. Cependant, c'est quand il se tenait en haut d'une échelle ou d'un échafaudage, restaurant des fresques, qu'il se sentait le plus heureux. Rendre aux œuvres leur beauté originelle était sa passion.

— Oui, bon, je me suis trompée, concéda Nelly avant d'écarter une mèche de cheveux de son visage, gênée. Mais ce n'était pas une raison pour m'effrayer comme ça.

Repensant à la vertigineuse échelle dans la Stanza dei Pulcinella, elle sentit un frisson parcourir son dos.

— Tu as eu peur pour moi, peut-être ? s'enquit-il en lui faisant un clin d'œil.

— Non, j'ai juste eu peur que la police t'arrête pour dégradation volontaire, riposta-t-elle avec un sourire impertinent. Qui me sortira du pétrin, si tu es en prison ?

Il se mit à rire.

— En tout cas, tes explications étaient géniales… que tu aies la casquette de guide ou de restaurateur. Je suis contente d'être venue.

Valentino prit sa main d'un geste désinvolte.

— Plus rien ne s'oppose à notre bonheur, alors ? demanda-t-il.

— Quel bonheur ? répliqua Nelly en adoptant elle aussi le ton de la plaisanterie. Tu sais bien que nous ne serons jamais davantage que des amis.

— Vraiment ? demanda-t-il en la regardant avec insistance, et elle se sentit un peu bizarre.

Elle hocha la tête et retira sa main.

— Avec une femme comme toi, je ne peux pas croire que ce soit à cause de Jeanne.

— À cause… de *Jeanne* ? répéta-t-elle sans comprendre. Tu veux dire… ah ! Non… Ce n'est pas ça. – Elle rougit. – Jeanne est ma cousine.

Il soupira.

— C'est donc bien à cause de ce Silvio, alors.

— Pardon ?

— Eh bien, cet homme pour qui tu es venue à Venise. Quatre semaines ! J'ai oublié son nom de famille, pas de chance, sinon j'aurais déjà retrouvé ce type qui te rend si malheureuse.

Nelly, qui venait de prendre une gorgée de son cappuccino, manqua de s'étrangler.

— Ah, Valentino ! s'exclama-t-elle avant d'éclater de rire. Tu te fourres vraiment le doigt dans l'œil. Silvio Toddi est un écrivain…

— Il ne manquait plus que ça ! soupira Valentino une fois de plus.

— … et il est mort depuis des années.

Valentino haussa les sourcils. De plus en plus étrange.

— Tu n'as pas tort, d'une certaine façon, poursuivit Nelly. C'est bien Toddi qui m'a poussée à faire le voyage jusqu'à Venise. Ou plus précisément, un de ses livres qui appartenait à ma grand-mère. Mais… ce serait trop long à expliquer.

— Aha, fit Valentino, qui ne voyait aucun inconvénient à ne pas en apprendre plus.

Son intérêt pour Toddi était limité. Au fond, le seul attrait de ce dernier était qu'il mangeait déjà les pissenlits par la racine et qu'il avait manifestement, à un moment de sa vie, exprimé son enthousiasme pour Venise dans un guide de voyage, ce que Valentino trouvait très louable.

— Eh bien, qu'il repose en paix, ce Toddi. Je lui serai éternellement reconnaissant de t'avoir conduite à Venise. Et si tu veux savoir, ce n'est pas sans raison.

Nelly hocha la tête, et ses yeux se perdirent quelque part, au fond du café.

— Oui, je le pense aussi.

Ils se turent un moment, savourant l'agréable sensation d'être parfaitement en accord l'un avec l'autre. Valentino aurait sûrement été très surpris d'apprendre que les pensées de Nelly l'entraînaient dans une direction bien différente des siennes.

Le regard de Nelly était tourné vers le passé, le sien dirigé vers l'avenir.

— Tu crois aux signes ? demanda soudain Nelly. Ou tu trouves ça… stupide ?

Elle avait l'air peu sûre d'elle, tout d'un coup.

— Bien sûr que je crois aux signes. Nous sommes entourés de signes, il faut juste les reconnaître, assura Valentino en prenant de nouveau la main de Nelly et en tournant la paume vers le haut, à la manière d'une diseuse de bonne aventure. Les Vénitiens sont très superstitieux, tu sais ?

Il suivit religieusement de l'index les lignes de sa main ; Nelly était impatiente d'entendre ce qu'il allait lui révéler.

— Par exemple, quand, sur la piazza, après le dernier coup de midi, une belle inconnue vous tombe dans les bras... commença-t-il en adressant à Nelly un regard éloquent, c'est, pour tout Vénitien, le signe fort qu'il ne faut plus jamais la laisser repartir.

— Ah, Valentino ! s'écria-t-elle, avant de lui donner une tape sur la main, puis de rire malgré tout. Tu viens de l'inventer, avoue.

— J'avoue tout ce que tu voudras, déclara-t-il en souriant. Mais pourquoi la vérité devrait-elle se mettre en travers d'une jolie histoire ?

17

Débouchant pour la troisième fois sur la place sombre et déserte, Nelly réalisa que le doute n'était plus permis : elle tournait désespérément en rond.

Venise la nuit était une ville idéale pour s'égarer. Et Nelly, qui avait tendance à prendre automatiquement la mauvaise direction, faisait une victime idéale. Plantée devant une plaque de rue accrochée en hauteur, à l'angle d'une façade à la couleur passée, elle tenta de reconstituer le trajet qu'elle avait suivi. Désemparée, elle fit ensuite le tour du petit *campo* éclairé par un réverbère solitaire, sortit son plan de sa poche et essaya de repérer les noms des ruelles partant de la place. Seulement, soit la carte ne les répertoriait pas, soit Nelly était trop bête pour les trouver. Découragée, elle s'installa sur le rebord de la borne-fontaine qui se dressait au milieu du *campiello* comme une taupinière, et poussa un soupir.

Après sa visite des Gallerie dell'Accademia, elle avait eu tort de s'attarder autant dans le restaurant au pied du pont, devant le musée, laissant libre cours à ses pensées. Le Ca' Rezzonico, où elle était la veille, lui avait donné envie de voir d'autres œuvres d'art.

Ce jour-là, Valentino, qui devait retourner à son travail, lui avait demandé si elle s'était déjà rendue à l'Accademia.

— Surtout, appelle-moi quand tu prévois d'y aller, avait-il précisé en lui disant au revoir. J'aimerais te montrer quelques tableaux qui ont une histoire très particulière. Tu connais *La Tempesta* de Giorgione ? C'est une toile mystérieuse, des livres entiers sont consacrés à son interprétation.

Nelly avait secoué la tête. Elle connaissait *un* tableau qui s'appelait *L'Orage*, mais il n'était pas de Giorgione, et le secret de cette toile, dont une reproduction était accrochée à l'arrière d'une porte de bureau, à la Sorbonne, avait déjà été dévoilé pour son plus grand déplaisir. Aussi, Nelly avait involontairement froncé les sourcils.

— Ah, tu sais, je ne raffole pas des œuvres qui représentent une tempête, avait-elle répondu avec une moue, avant d'ajouter : mauvaise expérience.

— Tu recommences à parler par énigmes, avait commenté Valentino. Ça n'empêche, il faut vraiment que tu voies le Giorgione.

Lors de sa visite de l'Accademia, Nelly s'était donc arrêtée un moment devant le tableau de Giorgione, une sorte de pastorale surplombée par un ciel tourmenté. À première vue, elle n'avait pas saisi ce qu'il avait de si mystérieux, mais comme elle n'avait pas appelé Valentino, en fin de compte, personne ne pouvait le lui expliquer. Nelly avait en effet choisi de ne pas encourager, en lui envoyant des signaux trompeurs, son ami vénitien qui lui aurait sûrement montré avec plaisir un nouveau musée chaque jour, afin de faire finalement sa conquête. Même si elle n'aimait pas y songer, il lui restait à peine plus de deux semaines avant de quitter Venise, et aussi sympathique que fût ce Valentino, elle n'avait pas envie d'émotions supplémentaires.

Sous le charme des œuvres d'art anciennes, elle avait donc, très paisiblement, mangé et bu du vin seule dans ce restaurant près du pont de l'Accademia, au bord de l'eau, jusqu'à ce que le soleil teinte le Grand Canal de reflets rouges. Si l'astre solaire se couchait dès l'après-midi, en hiver, il s'éclipsait encore un peu plus tôt dans le Sud qu'à Paris. Ensuite, Nelly avait encore flâné dans le quartier de l'Accademia, avant de reprendre le chemin de San Polo.

Au début, il avait été très agréable de déambuler dans les ruelles éclairées et de s'arrêter devant les vitrines, ici ou là. Nelly était certaine d'avoir en tête la direction globale à suivre : il suffisait qu'elle prenne vers la droite, et elle arriverait forcément à San Polo. Elle avait décidé « au feeling » à chaque croisement, une erreur fatale car les ruelles s'étaient peu à peu dépeuplées, se ramifiant de plus en plus. Des rideaux métalliques étaient descendus devant quantité de petits commerces, n'offrant plus aucun point de repère. Nelly avait quitté depuis longtemps la partie animée de Venise, mais lorsqu'elle s'en était aperçue, il était déjà trop tard.

Comme elle n'avait pas retraversé le Grand Canal, elle devait encore se trouver quelque part dans Dorsoduro… ou peut-être déjà à Santa Croce ? Dans le labyrinthe des ruelles sombres et des petits ponts, qui lui paraissaient soudain plus sinistres que romantiques, rien ne lui semblait familier. Un brouillard humide montait des canaux, et elle avait machinalement resserré son manteau autour d'elle. La nuit avait ajouté sa propre touche au tableau : à un moment, Nelly avait même cru entendre des pas discrets derrière elle, mais lorsqu'elle s'était retournée brusquement, le cœur battant la chamade, elle n'avait vu personne.

Il était maintenant 21 heures, il faisait nuit noire, et après avoir débouché pour la troisième fois sur le même petit *campo*, la pensée irrationnelle qu'elle avait échoué dans une boucle temporelle, sans espoir d'en sortir, l'avait envahie.

Troublée, Nelly se leva et empocha le plan qui ne lui était d'aucune utilité. Elle traversa le *campiello* et fixa, perplexe, une minuscule voie sans issue au bout de laquelle s'élevait un haut mur. Les façades sombres des immeubles, de part et d'autre, se dressaient dans le ciel d'encre, seulement distantes d'une longueur de bras. Nelly entra dans la ruelle et fit quelques pas hésitants, jusqu'au mur du fond.

Cela avait tout d'une impasse… C'est alors qu'elle tourna la tête et découvrit le *sottoportego*.

Elle s'y engouffra et se retrouva sur une place semi-circulaire, devant un café aux fenêtres duquel étaient accrochées des lampes en soie diffusant une lumière dorée. Les suspensions Fortuny qui l'avaient tant séduite au Saraceno…

Obéissant à une attraction presque magique, Nelly s'approcha. Levant les yeux pour déchiffrer les lettres défraîchies de l'enseigne, au-dessus de la porte d'entrée, elle sentit que son cœur manquait un battement, puis s'emballait.

Il Settimo Cielo. Le septième ciel.

Lorsque Nelly, le deuxième jour de son séjour à Venise, avait dit à Valentino qu'elle suivait les traces de sa grand-mère, ce n'était pas tout à fait inexact ; pour autant, elle ne s'attendait pas vraiment à tomber – guidée par ce très vague sentiment – sur un nouveau signe. Elle n'en cherchait pas non plus. Elle avait laissé les événements la porter, s'était égarée dans l'obscurité, puis ce café enchanteur avait surgi devant elle comme par magie, et elle avait lu les mots que quelqu'un avait inscrits jadis dans le livre de sa grand-mère :

Il Settimo Cielo

Aussitôt, elle avait revu la dédicace à moitié effacée dans le roman de Silvio Toddi : *Noi… sempre… al Settimo Cielo…* Nous… toujours… au septième ciel.

Nelly sentit un picotement envahir son dos. Se pouvait-il que ces mots ne décrivent pas un état de félicité extrême, comme elle l'avait toujours supposé, mais renvoient à un endroit concret, à savoir ce café ? Se pouvait-il que sa grand-mère se soit rendue dans *cet* établissement pour y retrouver un inconnu qui lui avait dédicacé un livre, dédicace maintenant quasi illisible ? La situation lui parut soudain totalement irréelle. Mais dans une ville comme Venise, on avait vite fait de voir des fantômes.

Curieuse, Nelly poussa la porte du Settimo Cielo.

Quelques tables en bois foncé, un carrelage rouge au sol, une bibliothèque haute contre le mur de gauche, et en face de la porte, un comptoir derrière lequel se tenait un *barista* portant un long tablier noir. Occupé à laver des verres, il leva brièvement les yeux lorsque Nelly entra. Sur le bar se trouvait une vitrine avec des *cornetti*, des paninis et des *foccacie* garnies. À côté, sur un présentoir, des sachets de chips. Et, accrochées devant les deux fenêtres à gauche de l'entrée, les lampes qui avaient attiré Nelly et qui baignaient la pièce d'une lumière chaude.

Elle regarda autour d'elle. Deux tables étaient prises, sans doute des habitants du quartier qui s'accordaient un dernier verre de vin ; dans le coin à droite du comptoir, non loin d'une étroite porte, un vieil homme était assis devant un journal et une grappa. Il tenait son hebdomadaire tout près de ses yeux, le nez chaussé d'épaisses lunettes.

Nelly s'installa devant une fenêtre et commanda un cappuccino et un *panino*. Sa longue errance l'avait fatiguée et lui avait donné faim, mais elle était maintenant en sécurité et le *barista* pourrait lui indiquer le chemin du retour dès qu'elle aurait repris des forces. En sécurité – cette pensée la fit sourire.

Tout en attendant son sandwich toasté et sa boisson, Nelly laissa son regard vagabonder sur les vieux murs, où était exposée une multitude de vieilles photographies en noir et blanc et d'illustrations peintes ou dessinées. À l'exception de la bibliothèque, débordant de livres entassés les uns sur les autres ou posés de travers sur les étagères, le moindre centimètre semblait occupé par des dessins et des photos.

Alors seulement, Nelly s'aperçut que les huiles, les aquarelles et les gravures représentaient toutes des montgolfières. Des ballons aux couleurs magnifiques, ornés de drôles de fanions ou d'emblèmes dorés, flottant dans le ciel, au-dessus de verts paysages et d'étendues d'eau. Sur certains clichés, elle crut reconnaître des acteurs de cinéma ayant connu leur âge d'or dans les années 1950. Faisant signe depuis une nacelle, souriants, ou posant devant l'aérostat, costumes noirs et jupes évasées, ils avaient laissé leur autographe sur les photos. Cela n'aurait pas surpris Nelly de trouver sa grand-mère dans le lot – elle n'aurait pas détonné dans ce décor.

Sur le mur entre les fenêtres, Nelly remarqua une photographie où figuraient indubitablement Sophia Loren et Cary Grant, montant dans une vieille *mongolfiera* avec une bouteille de champagne.

En travers du cliché, une main avait écrit au feutre noir : *Per il nostro amico Giacomo* (« Pour notre ami Giacomo »).

Nelly écarquilla les yeux d'étonnement. Manifestement, le café, dans lequel n'étaient installés qu'une poignée d'hommes âgés, avait été un endroit prestigieux où s'affichait volontiers la crème de la crème. Cependant, même à l'époque moderne, les illustrations représentant les vieux ballons, ainsi que les lampes paraissant flotter devant les fenêtres, conféraient au café un charme extrêmement poétique, intemporel, auquel il était très difficile de se soustraire. Même si Nelly ne voyait pas très bien quel rapport il pouvait y avoir entre la collection de montgolfières et les lieux, elle s'était immédiatement sentie bien dans l'établissement qui sentait un peu le livre poussiéreux, et le café fraîchement moulu.

Le *barista* s'approcha sans hâte et posa le cappuccino sur sa table. C'était un homme séduisant, menton volontaire et front plissé de rides ; ses cheveux foncés étaient traversés par les premières mèches grises. Il regarda Nelly d'un air amical, et pendant un instant, il lui sembla qu'elle le connaissait.

Elle trempait ses lèvres dans la boisson chaude, lorsque la porte s'ouvrit brusquement, laissant entrer un courant d'air froid. Un jeune homme vêtu d'une veste en cuir entra, le pas pressé. Nelly ouvrit la bouche de stupeur.

Valentino Briatore… Incroyable !

La première pensée qui lui traversa le crâne fut qu'il l'avait suivie, et elle se demanda si elle devait se mettre en colère ou se sentir flattée.

— Mais qu'est-ce que tu fais ici ? demanda-t-elle avec une certaine irritation. Dis donc ! Tu me poursuis, ma parole ?

Valentino haussa les sourcils.

— Pardon ? lâcha-t-il simplement.

— Eh bien, ce n'est quand même pas un hasard si tu te montres ici tout d'un coup. Dans *ce* café.

— Effectivement, ce n'est pas un hasard, répliqua-t-il d'un ton impassible, un sourire amusé relevant ses commissures.

Nelly se leva.

— Non, mais, pour qui tu te… commença-t-elle, indignée.

— *Ciao*, Valentino ! lança sur ces entrefaites l'homme derrière le comptoir.

— *Ciao, papà !* répondit Valentino qui laissa Nelly pour aller embrasser le *barista*.

Nelly le suivit du regard. *Ciao, papà ?* Alors, la lumière se fit dans son esprit, et ses joues s'enflammèrent.

— Oh ! dit-elle. Mince !

— *Allora*… qui poursuit l'autre ? demanda Valentino en s'installant près de Nelly.

Revenu avec une bouteille de grappa, il posa sur la table deux verres qui s'entrechoquèrent dans un léger tintement.

— Offert par la maison. Avec les compliments du *barista*.

— Le café appartient à ton père, alors ? s'enquit Nelly après avoir adressé un signe de tête au barman et levé la main pour le remercier.

— Effectivement, confirma Valentino en s'adossant avec satisfaction à sa chaise. Tu vois, pas de raison de te sentir harcelée. Mais toi, comment es-tu arrivée ici ? Tu t'es renseignée sur moi et tu voulais guetter ma venue ? – Il la considéra avec un large sourire. – On ne peut pas dire que le Settimo Cielo soit une destination typiquement touristique…

— Ah, tu sais, il m'arrive aussi de quitter les sentiers battus, répondit Nelly.

— C'est vrai, pour un peu, j'oubliais : tu suis les traces de ta *nonna*.

— Euh… oui.

Nelly se racla la gorge. Étonnant qu'il l'ait retenu… Elle fixa Valentino, pensive, et envisagea pendant un moment de lui parler de la dédicace dans le livre.

Seulement, c'était difficile à faire sans révéler toute l'histoire. La bague, l'inscription gravée, la phobie de voler, le professeur, l'orage, la sévère désillusion – non, merci ! Elle n'ouvrirait pas la boîte de Pandore. Involontairement, elle secoua la tête.

— Pour être honnête, j'étais à l'Accademia, aujourd'hui.

— Sans moi ? fit-il, une lueur de reproche dans ses yeux bruns.

— Oui, sans toi. Ne me regarde pas comme ça !

— Mais l'Accademia est à des kilomètres…

Nelly opina du chef, penaude.

— Je me suis perdue en rentrant à l'appartement. Mon plan est une vraie catastrophe. On n'y trouve pas les petites rues.

— Tu vois que tu as besoin d'un *cicisbeo* !

— Un *cicis*-quoi ?

— Un *cicisbeo*. C'est ainsi qu'on appelait, dans le temps, les hommes accompagnant les dames vénitiennes, en tout bien tout honneur, veillant à ce qu'on ne les importune pas et qu'elles retournent tranquillement dans leurs *palazzi*.

— Intéressant, commenta Nelly avant de rire. J'imagine que tu as des vues sur quelqu'un.

— Bien entendu.

Il leva son verre.

— Au meilleur *cicisbeo* de Venise. Je te souhaite de finir par trouver ce que tu cherches ici.

Ils trinquèrent. Nelly n'avait pas l'habitude de boire de l'alcool fort et la grappa lui brûla la gorge. Que cherchait-elle à Venise, au fait ? Une vieille histoire ou une nouvelle ? Ou peut-être les deux ? Elle avait un peu perdu le fil.

— Dis-moi, pourquoi ce café s'appelle-t-il Il Settimo Cielo ? Il y a une raison ? demanda-t-elle.

Valentino remplit encore leurs verres à ras bord.

— Tu ne devines pas ? s'étonna-t-il en indiquant les murs couverts d'illustrations. C'est à cause de tous ces ballons qui montent dans le ciel.

— Oui, j'ai remarqué les dessins, évidemment. Les photos aussi. Mais quel rapport avec ce café ?

Valentino faisait tourner son verre entre ses mains.

— L'établissement appartenait autrefois à mon grand-père, Giacomo Briatore. Et il avait deux grandes passions : sa femme Emilia et les montgolfières...

Et tandis que Nelly regardait autour d'elle, les yeux brillants, Valentino évoqua son grand-père, qui possédait un vieux ballon dont il prenait soin et qu'il chérissait comme un enfant adoré.

Jeune homme déjà, Giacomo Briatore aimait s'élever dans les airs. Chaque année, au moment du festival de cinéma qui se tenait à Venise, son ballon rayé bleu-rouge-or était mis à l'honneur : il le faisait monter au-dessus du Lido, au bout d'un long cordage, et les stars, qui pouvaient alors s'envoler jusqu'au septième ciel, s'y laissaient volontiers prendre en photo. Cette montgolfière était l'attraction des années 1950. Quant à Giacomo, un homme charmant et audacieux, il avait pris de la hauteur pour faire sa demande en mariage à la belle Emilia aux cheveux de jais.

— Comme c'est romantique ! s'exclama Nelly, interrompant Valentino. Quelle idée exquise !

Valentino sourit.

— Eh bien, l'entreprise ne s'est pas déroulée sans embûche… À l'instant précis où mon grand-père voulait passer la bague de fiançailles au doigt de sa bien-aimée, une rafale de vent a secoué le ballon. *Nonno* a perdu l'équilibre, et l'anneau a fini dans la lagune. Il a dû en acheter un autre et ça ne l'enchantait pas, lui qui a toujours été si économe ! Cet événement a été le point de départ imparfait d'un mariage très heureux, qui a duré jusqu'au décès de ma grand-mère, il y a quatre ans. Aujourd'hui encore, il arrive que mon grand-père appelle son Emilia en pleine nuit, et il tombe de haut quand il réalise qu'elle n'est pas à côté de lui, dans le lit. Ils sont restés ensemble pendant cinquante-trois ans et n'ont pas été séparés un seul jour. Difficile de s'imaginer ça à notre époque, hein ?

Nelly hocha la tête.

— Je suis vraiment désolée pour ton grand-père. Allez, buvons à eux deux !

Ils levèrent leur verre et trinquèrent.

Puis Valentino entraîna Nelly vers une photographie accrochée près de la bibliothèque surchargée. On y voyait un jeune homme au regard résolu, cigarette au coin de la bouche. Il portait des bretelles au-dessus d'une chemise claire, glissée dans un Chino, et il avait passé le bras autour d'une jeune femme dont les épaules nues étaient couvertes par un châle en dentelle blanche. Sa longue chevelure noire était retenue sur le front par une barrette et son délicat visage au teint clair était dominé par de grands yeux sombres et des sourcils joliment arqués.

Naturellement, eux aussi se tenaient devant la vieille montgolfière.

— Mes grands-parents, précisa Valentino.

— Un beau couple, dit rêveusement Nelly.

— Et voici mes parents, reprit-il en montrant un homme de grande taille aux cheveux foncés, en qui on reconnaissait sans peine le *barista*, et une femme menue à côté de lui. Ma mère profite toujours de cette période de l'année pour rendre visite à sa famille à Naples. Il ne se passe pas grand-chose ici, et elle n'apprécie pas Venise en hiver. Comme elle le dit souvent : « Trop peu de soleil, trop d'eau. »

Il sourit largement, et Nelly lui sourit en retour.

— Venise en hiver me plaît, même si je croyais qu'il ferait beaucoup plus chaud.

Nelly repensa aux sandales qu'elle avait mises dans sa valise, portée par l'euphorie d'aller dans un Sud baigné de soleil. Il n'y avait pas si longtemps… Pourtant, Paris lui paraissait à des millions d'années-lumière. Et voilà qu'elle se retrouvait avec un jeune Italien, dans un petit café avec une grande histoire.

— Parle-moi encore du Settimo Cielo, pria-t-elle Valentino.

Encouragé par son intérêt, il se sentit autorisé à commenter tel ou tel cliché. Nelly était impressionnée par toutes les anecdotes de cet âge d'or, lorsque Hollywood produisait encore de véritables vedettes dont le nom traversait les décennies, pas juste quelques années. Même les huiles, les aquarelles et les gravures avaient leur histoire. Certaines peintures avaient été offertes à Giacomo dont on connaissait la passion, et il en avait collectionné d'autres au fil des ans. Valentino avait quelque chose à raconter à propos de chaque illustration. Il avait toujours été un bon conteur, mais ce soir-là, il se surpassa, porté par les exclamations enthousiastes de son auditrice.

— Mais qu'est devenue la vieille montgolfière ? l'interrogea Nelly, lorsqu'ils furent revenus à table. Ton grand-père la fait toujours voler ?

— En fait, on *conduit* un ballon. C'est bizarre, je sais, mais c'est le bon terme.

— Je vais le retenir, assura Nelly qui sourit intérieurement. Je trouve chouette qu'on *conduise* un ballon, plutôt que de *voler* avec. Et donc, ton grand-père ? Est-ce qu'il prend toujours de la hauteur ?

Valentino, un temps déconcerté par la remarque de Nelly, secoua la tête.

— Non, cette époque est révolue. Mon grand-père n'a plus piloté sa montgolfière depuis une éternité. Il n'a plus d'assez bons yeux.

— Et qu'est-il advenu de l'attraction du Lido ?

— *Tempi passati*. Le jour est arrivé où l'on a mis un terme à la jolie coutume, qui enfreignait naturellement un tas de règles de sécurité, et le vieux ballon a été stocké dans une cave voûtée de l'Arsenal, et oublié, expliqua Valentino avec un haussement d'épaules. Quant à mon grand-père, il perd un peu la mémoire avec les années. Alessandro, mon père, a repris le café depuis longtemps, mais *nonno* vient presque tous les jours au Settimo Cielo, pour lire son journal, boire sa grappa et rêver au bon vieux temps.

Valentino se tourna vers le coin sombre, près du comptoir, où était toujours assis le vieil homme myope.

— Tiens ! Il est installé à sa place préférée. Tu veux que je te le présente ?

— Ce serait un honneur, déclara Nelly.

Ils se dirigèrent vers Giacomo Briatore, qui, surpris, leva les yeux de son quotidien.

— J'ai avec moi quelqu'un qui se passionne pour ta montgolfière, *nonno*, lui dit Valentino. Voici Éléonore Delacourt. Elle vient de Paris et elle est en vacances ici.

L'homme âgé considéra Nelly en plissant les yeux, et elle se sentit curieusement transpercée par son regard.

— *Una ragazza bella*, lâcha-t-il ensuite avec franchise. Si j'étais plus jeune, je vous aurais invitée à faire un tour en ballon, *signorina* Eleonora.

Nelly sourit.

— J'aurais trouvé ça fantastique, *signor* Briatore, mentit-elle. Votre *mongolfiera* est vraiment merveilleuse.

Elle était touchée que le vieillard se montre aussi amical et formule aussitôt une invitation – même si celle-ci, par bonheur, ne se concrétiserait jamais. Les dessins et les photos de montgolfières avaient beau enchanter Nelly, la seule idée de monter dans un de ces aérostats la terrorisait.

— Oui… ma vieille *mongolfiera*, répéta Giacomo Briatore. Elle était vraiment très spéciale. Quand je la conduisais, j'étais le maître des airs. Je volais au-dessus de tout et ce sentiment de liberté était unique. – Il regarda Valentino et un sourire éclaira son visage. – Tu te rappelles, la première fois que je t'ai emmené ? Tu venais d'avoir cinq ans et ce baptême de l'air a été une grande surprise pour toi.

Valentino fixait affectueusement son grand-père.

— Comment pourrais-je l'oublier, *nonno* ? C'était la première fois de ma vie qu'on me faisait boire du champagne, et je me suis senti très important quand j'ai dû jurer solennellement de ne plus jamais dire « faire voler », mais « conduire » un ballon, parce que je faisais désormais partie de la communauté des pilotes de montgolfière. Bon, je ne suis pas devenu un mordu comme toi, mais j'aime aussi me retrouver là-haut. Je n'ai pas du tout le vertige, je dois tenir ça de toi.

Nelly revit Valentino, au Ca' Rezzonico, faisant des acrobaties sur la haute échelle, comme un trapéziste.

— Oui, tu l'as sûrement hérité de moi, confirma fièrement le vieux Briatore, avant d'agiter sa main noueuse. Allez chercher vos verres et installez-vous un moment avec moi, les enfants ! Buvons au bon vieux temps. Et à mon Emilia, paix à son âme.

Nelly avait remarqué qu'il portait deux anneaux en or à l'annulaire.

Lorsqu'ils s'assirent près de lui et que Valentino remplit les verres, Nelly entendit le vieillard glisser à son petit-fils :

— Eleonora ? Je ne me rappelle pas ce prénom... C'est encore une nouvelle petite amie ?

Nelly haussa les sourcils et coula un regard en direction de Valentino, qui paraissait un peu gêné pour la première fois depuis qu'elle le connaissait.

Ce soir-là, Nelly en apprit beaucoup sur le pilotage de ballon et un peu sur le véritable amour. Le vieux Briatore avait aussi des choses à raconter sur les neuf lampes accrochées artistiquement aux fenêtres du café. Lorsque Nelly lui avait demandé s'il les avait achetées au Venetia Studium, il l'avait fixée, perplexe.

— Non, avait-il finalement répondu en étirant le mot. C'est le vieux Palladino qui me les a offertes pour l'ouverture du café. Il créait alors des lampes à Venise. Un brave homme, qui n'a pas eu beaucoup de chance dans la vie. Il a vu mourir sa femme, puis son fils. – Briatore avait dodeliné de la tête avec une expression compatissante. – Ces magasins n'existaient pas à l'époque, vous savez.

Il s'était tourné vers les deux fenêtres, où étaient alignées les suspensions Fortuny, semblables à des cornets de glace filigranés.

— Il y en avait dix à l'origine, mais une est tombée, et les choses étant ce qu'elles sont, on ne l'a jamais remplacée, avait-il expliqué en écartant les bras, comme pour s'excuser.

— Ces lampes sont hors de prix aujourd'hui, avait commenté Nelly. Dix d'entre elles coûteraient une petite fortune. Je le sais parce que j'ai caressé l'idée d'en acheter une.

— Les choses étaient différentes, autrefois. On ne peut pas dire que Palladino était riche. Enfin, quoi qu'il en soit, ces lampes ont traversé le temps et sont toujours belles.

— Oui, avait confirmé Nelly. Superbes, même. Le café me plaît vraiment beaucoup. Quand on entre, on a l'impression que le temps s'est arrêté.

Giacomo Briatore avait ramené derrière ses grandes oreilles les quelques cheveux qu'il lui restait.

— Le temps ne s'arrête jamais, *signorina* Eleonora. Seuls nos souvenirs persistent. Ils nous restent acquis pour toujours.

Il était déjà minuit lorsqu'Alessandro Briatore, qui les avait rejoints à la table du coin après le départ des autres clients, ferma à clé le Settimo Cielo et disparut, empruntant l'étroite porte du fond, dans son appartement au-dessus de l'établissement.

— *Mezzanotte*, déclara Valentino en sortant avec Nelly sur la place en demi-lune, juste éclairée par les lampes aux fenêtres.

Ils se tenaient dans une flaque de lumière, et leurs silhouettes projetaient de longues ombres tremblantes sur les pavés.

— L'heure des esprits. L'heure où tout se transforme, poursuivit-il en s'approchant d'elle, et leurs ombres fusionnèrent. Si tu le permets, ton *cicisbeo* va maintenant te raccompagner chez toi, pour t'éviter d'errer encore dans les rues.

Nelly hocha la tête.

— Je le permets volontiers. À condition que le *cicisbeo* se tienne bien, précisa-t-elle avant de pousser un gloussement espiègle.

— Mais certainement, assura Valentino en esquissant une révérence, et des effluves de lavande et de bois de santal vinrent chatouiller le nez de Nelly.

Elle ne put s'empêcher de sourire en voyant son air sérieux. Elle n'avait pas vu passer les heures dans le café… Se retournant pour regarder une dernière fois le Settimo Cielo, dont elle savait maintenant certaines choses, mais pas encore l'essentiel, elle nota qu'elle avait un peu la tête qui tournait, à cause de toutes les grappas qu'elle avait bues. Elle vacilla.

— *Signorina* Eleonora, je vous prie ? fit Valentino en lui proposant son bras, et elle le prit.

Curieusement, cela n'avait pas du tout dérangé Nelly que Giacomo Briatore lui donne toute la soirée du « *signorina* Eleonora ». Son prénom de baptême sonnait même très joliment dans la bouche du vieillard. Elle avait moins apprécié sa remarque sur les nombreuses petites amies de son petit-fils, et cela aussi était curieux. Elle se moquait pas mal de la vie privée de Valentino Briatore, après tout.

— J'aime bien ton grand-père, déclara-t-elle, rompant le silence.

Valentino sourit. Soudain, toutes les lampes accrochées aux fenêtres s'éteignirent, et le *campo* se retrouva plongé dans l'obscurité la plus totale.

Nelly eut un cri d'effroi, puis un petit rire.

— Qu'est-ce que c'est ? demanda-t-elle, mais Valentino la prenait déjà dans ses bras.

— Un signe, murmura-t-il, sa bouche près de la sienne.

Il effleura ses lèvres. Il la tenait tout contre lui, et pendant un moment, elle se laissa tomber dans ce cocon tiède et ombreux, tandis que sa respiration s'accélérait et qu'un léger bourdonnement venait envahir ses oreilles.

— Mais… tu as dit qu'un *cicisbeo*… protesta-t-elle faiblement.

— Est-ce que j'ai l'air d'un brave *cicisbeo ?* s'enquit-il, ses yeux sombres scintillant d'un éclat singulier.

Il écarta tendrement une mèche de cheveux de son visage, et Nelly sentit que son cœur tambourinait violemment dans sa poitrine.

— Non, chuchota-t-elle alors que leurs lèvres se trouvaient, et elle ferma les yeux.

Valentino Briatore n'embrassait pas non plus comme un brave *cicisbeo.* Son baiser était ferme et décidé. Comme un baiser doit être : on en oubliait le monde autour.

18

Giacomo Briatore avait beau n'avoir jamais quitté la ville flottante, c'était un homme intelligent avec une certaine expérience. Et bien qu'il n'ait pas eu beaucoup de femmes dans sa vie, il paraissait savoir deux ou trois choses sur la manière de conquérir leur cœur.

— Si tu arrives à la faire rire, tu obtiendras tout d'elle, avait-il dit un jour à son petit-fils.

Valentino venait de fêter ses quinze ans et n'avait d'yeux que pour la rousse et peu accommodante Tiziana, une fille de son école qu'il était très difficile d'amuser, hélas, et qui, de toute façon, ne riait pas volontiers à cause de son diastème. Valentino, lui, trouvait cette singularité ravissante, et après des semaines et des semaines d'efforts, il avait été récompensé par un baiser qu'elle lui avait accordé, accompagné d'un « Bon, d'accord ». Émerveillé et ému, il avait alors pu explorer de la langue le petit espace entre les incisives de Tiziana.

Cela remontait à plus de douze ans et quelques femmes avaient croisé son chemin, depuis. Beaucoup avaient ri à ses plaisanteries, certaines lui avaient reproché de ne rien prendre vraiment au sérieux, mais la plupart avaient succombé à sa bonne humeur, ses manières prévenantes et charmantes. Le conseil de son grand-père s'était révélé très utile, jusqu'alors. Cependant, il se cassait un peu les dents sur Éléonore Delacourt…

Chaque fois que Valentino pensait avoir fait un pas en avant, la fille de ses rêves faisait deux pas en arrière ; ils se livraient à cette étrange danse, évoquant un mélancolique tango argentin, depuis près de deux semaines – depuis que Nelly lui était rentrée dedans sur la piazza, et qu'il était tombé éperdument amoureux de cette jeune femme qui le déconcertait comme nulle autre. Il la faisait rire, certes, mais quand il lui semblait que la glace était définitivement rompue, elle redevenait sérieuse, l'évitait, ne répondait pas au téléphone et paraissait être très loin en pensée.

La veille, vers minuit, lorsque le programmateur électrique du Settimo Cielo avait obligeamment éteint d'un seul coup les suspensions Fortuny, il avait saisi sa chance et fait ce dont il avait envie depuis le début : il avait embrassé Nelly.

Bien sûr, il était conscient de lui avoir un peu forcé la main, et il avait vu qu'elle était éméchée à force de trinquer à la grappa. Seulement, le premier instant de surprise passé, elle s'était blottie dans ses bras et lui avait rendu son baiser.

Il avait remarqué, avec un petit frisson de joie, à quel point ses lèvres étaient douces, et sa bouche chaude et délicieuse. Il n'y avait eu ni gêne ni tâtonnement ; tout s'était enchaîné idéalement, tout lui avait donné une sensation de justesse, le moment était parfait.

Quand il repensait à ce baiser, Valentino avait encore l'impression que tous les pigeons de San Marco se mettaient à battre des ailes dans son ventre. Il était déjà tombé amoureux quelques fois, mais ce qu'il vivait là était différent. Naturellement, l'amour rend toujours euphorique, pourtant, il lui semblait n'avoir jamais rien éprouvé de semblable.

Après ce merveilleux baiser qui lui faisait espérer davantage, ils s'étaient rendus dans le quartier de San Polo, empruntant les ruelles calmes, enlacés. Sur un petit pont, il s'était arrêté et avait mis sa veste en cuir sur les épaules de Nelly, qui tremblait. Puis le clapotement de l'eau sombre de la lagune, venant lécher les murs, s'était mêlé aux soupirs de bonheur de leurs bouches, ne se séparant que le temps de reprendre souffle.

Ensuite, ils s'étaient retrouvés pour la seconde fois devant l'immeuble de la calle del Teatro. Il l'avait encore embrassée, persuadé que ce n'était pas un baiser d'adieu, qu'elle le ferait monter dans son *appartamento* et que cette nuit serait illuminée par des étoiles filantes pleuvant sur leur lit, exauçant le moindre de leurs désirs.

Comme il s'était trompé !

Lorsqu'elle avait ouvert la lourde porte en bois, il s'était pressé contre elle, le cœur battant la chamade, le visage enfoui dans sa chevelure, mais elle s'était retournée et l'avait repoussé doucement. Alors, elle avait prononcé de nouveau cette phrase qu'il haïssait, parce qu'il ne la comprenait pas :

— J'ai peur que ce ne soit pas une bonne idée.

Il était resté planté là, sonné, stoppé brutalement dans son élan, et avant qu'il puisse répliquer quelque chose, dire par exemple qu'être ensemble constituait au contraire la meilleure idée qu'on puisse avoir, elle avait refermé la porte derrière elle.

Déçu, il s'était attardé devant l'immeuble, et il avait vu une fenêtre s'éclairer, à un étage assez élevé. Il avait envisagé de sonner, mais aurait été incapable de dire quel bouton correspondait à son appartement. Et puis, à quoi bon ? Elle ne lui aurait pas ouvert, de toute façon.

Peu après, la lumière s'était éteinte, et Valentino avait pris le chemin de son propre domicile, à contrecœur. La nuit l'avait vu errer entre insomnie et rêves confus, mais lorsqu'il s'était réveillé, ce matin-là, son optimisme avait repris le dessus. Quand une fille se laissait embrasser ainsi, tout ne pouvait pas être perdu ! La volonté déplaçait toujours les montagnes, et si Valentino Briatore avait jamais voulu *une* chose dans sa vie, c'était cela : conquérir le cœur de cette jeune femme, tout entier. De préférence pour toujours, oui, même si « pour toujours » était un grand mot. Il trouvait tout simplement inconcevable, et la pensée devenait de plus en plus insupportable, que Nelly disparaisse comme cela de sa vie, d'ici quelques semaines – deux semaines et deux jours, précisément. Cela ne devait pas arriver !

Le geste déterminé, Valentino finit d'une traite l'*espresso* qu'il était en train de boire au comptoir du Settimo Cielo.

Alessandro Briatore fixait son fils avec compassion.

— Eh bien, tu m'as l'air drôlement mordu, mon garçon ! constata-t-il avec son flegme habituel.

Valentino opina du chef.

— *Sì, papà*, il faut que je trouve une idée.

Il le fallait absolument.

L'expérience lui avait montré que tous ses efforts, les attentions, les gentillesses et les sorties avec lesquelles il lui faisait la cour – même ce baiser, qui en disait pourtant plus long que tous les mots – ne suffisaient pas à convaincre la *signorina* Eleonora que sa place était désormais aux côtés de Valentino Briatore, et de nul autre. Pour conquérir le cœur de cette femme, il allait donc devoir imaginer autre chose. Quelque chose qui soit si démesuré, si grandiose qu'elle ne puisse que tomber éperdument amoureuse de lui. Il lui fallait maintenant trouver la preuve d'amour ultime.

Tandis qu'il songeait, un peu nostalgique, à la soirée insouciante qu'ils avaient passée la veille dans ce même café, ses yeux erraient çà et là, comme si le Settimo Cielo pouvait lui apporter la réponse. Ils s'attardèrent finalement sur une photo, où un couple posait devant une montgolfière.

Valentino la contempla, pensif, et une idée se mit à prendre forme dans son crâne, une idée qu'il jugea infaillible.

— *Nonno*, s'il te plaît ! Réfléchis encore ! Où pourrait être la clé ?

Giacomo Briatore se mordit la lèvre inférieure et réfléchit. Il se donna vraiment du mal, plissa le front, fronça les sourcils, se pinça plusieurs fois le menton. Finalement, il fixa Valentino en secouant la tête.

— Non, vraiment, je ne me rappelle pas. J'ai regardé partout dans l'appartement, mais elle n'est pas là où se trouvent normalement mes clés.

— Mais ce n'est pas possible ! Tu *dois* savoir où tu mets tes affaires.

— Comment ça, je dois savoir ? répondit Giacomo sur un ton brusque. Tu verras quand tu auras mon âge, mon garçon.

Valentino s'agitait sur sa chaise en soupirant. Assis à la table du coin avec son grand-père, venu au Settimo Cielo comme chaque matin, il n'avait pu faire autrement que de lui révéler son plan.

— Mais ça doit rester un secret, tu comprends ? Personne ne doit être au courant. Personne ! Surtout pas *elle*.

— Mon cher garçon, je perds peut-être la mémoire, mais je ne suis pas stupide. Il n'empêche que tu auras besoin de quelques complices.

Ils avaient passé un bon moment à réfléchir à la façon de procéder. Il ne restait pas beaucoup de temps, et si la malchance s'en mêlait, les conditions météorologiques ne seraient pas favorables. Pour autant, ce genre d'éventualité ne détournerait pas Valentino de son grand projet. Il avait foi en sa bonne fortune. Avec un sens affirmé de la dramaturgie, il avait en vue une date bien particulière – le 14 février, la Saint-Valentin. Le jour de sa fête, mais surtout, le jour où l'on devait faire un cadeau à la dame de ses pensées. Et quand on s'appelait Valentino et qu'on préparait pour sa bien-aimée une surprise surpassant n'importe quel présent, on se disait que saint Valentin serait sûrement disposé à bénir votre entreprise d'une main protectrice et bienveillante.

Nelly avait été tellement charmée par les montgolfières du Settimo Cielo que Valentino ne doutait pas un instant qu'elle soit subjuguée par ce cadeau extraordinaire, par lequel il voulait lui offrir son cœur et sa main.

Seulement, il fallait dénicher cette maudite clé ! Ces derniers temps, il arrivait de plus en plus souvent que son grand-père égare des objets, mais cela ne paraissait pas trop perturber le vieil homme.

— Tu perds la mémoire, *nonno*, lui reprocha Valentino. Je me vois mal forcer la porte, elle est en métal. – Il prit sa tête entre ses mains. – Mais qu'est-ce que je vais faire ?

— Tu n'as qu'à lui offrir autre chose, proposa son grand-père, qui n'avait pas envie de se faire encore insulter. Une des suspensions Fortuny, par exemple. Ça lui ferait sûrement très plaisir : elle était en admiration devant les créations du vieux Palladino. Et puis, peut-être que cette idée de ballon n'est pas si bonne, après tout. Qui sait dans quel état il est, aujourd'hui…

Giacomo Briatore voulait qu'on le laisse lire tranquillement son journal, maintenant.

— C'est pour ça que je dois aller le voir, insista Valentino. Réfléchis encore !

Ensuite, il demanda ce qu'on demande toujours dans une telle situation, dans l'espoir d'aider le distrait à remonter mentalement le temps :

— Quand as-tu utilisé la clé pour la dernière fois ?

Giacomo Briatore eut un geste évasif de la main.

— Il y a des années, qu'est-ce que j'en sais…

Il s'affaissa sur son banc en bois, puis fit ce que font parfois les personnes âgées quand elles veulent retrouver un objet.

— Saint Antoine ! implora-t-il. Aide-nous à mettre la main sur cette fichue clé ! – Il plissa les yeux, attendant l'illumination. Puis il leva un doigt. – Attends, attends, attends ! Hmmm. Ça va me revenir… J'ai utilisé la clé pour la dernière fois… quand tu as obtenu ta *maturità*. À l'époque, on a fait un dernier tour en l'air ensemble, non ? Après, j'ai dû aller à l'hôpital pour cette stupide opération des yeux.

— Tu as raison.

Valentino mordillait sa lèvre inférieure, pensif. Puis son visage s'éclaira.

— Ha ! Ça y est, je sais où est la clé ! s'écria-t-il. Elle est sans doute encore accrochée devant la cave, sous la saillie en pierre. – Il se redressa, surexcité. – Oui, je suis certain qu'elle est toujours pendue à ce vieux clou, tu te souviens ?

— Oh, je ne me souviens de rien du tout, déclara Giacomo avec un désespoir comique. J'aurais juré que je l'avais mise dans ma poche, ce jour-là. – Il s'empara de son quotidien et fit un signe de la tête à son petit-fils. – Bon, qu'est-ce que tu attends ? Tente ta chance ! Le compte à rebours est lancé.

Le lendemain, en tout début d'après-midi, Valentino entrait sur le campo Santo Stefano, l'air satisfait. La journée était exceptionnellement ensoleillée pour une fin janvier et quelques fous étaient installés dehors, devant les bars et en terrasse d'un restaurant qui avait sorti des radiateurs à infrarouge. De l'autre côté du *campo*, un homme blond en parka grattait sa guitare.

Reconnaissant les notes de *Volare*, Valentino sourit.

Son projet commençait à prendre forme. Cela lui faisait penser à la restauration d'une fresque ou d'un plafond. Chaque fois qu'il commençait un nouveau travail, Valentino avait l'impression qu'il allait mal l'exécuter. Un mouvement maladroit, un coup de pinceau fatal – et il fallait tout reprendre. Mais ensuite, peu à peu, on gagnait du terrain. Il arrivait un moment précis où les choses se mettaient à développer une sorte de dynamique propre, et soudain, on savait qu'on allait y arriver.

Valentino revenait d'un déjeuner avec sa vieille amie Tiziana, qui s'était montrée tout feu tout flamme dès qu'il lui avait exposé son idée.

— Bien sûr qu'on va te donner un coup de main, avait-elle assuré, ses yeux étincelant comme à l'époque où il trouvait son diastème si excitant. Laisse-moi en parler à Luciano. Après, on verra quand se réunir tous les trois. Ne t'inquiète pas, ça va marcher ! – Elle avait ri avec exubérance. – Quelle joie que cette fois, ce soit du sérieux pour toi aussi !

La jeune fille maigre aux longues tresses et aux taches de rousseur était devenue une beauté à la poitrine généreuse. Avec son teint de porcelaine et ses cheveux flamboyants, Tiziana aurait fait entrer en transe n'importe quel préraphaélite. Elle avait toujours ce petit espace entre les dents de devant, et au cours du repas qu'ils avaient pris ensemble non loin de La Fenice, Valentino s'était surpris à fixer régulièrement sa bouche.

Ils s'étaient perdus de vue pendant de longues années (leur idylle de bac à sable s'était achevée de façon très banale, peu après leur baiser), puis un jour, alors que Valentino étudiait à Padoue et ne rentrait chez lui que le week-end, son meilleur ami Luciano lui avait présenté sa nouvelle petite amie, qui travaillait comme décoratrice au théâtre.

D'abord surpris, Valentino s'était réjoui de revoir Tiziana. Depuis, ils étaient bons amis.

Il avait maintenant trouvé en Tiziana, très compétente dans son domaine, et en Luciano, habile de ses mains, les complices qu'il lui fallait pour réussir son coup. Les vibrations étaient bonnes…

Valentino siffla quelques mesures de *Volare*, et eut soudain très envie d'imiter les fous du campo Santo Stefano. Il s'installa donc devant un petit bar, pour prendre un *espresso* au soleil.

La veille, du matin jusqu'au soir, l'affaire de la montgolfière l'avait occupé. À l'Arsenal, il avait bien trouvé la clé devant la cave, sous la saillie en pierre. S'immergeant dans la pénombre qui sentait le moisi, il avait écarté des toiles d'araignée, défroissé des mètres de tissu, démêlé des cordages et contrôlé la vannerie de la nacelle, cassée à certains endroits. Il y aurait du travail, mais l'idée de redonner son lustre à la vieille *mongolfiera* n'était pas totalement vouée à l'échec. Valentino avait sorti son carnet de notes, inscrit ce qu'il devait se procurer, calculé combien d'heures il lui restait après son travail au Ca' Rezzonico, combien de jours aussi. Ensuite, il avait passé quelques coups de fil et s'était hâté de retourner à ses petits pots de peinture et à ses pinceaux, dans le *palazzo*. Le soir, il avait encore discuté de deux ou trois choses avec son grand-père, le suppliant de ne pas laisser échapper son secret en bavardant trop, s'il revenait au café avec Nelly.

Toute la journée, Valentino s'était senti électrisé. Grisé par son idée fantastique, il avait filé d'un lieu à l'autre, tel Hermès aux sandales ailées. Il n'avait rien avalé, ne s'était octroyé aucune pause (sérieusement, quel homme amoureux a besoin de se reposer ou de manger ?), et c'est tard le soir, en s'écroulant sur son lit, éreinté, qu'il avait réalisé qu'il n'avait même pas appelé la femme autour de laquelle toute sa journée avait tourné. Erreur grossière ! Impardonnable ! Il s'en était beaucoup voulu. Après ce baiser incroyable devant le Settimo Cielo, il aurait dû téléphoner à Nelly sans attendre. Elle allait interpréter son silence comme un manque d'attention, il en était persuadé. D'un autre côté, elle non plus n'avait pas cherché à le joindre… Brusquement, le doute l'avait envahi. À bien y réfléchir, le soir en question, elle l'avait renvoyé chez lui. D'un autre côté, cela ne signifiait pas forcément quelque chose. Lorsqu'il l'avait embrassée, elle ne l'avait pas repoussé, en tout cas – bien au contraire !

Tiraillé, Valentino se tournait et se retournait dans son lit, à l'image des pensées s'agitant dans son crâne. *D'un côté. D'un autre côté. D'un côté. D'un autre côté.*

Les femmes étaient notoirement compliquées. Mais cette femme-là… *mamma mia* ! Valentino avait poussé un profond soupir et donné un coup de poing dans son oreiller pour le creuser, puis il s'était encore tourné et avait continué à réfléchir.

Qu'avait-elle voulu dire, au juste, avec ce « J'ai peur que ce ne soit pas une bonne idée » ? Peut-être Valentino, dans sa déception, avait-il mal interprété le sens de sa phrase. Peut-être, simplement, n'était-elle pas le genre à faire monter un homme dans son appartement juste après le premier baiser.

C'est sur cette pensée rassurante et avec la ferme intention de téléphoner à Nelly dès le lendemain matin que Valentino s'était finalement endormi.

Il avait composé son numéro vers 10 heures et elle avait aussitôt décroché. Comme si elle attendait son appel. Mais ensuite, elle ne s'était exprimée que de façon laconique. « Je voulais juste savoir comment tu vas », avait-il dit, et elle avait seulement répondu « Bien », avant de lui retourner la question. Lorsqu'il lui avait présenté des excuses, expliquant que la veille, il avait été terriblement occupé toute la journée, elle avait lâché qu'elle l'avait remarqué. Se faisait-il des idées ou son ton était-il légèrement pincé ? Pas un mot sur les baisers échangés. Ce n'est qu'au moment où il lui avait transmis les salutations de son grand-père qu'elle était un peu sortie de sa réserve, répétant qu'elle avait trouvé Giacomo Briatore si gentil, et le petit café si charmant.

Alors, il avait pris son courage à deux mains.

— Non, c'est *toi* qui es charmante. Nelly… je… C'était tellement beau, toi et moi… Je n'ai pu dormir de la nuit, je n'arrêtais pas de penser à toi, avait-il balbutié à voix basse.

Long silence à l'autre bout du fil.

Valentino avait patienté, sous tension, enfonçant l'ongle de son pouce dans la pulpe de son index.

— Moi non plus, je n'ai pas réussi à dormir, avait-elle dit finalement.

Il avait poussé un soupir de soulagement.

— Quand peut-on se voir ?

Ils avaient prévu de se retrouver en début d'après-midi sur la piazza, là où ils s'étaient rencontrés.

Deux heures plus tard, Nelly lui avait envoyé un texto, qu'il n'avait découvert qu'après son déjeuner avec Tiziana.

Dois malheureusement annuler. Mal de tête affreux, je reste au lit. Remettons à plus tard stp. Nelly

Il avait tout de suite essayé de la joindre, mais elle n'avait pas décroché. La pauvre devait être couchée dans sa chambre, rideaux tirés, attendant que la douleur s'atténue.

Valentino roula en boule le sachet de sucre vide et l'envoya d'une chiquenaude dans la tasse à *espresso* posée devant lui, sur la table. Il fallait qu'il y aille. Il avait, dans la poche de sa veste, une boîte de cachets analgésiques qu'il avait achetée à la pharmacie. Après le travail, il prendrait des antipasti et du pain, et il passerait voir Nelly.

Il entra dans le bar pour payer. Tandis qu'il attendait sa monnaie, il songea qu'il valait peut-être mieux prévenir la patiente, alors il tapa rapidement un texto qu'il lui envoya.

Carissima, *je viens seulement de voir ton message. Ça me fait vraiment de la peine pour toi. Ma pauvre ! Essaie de dormir, le* dottore *vient ce soir avec de l'aspirine et de quoi manger. Remets-toi vite ! V.*

Traversant le campo Santo Stefano en direction du pont de l'Accademia, pour rejoindre Dorsoduro et le Ca' Rezzonico où l'attendait Polichinelle sur sa balançoire, Valentino jeta au passage un coup d'œil à la terrasse du restaurant où quelques touristes mangeaient encore, en manteau, à côté des radiateurs. Un reflet lumineux attira son attention et il aperçut une jeune femme dont la chevelure châtaine brillait au soleil ; elle se penchait en avant, souriante, plongeant son regard dans celui de l'homme qui, assis en face, lui tenait la main.

Valentino sourit à ce spectacle. Puis il se figea, comme frappé par la foudre. Seul son imbécile de cœur continuait à battre, donnant des coups irréguliers dans sa poitrine.

Une seule pensée occupait son cerveau : *Ça sent le roussi. Ça sent le roussi !*

Il gagna la table d'un pas rapide et s'assit à côté du couple, qui le regarda avec stupéfaction.

— Eh bien, pour une surprise, c'est une surprise ! lâcha-t-il avec un rictus de fureur. J'espère que je ne dérange pas ? – Il sortit la boîte de cachets de sa poche et la plaqua si violemment à côté des verres que ceux-ci s'entrechoquèrent. – Un mal de crâne, hein ?

— Valentino, mais qu'est-ce que tu fais ici ?

Nelly, cramoisie, avait vivement retiré sa main de celle de l'inconnu.

— Je voulais prendre des nouvelles de la pauvre souffrante, fit Valentino sur un ton agressif. Mais à ce qu'on dirait, elle a déjà trouvé un autre garde-malade.

Il adressa un regard provocant à l'homme dégingandé au nez de boxeur, qui, vêtu d'une veste matelassée démodée, le fixait de ses yeux bleu délavé, déconcerté.

— Tu aurais pu me dire que ton ami qui te rend la vie si compliquée était arrivé à Venise.

Valentino s'adossa à sa chaise, bras croisés. Il avait tiré au jugé, mais sa petite phrase fit mouche, visiblement.

Nelly blêmit, pour changer. Elle paraissait avoir perdu l'usage de la parole.

C'est alors qu'intervint l'homme à la veste bleu foncé, qui n'avait apparemment rien saisi, ou pas grand-chose.

— Mais que veut cet individu ? s'enquit-il, avant de remonter ses lunettes bien trop grandes et de rire, un rire mêlant incompréhension et condescendance.

Pas difficile de deviner qu'il prenait l'Italien importun pour un fou.

— Rien, répondit Nelly avec un sourire d'excuse.

Puis elle se tourna vers Valentino, toujours assis bras croisés, la mine sombre.

— Ce n'est pas ce que tu crois, assura-t-elle avec gêne.

— Aha. Et qu'est-ce que c'est, alors ?

— Je suis tombée par hasard sur mon ancien professeur, c'est tout, déclara-t-elle.

Il n'échappa pas à Valentino qu'elle rougissait de nouveau. Il y avait probablement quelque chose entre elle et ce type âgé d'au moins quinze ans de plus, qui avait sans doute femme et enfants, et la rencontrait en secret.

— Ah, c'est ton *professeur* ! Ça explique *tout*, bien sûr.

L'homme à la veste matelassée, qui avait compris le mot « professeur », hocha la tête pour confirmer.

— Tu m'excuseras si je ne te suis pas bien, poursuivit Valentino en s'accoudant, main sous le menton, mais tu l'as rencontré avant ou après ce mal de tête *affreux* qui t'obligeait à rester au lit ?

Nelly fixait la nappe blanche, embarrassée.

Le professeur, lui, avait l'air étonné. Indiquant la boîte d'aspirine, il posa à son tour une question dans laquelle figurait, de toute évidence, le mot français pour « mal de tête ». Puis il ajouta une phrase qui pouvait signifier : « C'est ce type ? »

Nelly fit signe que non et prit sa tête entre ses mains. Valentino se dit que, cette fois, elle avait vraiment l'air en proie à la migraine. Mais avant que la jeune femme puisse leur apporter une réponse, au professeur ou à lui-même, une voix s'écria, de l'autre côté de la terrasse :

— Nelly !!! C'est vraiment toi, ou quoi ? *What a surprise !* Pas possible !

Un géant, barbe blonde et parka, se fraya un passage entre les chaises avec son étui à guitare. Valentino reconnut le musicien de rue, qui, peu de temps avant, chantait son *Volare* à pleins poumons sur le *campo*. De mieux en mieux.

Le type se planta devant Nelly avec un large sourire, et repoussa sa crinière blonde en arrière.

— Qu'est-ce que tu fais à *Venice*, *sweetheart* ? Alors là, je suis stupéfié ! J'avais arrangé d'aller à Paris ce soir… et je te rencontre *ici* !

Surprise, surprise ! songea Valentino. Encore quelqu'un qui ne s'attendait pas à retrouver Nelly dans les parages. On aurait bien dit que c'était le jour des rencontres inattendues. Il regarda la jeune femme, elle aussi ébahie.

— Sean ! s'exclama-t-elle. Eh bien, dis donc !

— *Yeah ! It's a small world !*

Le grand blond posa son étui à guitare par terre, l'air ravi, se plia en deux pour embrasser Nelly, puis rapprocha une chaise. Remarquant alors les mines déconcertées, il leva les mains, un geste d'excuse.

— *Sorry, sorry, sorry !* Je ne viens pas au bon temps, ou quoi ? Il vaut mieux je m'en vais, ou quoi ?

Nelly dit « Non, non », l'air gêné. Le professeur se taisait poliment. Valentino avait au moins compris « *sorry* ». Il détailla avec curiosité le nouveau venu, qui, manifestement, s'appelait Sean et était américain. Ils paraissaient être au complet, maintenant qu'ils formaient un quatuor. Avec la meilleure volonté du monde, il n'y avait plus de place autour de la table étroite, de toute façon.

— Dis-moi, Nelly, si tu n'attends plus personne, tu pourrais peut-être nous présenter les uns aux autres, proposa Valentino, et comme la traîtresse lui faisait tout de même de la peine, il lui sourit pour l'encourager.

Nelly le fixa, l'air reconnaissant. Ses yeux semblaient implorer sa compréhension. Puis elle prit son verre de vin et le but d'une traite.

— Bon ! fit-elle, avant de prendre une profonde inspiration et de les regarder à tour de rôle. Valentino Briatore de Venise, qui restaure des tableaux et m'a aidée à retrouver mon sac à main. Sean O'Malley, futur pilote venu du Maine, qui a pris une année sabbatique pour faire un tour d'Europe avec sa guitare et que j'ai rencontré à Paris. Enfin, Pr Daniel Beauchamps, spécialiste de Virilio à la Sorbonne, qui dirige mon mémoire de master et qui... – Elle hésita brièvement. –... qui a déménagé à Bologne il y a peu.

Elle avait parlé en italien, pour commencer. Lorsqu'elle répéta le tout en français, le professeur hocha la tête plusieurs fois, tandis que l'homme venu du Maine la dévisageait, l'air incrédule.

— Nelly ! *It's nuts !* Dingue ! La professeur volante !!! Ça y est, j'ai piégé la situation ! Mais c'est super ! s'écria-t-il en se frappant les cuisses, avant de lever les pouces en l'air. *Wow !* Mes compliments ! *Venice... How very romantic !* – Il rit, enthousiaste, et fit un clin d'œil à Nelly qui lui lançait, en vain, des signaux d'avertissement. – Je t'avais dit que les choses vont tourner bon avec la professeur vol... aaah !

Il se tut soudain et eut un mouvement brusque, heurtant la table, si bien que le verre du professeur se renversa et que le vin rouge qu'il contenait se répandit sur le pantalon de celui-ci.

Valentino se demandait ce qui motivait l'exaltation soudaine de l'Américain, dont l'hymne de louange à Venise la romantique venait de connaître une fin abrupte. Pour une raison ou une autre, ce Sean s'était laissé aller à l'exubérance. Et cela n'avait pas du tout plu à Nelly.

Valentino redressa le verre vide.

— Qu'est-ce qui arrive à ton ami du Maine ? s'enquit-il. Il a souvent des crises de ce genre ?

— Pas maintenant ! siffla entre ses dents Nelly, qui avait encore changé de couleur et paraissait au bord de la syncope. *Pas maintenant !*

— Oh, mon Dieu, j'ai fait du dommage ! Pardon, pardon ! se lamenta l'Américain, qui jeta un coup d'œil contrit à Nelly et tendit au professeur une grande serviette en tissu.

Daniel Beauchamps n'était manifestement pas homme à perdre facilement son sang-froid. Il épongea son pantalon trempé du mieux qu'il put, puis remonta ses lunettes et regarda Nelly, déconcerté.

— Mais *qui* est ce professeur volant ? demanda-t-il.

19

Dans toute bonne comédie, il existe un moment où les personnages, ayant chacun une connaissance très différente de la situation, sont mis en présence. Il n'est pas rare qu'une telle rencontre ait lieu lors d'une fête, au poste de police, dans l'ascenseur d'un hôtel ou, comme ici, en terrasse d'un restaurant. Le hasard joue un grand rôle dans l'affaire. Chacun sait (ou croit savoir) quelque chose de différent et tire ses conclusions qui sont le plus souvent erronées, très loin de la vérité ou juste à côté.

En règle générale, une personne se trouve au centre de cet imbroglio et pourrait tout expliquer. Seulement, ainsi va la vie – tout le monde est embarrassé par deux ou trois « détails » qu'il préférerait cacher, si bien que cette personne ne dit pas toujours toute la vérité, ou a recours à un petit mensonge en cas de besoin.

Par cette journée de janvier ensoleillée, tandis que Nelly prenait en flânant la direction de San Marco où elle avait rendez-vous avec Valentino, elle ne se doutait pas que, quelques heures plus tard, le rôle de ce personnage clé lui incomberait. Nelly ne s'intéressait pas aux caractéristiques structurelles de la comédie. Allant assez rarement au cinéma, elle n'était pas une cinéphile. Sans compter que la perspective extérieure lui échappait quelque peu, pour l'instant.

Le baiser de Valentino l'avait troublée. Cela faisait un bon moment qu'on ne l'avait pas embrassée aussi passionnément, et elle s'était laissé transporter devant ce petit café, dans l'obscurité, savourant chaque instant. Au début, brièvement, le visage amical de Daniel Beauchamps s'était interposé, mais ensuite, elle n'avait plus vu que les yeux sombres et scintillants du Vénitien et elle avait senti sa joue d'homme contre la sienne, sa bouche ferme sur ses lèvres. *Dommage que ce soit toujours le mauvais qui vous embrasse*, voilà ce qui lui avait traversé l'esprit, puis sa conception du bon et sa conception du mauvais s'étaient entremêlées, dans l'étrange vertige qui s'emparait d'elle. Elle n'avait plus senti ses jambes et aurait eu du mal à dire *comment* elle était arrivée calle del Teatro. Elle ne se rappelait pas avoir marché sur les pavés… Juste que, sur un pont, Valentino avait mis sa veste sur ses épaules. À partir de là, ils avaient dû continuer leur chemin en flottant dans les airs, jusqu'à se retrouver devant le vieil immeuble où elle logeait.

La grappa n'a pas été étrangère à tout ça, songea Nelly, souriante, tout en traversant le pont du Rialto, sans s'arrêter au milieu comme les autres touristes. À moins qu'il ne faille pas y voir les effets de l'alcool ? Elle devait avouer que les baisers de Valentino étaient plutôt convaincants…

Heureusement, lorsqu'il avait voulu monter dans son appartement, elle avait eu la présence d'esprit de le renvoyer chez lui. Elle n'avait vraiment pas besoin de complications amoureuses à Venise, en ce moment.

Pompette et étrangement détendue, elle s'était aussitôt laissée tomber sur son grand lit. Seulement, elle était restée éveillée la moitié de la nuit, et il lui avait semblé sentir encore ses caresses et ses baisers.

Finalement, elle avait sombré dans un sommeil profond, sans rêves.

À son réveil, il était déjà 11 heures. S'étirant voluptueusement, elle avait contemplé les motifs floraux du papier peint, qui évoquaient un verger au printemps. Elle n'avait pas dormi ainsi depuis une éternité. Dans la cuisine, tandis qu'elle posait la petite cafetière italienne sur le brûleur et mettait une *ciabatta* à griller, Nelly s'était dit que son horloge interne devait l'avoir lâchée, au moins temporairement.

Elle s'était surprise à jeter des coups d'œil incessants à son téléphone portable. Et à se sentir, malgré elle, irritée que Valentino n'appelle pas. Elle ne voulait pas donner une importance démesurée à leur incartade nocturne, ce genre de chose pouvait tout à fait arriver quand un homme et une femme, qui ne se trouvaient pas antipathiques, consommaient une certaine quantité d'alcool et que le contexte était favorable – il y avait des études sur le sujet ! –, mais elle trouvait tout de même blessant que son *cicisbeo* ne se manifeste pas.

Depuis l'après-midi où Valentino avait récupéré son sac à main et l'avait invitée à dîner, le jeune homme l'avait appelée quotidiennement sur son *telefonino*. Et maintenant qu'ils avaient échangé des baisers, plus de nouvelles ! On ne pouvait pas dire qu'il faisait preuve de délicatesse… Qu'avait dans la tête cet Italien, pour l'embrasser de la sorte et ne plus donner signe de vie ensuite ? Rien du tout, probablement.

Sourcils froncés, Nelly avait mordu dans son pain grillé, tartiné de beurre et de confiture.

— Tant mieux, avait-elle murmuré. Tant mieux.

Elle était contrariée, malgré tout. Pendant le reste de la journée, elle avait marché sans but précis dans Cannaregio, un quartier qu'elle ne connaissait pas encore et qui lui avait paru un peu gris. Elle avait mangé à la Trattoria da Alvise une délicieuse friture de poissons, et l'après-midi, alors que les premières lumières s'allumaient déjà, elle avait spontanément décidé de faire un tour en gondole. Seulement, même si le très sympathique *gondoliere* (il avait accepté de revoir son tarif à la baisse, et ils avaient renoncé aux chants d'un commun accord) lui avait montré des coins pittoresques et préservés de la ville flottante, et même si une promenade en gondole n'était vraiment comparable à rien d'autre, il manquait quelque chose.

Alors que la gondole noire glissait presque sans bruit sur les canaux, ne semblant qu'effleurer l'eau, il était revenu à Nelly une phrase écrite par Silvio Toddi : *Une gondole n'est une gondole que quand elle transporte deux amoureux.*

Le lendemain matin, lorsque Valentino avait enfin appelé, le cœur de Nelly avait fait un bond dans sa poitrine.

— Allô ?

Elle avait vivement porté le téléphone à son oreille, nerveuse, puis prononcé juste quelques mots. Il n'avait qu'à parler, lui ! Après tout, il ne s'était pas manifesté. Mais Valentino paraissait sincèrement contrit. Seulement, il n'évoquait pas leurs baisers, si bien qu'elle n'avait pas abordé le sujet non plus. Après quelques demi-phrases embarrassées, débouchant sur des silences insupportables, il avait finalement dit qu'elle était charmante, que les moments passés avec elle étaient très beaux et qu'il n'avait pas dormi de la nuit, tant il pensait à elle.

Nelly pressait son portable très fort contre son oreille. Elle n'avait pu s'empêcher de se réjouir de ses paroles. Et soudain, elle avait eu très envie de revoir son ministre des belles pensées, bien qu'elle préfère ne pas réfléchir au fait que cela ne pouvait mener nulle part.

Le beau temps avait attiré un nombre inhabituel de touristes sur la place Saint-Marc. Nelly jeta un coup d'œil à sa montre. Il était bien trop tôt, elle avait encore plus de deux heures devant elle. Après avoir fait un tour sous les arcades de la piazza, léché les vitrines colorées des boutiques et acheté au Caffè Florian un CD de musique intitulé *Concerto al Caffè*, elle gagna le Campanile en flânant et prit à droite pour rejoindre la Piazzetta. Deux semaines plus tôt, elle s'y promenait pour la première fois – avec son sac à main rouge et un bout de papier portant le numéro de téléphone d'un inconnu. Il lui restait maintenant deux semaines à passer à Venise. Pensive, elle contempla la lagune.

Il était toujours étonnant de constater que la vie, après chaque bifurcation, vous réservait de nouvelles surprises.

Elle venait d'avoir cette pensée lorsqu'une silhouette familière entra dans son champ de vision. Cependant, ce n'était pas Valentino Briatore qui, avec la ponctualité des amoureux, se dirigeait deux heures trop tôt vers la place Saint-Marc. C'était un homme dégingandé au nez chaussé de grandes lunettes, qui, sans la remarquer, marchait dans sa direction, un lourd porte-documents à la main. L'air absent, il traînait légèrement la jambe droite.

— Professeur Beauchamps ! s'exclama Nelly. Mais qu'est-ce que vous faites *ici* ?

— Nelly ! Je n'y crois pas ! fit Daniel Beauchamps avant de se mettre à rire. Quelle joie de vous voir ! Comment allez-vous ?

— Oh, bien, bien, répondit Nelly.

Ils se serrèrent la main, puis le professeur déclara, avec un clin d'œil, qu'il fuyait sa vaste famille italienne.

— Non, je plaisante, ajouta-t-il rapidement. Je sors de la bibliothèque, où je devais faire des recherches. Je viens de Bologne et ne suis ici que pour la journée. – L'air réjoui, il détailla Nelly dans son manteau bleu foncé. – Et vous, qu'est-ce qui vous amène à Venise à cette période de l'année ?

— Eh bien… commença Nelly en souriant. Moi aussi, j'ai fui. Le mauvais temps parisien.

— Ma foi, vous êtes servie, aujourd'hui, commenta le professeur.

Nelly acquiesça intérieurement. Croiser le Pr Beauchamps venu seul à Venise était une grande chance, une chance inattendue.

Beauchamps consulta sa montre.

— Mon train ne part qu'en début de soirée et j'ai fini de travailler. Alors, si vous avez le temps, nous pourrions nous installer quelque part et manger un morceau.

Évidemment que Nelly avait le temps ! Il fallait savoir définir ses priorités. Avec un soupçon de mauvaise conscience, elle écrivit un court message à Valentino, dans lequel elle décommandait leur rendez-vous. Elle n'avait pas trouvé mieux que de prétexter un mal de crâne. Son ministre des belles pensées s'en consolerait bien, et puis, après tout, elle pourrait encore le voir le lendemain. Le Pr Beauchamps, lui, n'était à Venise que ce jour-là.

Elle envoya le texto et coupa son téléphone portable pour être tranquille. Puis, glissant son bras sous celui de Beauchamps, elle déclara en souriant :

— On peut y aller. Mais ne restons pas dans le coin, c'est beaucoup trop passant et tout est terriblement cher, vous savez ?

Non, le Pr Beauchamps ne le savait pas, il ne connaissait pas du tout Venise, mais il laissa volontiers son ex-étudiante préférée l'éloigner de la piazza, où les touristes donnaient à manger aux pigeons et se photographiaient. C'est ainsi que, quittant les *mercerie*, les rues commerçantes animées du quartier San Marco, Nelly le guida (de son mieux, compte tenu de son mauvais sens de l'orientation) dans des ruelles plus calmes, jusqu'à atteindre le campo Santo Stefano, paisible et accueillant sous le soleil.

Nelly ne remarqua pas le géant blond en parka, qui, au fond de la place tout en longueur, déballait sa guitare. Elle n'aurait pas davantage remarqué Valentino Briatore s'il s'était déjà trouvé sur le *campo*. Elle n'avait d'yeux que pour l'homme dégingandé à côté d'elle, qu'elle avait si longtemps porté aux nues et qui lui avait infligé un si grand chagrin.

Nelly songea que, là encore, Valentino aurait probablement dit avec humour que la situation était désespérée, mais pas grave ; seulement, tant que Beauchamps était là, elle voulait savourer chaque moment.

Ils s'installèrent en terrasse d'un restaurant situé sur le côté long du *campo* – tout près d'un des radiateurs à infrarouge que des serveurs prévoyants avaient sortis pour les touristes. Aucun Vénitien ne mangeait dehors en manteau, juste parce que le soleil de janvier brillait un peu plus fort que d'habitude.

Lorsque Nelly prit place en face du professeur, elle ne se doutait absolument pas de la tournure surprenante que prendrait l'après-midi.

— Dites-moi tout ! Que devenez-vous ? Et surtout, comment avance votre mémoire ? demanda Beauchamps après qu'ils eurent commandé. Comme vous n'êtes pas venue à la fête de Noël, nous n'avons pu nous dire au revoir correctement en décembre. Je l'ai beaucoup regretté.

Il remonta ses lunettes.

— Oui, c'était dommage, répondit Nelly, notant pour la première fois que la monture du professeur était bien trop grande. J'étais malade.

— Je l'ai entendu dire. Pas une angine comme moi, quand même ?

— Oh, non.

Nelly prit du pain et en détacha un morceau, sans le manger.

— Vous auriez difficilement pu me contaminer, vous ne vouliez pas de visite à l'époque, vous vous souvenez ? reprit-elle avec un sourire un peu forcé.

— Vous avez raison, commenta le professeur, sans saisir l'allusion. Nous nous étions vus une dernière fois, brièvement… dans mon bureau. C'était quand je vous ai parlé d'Isabella.

— Exactement.

Nelly se rappela avec horreur le quart d'heure le plus affreux de sa vie.

— Alors ? lança-t-elle, faisant une nouvelle tentative. Est-ce que tout se passe comme vous l'aviez imaginé ?

Beauchamps haussa les épaules.

— Eh bien, pour être honnête, ma maîtrise de l'italien est assez catastrophique, soupira-t-il. Je croyais que ce serait plus simple, mais le cours intensif débute bientôt. Manifestement, je ne suis pas aussi doué pour les langues que je le pensais. Je ne comprends quasiment rien. Surtout quand la famille vient au grand complet et que tout le monde crie en même temps. – Il sourit avec un air de désespoir comique. – Cela demande un certain temps d'accoutumance pour un Français. Je crois que j'ai passé le Noël le plus fatigant de toute mon existence ! Ensuite, j'ai été malade d'avoir trop mangé. Vous n'imaginez pas les portions qu'ils vous servent. C'est incroyable…

Le professeur se perdit en explications sur les désagréments culinaires et les écueils linguistiques de ses fêtes de Noël bolognaises, et Nelly émietta encore un peu de pain, l'écoutant avec un intérêt faiblissant. Elle avait trouvé plus captivants ses cours sur Virilio et Baudrillard…

Le professeur embrayait maintenant sur son sujet de prédilection : Isabella. La belle, l'intelligente, la merveilleuse Isabella ; la femme de sa vie, avec laquelle il s'était fiancé sous les exclamations et les applaudissements enthousiastes de la famille Sarti.

Finalement, Beauchamps remarqua que Nelly n'avait rien dit depuis un bon moment.

— Mais je ne fais que parler de moi ! s'écria-t-il. Comment s'est passé votre Noël à vous ?

— Oh, il n'a pas été aussi fatigant que le vôtre, déclara Nelly. Il faut dire que je ne me suis pas fiancée non plus.

Elle fixa longuement le professeur.

— J'étais seule, au lit avec la grippe et un chagrin d'amour, expliqua-t-elle avec un rien de bravade.

— Oh non ! Ah, Nelly, je suis navré. Je n'en avais pas la moindre idée… déplora Daniel Beauchamps en remontant ses lunettes, avant de prendre la main de Nelly, compatissant, sans réaliser de quoi il retournait.

— C'est pour ça que je suis partie à Venise. Entre autres, ajouta la jeune femme.

— Naturellement, naturellement, approuva le professeur en opinant du chef. C'est bien compréhensible. Vous avez eu la bonne réaction, ma chère Nelly. Il faut avoir le courage de fuir le cafard. Ça va s'arranger. Comme je le dis toujours, le travail constitue la meilleure des distractions. – Il pressa sa main pour la réconforter. – Vous verrez, une fois que vous vous attellerez de nouveau à votre mémoire, vous oublierez vite cet homme.

Nelly en doutait énormément.

— Est-ce que vous avancez bien ?

Nelly secoua la tête. Ces dernières semaines, son intérêt pour son mémoire de master avait rapidement décliné.

— Allez, ne baissez pas les bras, poursuivit le professeur en tapotant sa main, soucieux. Et si vous avez la moindre question, vous pouvez m'écrire, vous le savez. – Il lui adressa un signe de tête encourageant. – Sinon, vous allez mieux, maintenant ?

— Un peu, répondit Nelly en souriant, et à sa grande surprise, elle constata que c'était vrai.

À cet instant, un jeune homme furieux fit irruption sur la terrasse. Ses yeux sombres étincelaient de colère.

— Eh bien, pour une surprise, c'est une surprise ! J'espère que je ne dérange pas ? demanda Valentino Briatore en plaquant violemment quelque chose sur la table.

Une boîte d'aspirine.

Au cours de l'heure qui suivit, Nelly devait implorer plusieurs fois le sol de s'ouvrir sous ses pieds. Seulement, la ville s'élevant au-dessus de la mer sur ses milliers de pilotis avait beau être fragile, Venise ne lui fit pas le plaisir de l'engloutir.

En fin de compte, Nelly se retrouva attablée avec trois hommes effarés. Le premier, la tenant pour une menteuse, la soupçonnait d'entretenir une liaison avec le deuxième, lequel, ironiquement, ne se doutait même pas qu'elle avait ardemment désiré en lui l'amant potentiel, et qu'il avait causé son grand chagrin d'amour. La jeune femme avait connu le paroxysme de l'embarras lorsque le troisième larron avait surgi, et – se méprenant dans les grandes largeurs – félicité très chaleureusement Nelly pour son voyage romantique à Venise avec « la professeur volante » (là, il avait dessiné en l'air deux guillemets). Elle l'avait fait taire d'un coup de pied bien placé sous la table, un acte aux conséquences fâcheuses : un verre s'était renversé, son contenu venant tremper le pantalon du professeur.

Lorsque Daniel Beauchamps, admirable de contenance, avait finalement demandé qui était au juste ce professeur volant, et que trois paires d'yeux s'étaient braquées sur Nelly, deux bleues et une sombre, une pulsion impérieuse l'avait envahie – se lever et s'enfuir.

Les lasagnes apportées à cet instant précis par le serveur devaient lui procurer un léger répit, et le secours venir d'un camp inattendu.

— Oooh, fit Sean en étirant la syllabe, comprenant que les apparences étaient trompeuses.

Voyant les dégâts qu'il avait provoqués, il rebondit aussitôt, et tira Nelly d'embarras en lui évitant d'avoir à répondre.

— Oh, *ça* ! fit-il avec un signe de dénégation désinvolte, avant de rire. C'est un sorte d'expression. Cette professeur volante n'existe pas vraiment, *you know*... Ou juste dans le langue des aviateurs. En anglais, dire que les choses vont tourner bon avec la professeur volante, c'est comme souhaiter à quelqu'un de casser un jambe ou garder les doigts croisés.

— Ah... Très intéressant. Vraiment remarquable.

Le Pr Beauchamps remonta ses lunettes et plongea sa fourchette dans les lasagnes. On voyait à son expression qu'il trouvait assez étranges les usages linguistiques des pilotes américains. Mais apparemment, il avait renoncé à comprendre ce barde blond excentrique. Quant à son ex-étudiante préférée, elle semblait s'entourer de drôles d'oiseaux. Sans doute à cause de son chagrin d'amour.

— Qu'a dit l'Américain ? s'enquit Valentino.

— Trop compliqué, je t'explique ça plus tard, promit Nelly.

Elle poussa ses lasagnes fumantes en direction de Sean.

— Merci.

En fin de compte, toutes les difficultés allaient miraculeusement s'aplanir. Sean, qui devait retourner à l'hôtel pour y récupérer son sac à dos, fut le premier à prendre congé. Il voulait retourner à Paris et confia à Nelly que, poursuivant son voyage en Europe, il n'y avait pas que « le délicieux tarte de poires » qui lui avait manqué : *Madame la tigre* ne quittait plus ses pensées. Nelly fit quelques pas avec lui.

— Tu crois Jeanne va être content de me voir ? demanda-t-il, hésitant.

Nelly sourit. Il était curieux de voir cet homme grand et vigoureux si peu sûr de lui.

— J'en suis persuadée.

— Ne dis rien à elle. Ça doit être un *surprise*, *okay* ?

Nelly promit. Elle commençait à s'y connaître en surprises. Celle-ci, en tout cas, avait de bonnes chances de réussir.

— Et toi, ne parle pas à Jeanne de… de cet après-midi, s'il te plaît, le pria-t-elle.

Sean prit son étui à guitare, et en serrant Nelly dans ses bras pour lui dire au revoir, il chuchota :

— Pardon encore. Je ne voulais pas te mettre dans le gêne. – Il plissa les yeux. – Mais c'est *lui*, la professeur volante, ou quoi ?

— Oui, mais il ne le sait pas et ne l'apprendra jamais, murmura Nelly en retour.

— Pourquoi tu ne prends pas l'autre ? fit Sean avec un large sourire, avant de traverser à grands pas le *campo*, sur lequel un froid vif était maintenant descendu.

Lorsque Nelly revint près de la table, le Pr Beauchamps avait déjà réglé l'addition. Les deux hommes attendaient en silence. L'un se leva en la voyant arriver, l'autre resta assis.

— Je crois que je vais aussi me mettre en route, déclara Beauchamps, qui adressa un bref signe de tête à Valentino et s'éloigna un peu de la terrasse avec Nelly. C'était très agréable de vous revoir de façon si inattendue, et vous pouvez être sûre que votre secret sera bien gardé avec moi. – Il lui sourit amicalement. – Puis-je vous dire un dernier mot ? Même si ça ne me regarde pas ? Vous êtes une jeune femme si charmante, Nelly… N'ayez pas le cœur gros inutilement. Oubliez cet homme ! Ne ressassez pas autant d'idées noires, profitez de vos vacances ! Et faites-moi signe si vous avez besoin de mes conseils. Je sais que vous allez rendre un excellent travail. – Il rajusta ses lunettes, qui s'embuaient un peu. – Prenez soin de vous, Nelly !

La jeune femme hocha la tête. Puis elle se dressa sur la pointe des pieds et déposa un baiser sur la joue de Beauchamps.

— Prenez soin de vous aussi, professeur.

Le soleil avait disparu derrière les immeubles et le *campo* se vidait peu à peu. Valentino et Nelly étaient les uniques clients encore en terrasse.

— Enfin seuls ! ironisa Valentino lorsque Nelly se rassit près de lui. Quelle représentation remarquable ! Le vieux *dottore* de Bologne, Scaramuccia et sa guitare, Arlecchino le dupe et la belle Colombina qui l'a mené en bateau. La commedia dell'arte dans toute sa splendeur. – Il s'accouda et appuya son menton dans sa main. – Là, je suis très curieux d'entendre tes explications.

— Ah, Valentino, la pièce est beaucoup moins captivante que tu le penses, crois-moi, soupira Nelly.

— Oh, j'ai trouvé ça plutôt captivant, assura Valentino en s'adossant à sa chaise, toujours contrarié. Qu'est-ce qu'il y a entre ce professeur et toi ?

— Rien du tout.

— Et je suis censé te croire sur parole ?

— Oui, fit-elle en le regardant droit dans les yeux. Beauchamps a une fiancée à Bologne, dont il est raide dingue. Il a même quitté Paris pour elle.

— Il tenait ta main !

— Il voulait juste me consoler, Valentino. Je l'ai rencontré par hasard ce matin, sur la Piazzetta. Quand tu as surgi à notre table comme un fou furieux, je venais de lui confier que j'avais passé Noël seule, grippée, en plein chagrin d'amour, expliqua Nelly avec franchise.

Elle sourit.

— Au fait, merci pour les cachets d'aspirine.

— Dont tu n'avais pas du tout besoin.

— Effectivement. Je suis désolée de t'avoir raconté des bobards, assura Nelly en baissant le regard, honteuse.

— Tu m'as fait faux bond, grommela Valentino.

— Je sais, mais le professeur n'était à Venise que pour la journée.

— Et tu ne pouvais pas me le dire, tout simplement ?

— J'ai pensé que c'était… trop compliqué, lâcha-t-elle dans un haussement d'épaules.

— Trop *compliqué*. Tiens, tiens, déclara Valentino en haussant les sourcils, un sourire entendu aux lèvres. Eh bien, restons-en là, dans ce cas.

— Oui, ce serait mieux, confirma Nelly avec soulagement.

— Bon, tout est résolu, alors, sauf que…

— Sauf que quoi ?

— Qu'est-ce qu'on fait des cachets ?

— Tu peux me les donner quand même, proposa Nelly en se frottant le front.

Elle commençait à souffrir de légers élancements. La journée avait été éprouvante. Alors seulement, la tension retombant, elle se sentit épuisée.

— Je serai peut-être contente d'avoir de l'aspirine, bientôt. J'ai l'impression que je vais vraiment avoir mal au crâne, finalement. C'est bête, fit-elle en secouant la tête.

— Oui, oui. Dieu punit sans attendre les petits péchés, annonça Valentino, qui lui tendit la boîte de cachets avec un sourire. Tu as passé un bon moment avec ton ancien professeur, au moins ? Je veux dire, *avant* que je surgisse à votre table comme un fou furieux, que ton ami empoté se joigne à nous et que les choses aillent de mal en pis ?

— Ma foi… commença Nelly en lançant à Valentino un coup d'œil en coin. Pour être honnête, ce n'était pas aussi agréable que je l'imaginais, mais j'ai trouvé ça… éclairant, en quelque sorte.

— Tu m'en vois heureux, commenta-t-il, puis il scruta son visage. Et… le chagrin d'amour ?

— Il s'est presque envolé.

— Il y a de l'espoir, alors, sourit-il.

Nelly se pencha en avant et prit sa main.

— Bon, mon ministre des belles pensées ne m'en veut plus de lui avoir fait faux bond ?

— Ça dépend, répondit Valentino en gardant sa main dans la sienne, l'air brusquement grave.

— De quoi ? s'enquit Nelly, déconcertée.

— Eh bien, la prochaine fois que tu me présenteras, tu pourrais trouver mieux que de dire que je suis l'homme qui t'a aidée à retrouver ton sac à main.

— Par exemple ?

— Que penses-tu de ceci : voici Valentino Briatore, qui restaure des tableaux et embrasse de manière si renversante qu'on ne peut que lui succomber, plaisanta-t-il.

La boîte d'aspirine fendit les airs et heurta son front. Il s'était baissé pour l'éviter et avait levé les mains pour se protéger, mais trop tard.

— Hé ! Hé ! Hé !

— Ah, vous êtes *impossible*, Valentino Briatore ! s'exclama Nelly.

— Je sais, répliqua-t-il en souriant. Je suis trop beau pour être vrai.

Un peu plus tard, ils traversaient le campo Santo Stefano en flânant, bras dessus, bras dessous. Et ce soir-là, lorsque Valentino raccompagna Nelly chez elle, il était clair, pour l'un comme pour l'autre, qu'elle ne lui proposerait pas encore de monter boire un café ou un verre de vin.

Elle avait une migraine atroce.

20

Les journées paraissaient s'écouler de plus en plus vite. Pourtant, Nelly avait eu la sensation que sa première semaine à Venise s'étirait à l'infini. Chaque jour avait apporté son lot de choses nouvelles et passionnantes, et toutes ses impressions et ses aventures avaient pleinement rempli chaque heure. Portée par l'agréable sentiment d'avoir encore l'éternité devant elle, Nelly avait entamé la deuxième semaine de son séjour, où elle avait découvert le Settimo Cielo en suivant des chemins sinueux et où Valentino l'avait embrassée. Avec l'apparition inattendue de Daniel Beauchamps sur la Piazzetta, cette deuxième semaine s'était précipitée vers son paroxysme et avait constitué un tournant à la fois décisif et mémorable.

La subtile ironie voulant que ce soit le Pr Beauchamps en personne qui lui conseille d'oublier « cet homme », de ne pas trop ruminer et de profiter de ses vacances à Venise, semblait être le fruit d'un jeu auquel se livreraient des puissances supérieures, s'amusant à semer le trouble. Peut-être l'innocent Beauchamps avait-il, dans un premier temps, soupçonné Valentino d'être « cet homme », compte tenu du comportement de celui-ci au restaurant. Au moment de son départ, il y avait toutefois eu un instant où Nelly avait cru distinguer une brève lueur derrière les lunettes embuées du professeur, et soudain, elle s'était demandé s'il n'avait pas tout compris, finalement, mais laissé la vérité de côté, par tact, lui suggérant indirectement de l'oublier ? Nelly ne le saurait sans doute jamais, mais elle avait malgré tout eu à cœur de suivre ce conseil.

Depuis cet après-midi mouvementé, presque cathartique, qui s'était achevé sur une note clémente et un sacré mal de tête (la douleur lui martelait le crâne et elle avait passé la journée suivante dans sa chambre, rideaux tirés), quelque chose avait changé. Nelly sentait qu'une légèreté nouvelle, inédite, l'avait gagnée. Elle avait décidé de moins réfléchir et de savourer simplement tous les beaux moments qui croiseraient son chemin. Même l'*acqua alta*, qui devait inonder la ville flottante un jour plus tard, ne pourrait rien y changer.

Sur le chemin de San Marco, au bout d'une ruelle, Nelly s'arrêta, étonnée, devant une profonde flaque qui l'empêchait de poursuivre son chemin. Elle prit une autre ruelle, qui se terminait aussi sous l'eau. Nelly rit, s'acheta un parapluie et d'immenses bottes en caoutchouc. Ensuite, elle marcha dans l'eau qui montait et emprunta les passerelles en bois qui avaient surgi partout, comme par magie. Tandis que les Vénitiens passaient à côté d'elle, pressés, le visage impassible, elle s'attarda longuement sur les planches, contemplant avec fascination la place Saint-Marc qui s'était métamorphosée en un lac miroitant, d'où émergeaient les dossiers en plastique tressé des chaises, telles des épaves.

— *Andiamo, signorina, andiamo !*

Une voix irritée vint soudain troubler ce beau spectacle, et une main la poussa de côté sans ménagement.

— Avancez, vous bloquez tout le chemin !

— Hé ! s'écria Nelly, qui avait vacillé dans ses grandes bottes et se voyait déjà étendue dans l'eau de la lagune. Faites attention ! Oh… *signor* Pozzi !

C'était bien le petit homme grincheux qui l'avait emmenée à son appartement le jour de son arrivée, et la doublait maintenant. Comme la fois précédente, il ne jugea pas nécessaire de présenter des excuses, mais frappa impatiemment les planches de sa canne.

— Aaah, *signorina* Delacourt ! J'aurais dû me douter que c'était vous qui entraviez la circulation. *Tutto bene ?* lui lança-t-il d'un air condescendant.

— Oui. Tout va bien… à condition qu'on ne me pousse pas à l'eau, sourit-elle.

Elle n'avait pas l'intention de le laisser gâcher sa bonne humeur.

— Dites, comment se fait-il que vous soyez toujours aussi pressé, *signor* Pozzi ? reprit-elle (et elle ajouta mentalement : Vous êtes invariablement en retard, de toute façon).

— Je suis occupé, *signorina*. Occupé. Je *travaille* ici et je ne peux pas me permettre de passer des heures à fixer une grosse flaque sur la piazza, comme si c'était la septième merveille du monde. Je n'ai pas le temps pour ce genre de plaisanterie ! *Arrivederci !*

Pozzi agita la main en l'air, la mine grave, et s'éloigna d'un pas scandé par le vif staccato de sa canne.

Nelly suivit des yeux, amusée, le petit homme courbé. Par bonheur, elle avait tout le temps pour ce genre de plaisanterie. Aussi, elle laissa son regard errer de nouveau sur le miroir d'eau.

C'est alors que son téléphone sonna. C'était Jeanne.

Nelly remarqua aussitôt que sa cousine brûlait de lui raconter quelque chose. Le ton survolté, elle demanda à Nelly ce qu'elle faisait.

— Je suis sur une passerelle en bois et je regarde les hautes eaux sur la place Saint-Marc, répondit Nelly en toute sincérité.

— Bon sang, mais c'est horrible ! Pourquoi tu ne te décides pas à rentrer à Paris, au lieu de te morfondre à Venise, Nelly ? Paris est bien plus belle que cette ville sur pilotis pourrie, qui sombrera bientôt dans la mer. À ce propos, le soleil brille aujourd'hui, et la journée est magnifique.

— Je ne me morfonds pas, bien au contraire.

Debout sous son parapluie, Nelly souriait. Elle se doutait que sa cousine n'appelait pas pour lui communiquer le bulletin météo.

— Devine qui est ici, en train de manger ma tarte aux poires, claironnait justement Jeanne.

— Hmmm… fit Nelly. Vu ton exubérance, je dirais que c'est Sean O'Malley.

Constatant que la surprise coupait le sifflet à Jeanne, elle eut un petit rire intérieur.

— Hé ! Comment le sais-tu ? s'exclama finalement Jeanne.

— Mon sixième sens ? répondit Nelly.

Ensuite, elle relata tout de même le fameux après-midi sur le campo Santo Stefano.

— Pas croyable ! lâcha Jeanne. Tu as dû drôlement suer, ha ! ha ! ha !

— Effectivement, ha ! ha ! ha ! Mais ce n'était pas si drôle que ça.

— Et tu as vraiment rencontré ce Beauchamps *par hasard* ? Ou tu as donné un coup de pouce à la chance ? s'enquit Jeanne.

— Ne raconte pas de bêtises, Jeanne. Je te jure qu'il a surgi sur la Piazzetta, comme tombé du ciel.

— Tombé du ciel ? La bonne blague ! D'après ce que je viens d'entendre, on dirait bien que c'est un saint, oui, commenta Jeanne avant de pouffer, s'amusant follement. Écoute, j'espère juste que ce déjeuner n'a pas fourni du carburant à ton exaltation amoureuse. Je te connais, choupinette, tu te raccrocherais à un fétu de paille !

— C'est là où tu fais erreur, répliqua Nelly, et à sa grande surprise, elle précisa : pour être honnête, je me suis même un peu ennuyée pendant le repas. – Elle réfléchit. – Le Pr Beauchamps est un homme vraiment exquis, mais tu sais ce que j'ai remarqué ? Ses lunettes sont beaucoup trop grandes. Il est peut-être un peu trop vieux pour moi, finalement. Et surtout, il ne me fait pas rire.

— Je ne le disais pas depuis le début ? Tu deviens enfin raisonnable, fit Jeanne, magnanime.

Mais c'est en cela que sa cousine – qui lui parlait maintenant avec enthousiasme de « Jean », lequel, après une soirée gaie et bien arrosée, avait jeté *Madame la tigre* sur son épaule, sans autre forme de procès, pour l'emmener dans la chambre – se trompait.

Nelly avait décidé de devenir déraisonnable.

Un peu, en tout cas.

Obéissant à cette déraison nouvelle pour elle, Nelly se rapprochait de plus en plus de son admirateur. Elle avait constaté avec surprise qu'elle était sur le point de tomber amoureuse de son *cicisbeo* vénitien, même en sachant que ses jours à Venise étaient comptés. Elle repoussait bien loin cette désagréable idée. Elle ne voulait penser qu'à l'instant présent. Quant à Valentino, il ne mentionnait jamais le fait que les vacances de Nelly prendraient fin un jour. Juste une fois, tout au début, il lui avait demandé la date de son départ – le 16 février –, et il avait commenté en disant qu'il leur restait encore du temps à passer ensemble. Pourquoi se casser la tête aujourd'hui à propos de ce qui n'aurait d'importance que demain ? *Carpe diem.* Tout le reste finirait par s'arranger.

Nelly avait retrouvé Valentino plusieurs fois dans le petit café, qui exerçait toujours sur elle un attrait particulier, et il lui avait fait visiter ses églises préférées, parmi lesquelles la Chiesa di Santo Stefano avec ses magnifiques tableaux, Santa Maria del Rosario à Dorsoduro et San Nicolò da Tolentino à Santa Croce, dont Nelly avait longuement contemplé le splendide autel baroque.

Au cours de leurs promenades dans les différents quartiers, Nelly s'était aperçue qu'il y avait très peu de librairies à Venise, et elle en avait fait part à Valentino.

— C'est un triste chapitre de notre histoire, avait-il répondu. Les magasins ferment l'un après l'autre. Cela ne saute pas forcément aux yeux en hiver, mais Venise est surtout soumise aux besoins des touristes. Et ils préfèrent acheter des masques, du verre de Murano et de petites gondoles en plastique.

Nelly avait repensé au masque bleu qu'elle avait acquis au début de son séjour. En effet, le nombre des boutiques de masques dépassait de loin celui des librairies. Mais ensuite, ils s'étaient rendus dans le *sestiere* de Castello, et Valentino lui avait montré une des rares librairies restantes, qu'elle n'aurait sûrement jamais trouvée seule.

La Libreria Acqua Alta, située calle Lunga Santa Maria Formosa, était un envoûtant chaos dans lequel on pouvait fouiner pendant des heures ; son propriétaire, un homme des plus sympathiques. La plupart des livres qu'il vendait avaient un rapport avec Venise et étaient disponibles dans quantité de langues. Sous le charme, Nelly avait longé les vieux rayonnages en bois. Ils croulaient littéralement sous les ouvrages, mais ceux-ci s'entassaient aussi dans des paniers, des caisses et des baignoires – même dans une véritable gondole vénitienne, qui, au beau milieu de la boutique, paraissait se frayer un passage jusqu'au canal brillant de reflets verts, devant les battants en bois de la porte d'entrée. Çà et là, des chats faisaient de drôles de bonds entre les piles de livres ou étaient couchés, enroulés sur eux-mêmes. Nelly avait acheté un beau livre sur la Sérénissime, et en sortant, elle avait songé que cette librairie était sans doute un des lieux spéciaux qui contribuaient à ce que la ville ne perde jamais sa magie.

Un jour, à l'heure du déjeuner, Valentino l'avait emmenée au nord de la lagune, dans son bateau, pour aller manger du poisson sur l'île de Burano, qui, avec ses maisons peintes de couleurs vives, lui avait évoqué une petite sœur de Venise, pétulante. En rentrant, Valentino avait brusquement coupé le moteur. Prenant Nelly dans ses bras, dans l'embarcation qui tanguait, il avait demandé : « Alors, qu'est-ce qu'on fait maintenant ? » Nelly avait ri, l'air avait le goût du sel et elle s'était abandonnée à ses baisers pressants, jusqu'à ce que la sirène d'un bateau d'excursion l'effarouche. Alors, elle avait hâtivement remis de l'ordre dans ses vêtements et reboutonné son manteau.

— Je finirai bien par t'avoir, tu verras ! lui avait lancé hardiment Valentino par-dessus son épaule, sur le chemin du retour, avant de manœuvrer le bateau entre les pieux en bois foncé que léchait l'eau.

Bien qu'il n'ait pas encore réussi à accéder à son *appartamento*, calle del Teatro – Nelly n'était pas sûre de vouloir franchir ce dernier pas, qui n'engendrerait peut-être, au bout du compte, qu'un nouveau chagrin –, elle devait avouer que, rarement dans sa vie, elle s'était sentie aussi vivante qu'aux côtés de ce jeune homme vif d'esprit et persévérant, qui n'avait que deux défauts : il était bien trop beau pour être fidèle à une seule femme, et en retard chaque fois qu'ils avaient rendez-vous. Une particularité qui agaçait de plus en plus Nelly.

— Valentino ! C'est si dur d'être à l'heure ? lui avait-elle reproché un jour, alors qu'il arrivait une fois de plus avec une demi-heure de retard. Je dois toujours t'attendre. Tu n'as pas de montre ?

— Bien sûr que j'ai une montre, avait-il répondu avant de la renverser dans ses bras en riant, comme s'il ne prenait pas ses plaintes au sérieux. Mais je suis un homme très occupé. Je passe mon temps à travailler. – Il lui avait lancé un regard appuyé, puis il avait cligné de l'œil. – Allez, ne sois pas fâchée ! Comment puis-je t'amadouer, ma sévère *signorina* Eleonora ? Un Orangina ? Un tiramisu ?

Elle n'avait pu s'empêcher de rire.

— Ah, Valentino, encore des excuses. Je n'en crois pas un mot.

Malheureusement, elle l'avait cru.

Malgré les dénégations du jeune homme, il n'avait pas échappé à Nelly que Valentino paraissait avoir de moins en moins de temps pour elle. Il avait l'air de plus en plus nerveux, même s'il essayait de le dissimuler avec ses plaisanteries habituelles. Il s'habillait de façon plus négligente, et il arrivait souvent à bout de souffle au Settimo Cielo, où ils se retrouvaient en général, la chemise glissée à la va-vite dans le pantalon. Ou encore, quand ils se promenaient, son *telefonino* sonnait et il la quittait peu après, évoquant « un rendez-vous urgent ».

Ce vendredi-là, Nelly s'était rendu compte, avec un certain effroi, que la troisième semaine touchait déjà à sa fin. Plus qu'une semaine et elle remettrait au *signor* Pozzi la clé de l'appartement, et prendrait le train pour rentrer à Paris. Le temps filait à présent comme du sable dans le grand sablier, et arriverait le moment où le dernier grain rejoindrait les autres.

C'est aussi ce vendredi-là, qui n'était même pas le 13 du mois, mais un très banal 9 février, que Nelly découvrit que Valentino lui cachait quelque chose.

L'événement funeste fut déclenché par la surprise qu'elle voulait faire à Valentino en allant le voir au Ca' Rezzonico, à l'heure du déjeuner. Il avait appelé le matin pour lui annoncer, la voix pleine de regret, qu'il devait travailler beaucoup ce jour-là et ne savait pas non plus s'il aurait du temps à lui consacrer dans la soirée.

— Il faut vraiment que je termine Polichinelle sur sa balançoire, avait-il soupiré. Le directeur du musée ne plaisante pas avec ça.

— Ah, quel dommage ! s'était exclamée Nelly. Tu n'as même pas une petite heure pour moi ?

— Non, malheureusement. C'est vraiment du non-stop aujourd'hui, ma chérie. Ça ne me plaît pas non plus, crois-moi.

Nelly avait été très déçue. Puis elle s'était dit qu'elle allait passer au Ca' Rezzonico avec de quoi manger sur le pouce, et regarderait un peu Valentino à l'œuvre.

Seulement, vers 14 heures, lorsqu'elle jeta un coup d'œil dans la salle aux polichinelles, celle-ci était vide. La grande échelle se dressait dans la pièce, entourée de pots de peinture et de pinceaux. Nelly attendit quelques minutes, puis elle retourna lentement vers l'entrée du musée, s'attendant à entendre la voix réjouie de Valentino. Dehors, elle regarda autour d'elle. Peut-être était-il en train de s'acheter un *panino* dans le quartier, lui coupant l'herbe sous le pied ? Le soleil s'était frayé un passage entre les nuages, et un vaporetto accostait à la station Ca' Rezzonico. Quelques passagers descendirent du bateau qui tanguait, dont une créature qui ne passait pas inaperçue. Cheveux flamboyants et manteau de velours bleu outremer, elle disparut dans une ruelle proche. Nelly s'éloigna vers la gauche puis vers la droite en scrutant les environs, chercha la silhouette du jeune homme dans les ruelles. Finalement, elle fit le tour du musée. Elle se demandait si elle ne devrait pas téléphoner à Valentino, lorsqu'elle le vit au bord du canal qui longeait un flanc du Ca' Rezzonico et débouchait dans le Grand Canal.

Équipé d'un grand sac de voyage, Valentino se tenait sur le trottoir, près de son bateau amarré, et faisait signe. Nelly leva la main, étonnée, puis elle réalisa qu'il ne l'avait même pas remarquée. Son sourire heureux s'adressait à une autre. La femme aux longs cheveux roux.

Nelly sentit que son cœur manquait un battement. Puis il se mit à tambouriner violemment dans sa poitrine.

— *Ciao*, Tiziana ! lança Valentino avec son insouciance habituelle.

Il n'avait d'yeux que pour la beauté rousse qui se hâtait vers lui.

Nelly s'avança un peu et se plaqua dans un renfoncement d'immeuble. À leur insu, éloignée de quelques mètres seulement, elle les vit s'étreindre dans un bel élan. Ils ne donnaient pas l'impression de se rencontrer pour la première fois.

— C'est génial que tu aies pu venir, déclara Valentino. J'ai tout ce qu'il faut pour notre petite excursion au Lido.

Souriant, il indiqua le grand sac noir à ses pieds.

— Oh, Tiziana, tu ne peux pas savoir à quel point je suis *excité* ! s'exclama-t-il encore, avant de mettre le sac dans le bateau, puis de sauter dedans. Viens, ne perdons pas de temps ! Je brûle d'impatience.

Il tendit la main à la jeune femme élancée pour l'aider.

— Je trouve tout ça très excitant, moi aussi, assura en riant Tiziana, qui prit sa main et monta dans le bateau. En plus, *j'adore* les secrets ! Au fait, j'ai emporté des casse-croûte.

— *Carissima*, on en aura sûrement besoin !

Valentino se mit au volant. Avant qu'il démarre, Nelly l'entendit encore lancer à sa *carissima*, par-dessus son épaule :

— J'ai eu du mal à me libérer, aujourd'hui. Nelly voulait absolument me voir. Elle réclame plus ma présence, ces derniers temps, j'ai parfois l'impression qu'elle se doute de quelque chose, et ça, ce serait…

Le reste de sa phrase fut couvert par le vrombissement du moteur.

Nelly en savait assez. Bouleversée, elle suivit du regard l'embarcation dans laquelle Valentino s'éloignait à vive allure, avec Tiziana qui se tenait fièrement à côté de lui, cheveux flottant au vent, telle une reine.

Ils formaient vraiment un très beau couple.

Il était très fâcheux que Nelly n'ait pas entendu la fin de la phrase de Valentino. Combien de malentendus déchirants, gros ou petits, se dissiperaient si l'on avait toujours la possibilité d'écouter jusqu'au bout et de connaître toute la vérité ? Seulement, Nelly n'avait pas cette possibilité.

Elle restait là, figée, avec la sensation que son cœur passait sous une bruyante machine à coudre qui le transperçait, point après point. Au bout d'un moment, elle se détourna lentement, fit quelques pas hésitants et jeta dans une poubelle le sachet contenant l'en-cas. Le sol oscillait sous ses pieds. Ou peut-être était-ce elle qui vacillait ? Elle ne le savait pas, elle ne savait plus rien et remarqua juste que les larmes lui montaient aux yeux. Furieuse, elle s'essuya les joues.

Sur le chemin de San Polo, Nelly batailla contre elle-même. Ou plutôt, elle lutta contre une petite voix douce qui s'élevait en elle et lui déconseillait de tirer des conclusions hâtives. Quelques jours plus tôt seulement, sur le campo Santo Stefano, ne s'était-elle pas retrouvée dans une situation tout à fait ambiguë ? Se pouvait-il aussi, dans le cas de Valentino, que les apparences soient trompeuses ? Y aurait-il une explication toute simple ? Les chances étaient faibles !

Nelly secoua tristement la tête. Sa méfiance croissait à chaque pas, et lorsqu'elle tourna la clé dans la serrure de la lourde porte en bois, calle del Teatro, elle l'avait emporté.

— Je le savais depuis le début, murmura Nelly, profondément blessée. On ne peut pas faire confiance à un homme séduisant, voilà tout.

Pour Valentino Briatore, la *dolce vita* continuerait sans la *signorina* Eleonora. Pourquoi, aussi, aurait-il dû faire preuve de considération pour une jeune Française qui, de toute façon, disparaîtrait de sa vie d'ici quelques jours ?

Animée d'amères pensées, Nelly s'assit sur un des canapés safran et se mit à fixer la gravure colorée, représentant la ville-lagune, accrochée au mur d'en face. Soudain, elle se sentit infiniment triste. Alors, elle prit la décision héroïque de ne pas demander d'explications à son *cicisbeo* vénitien, qui ne ressemblait pas à un *cicisbeo* et n'embrassait pas non plus comme l'un d'entre eux. Elle n'aurait pas cette faiblesse.

Éléonore Delacourt était peut-être une perdante… Mais quand elle le voulait, elle pouvait se montrer tout aussi fière que cette reine rousse.

21

Tard ce soir-là, revenant à Venise avec Tiziana et Luciano, Valentino Briatore était épuisé, mais très satisfait. Ils avaient laissé le ballon dans un hangar, au Lido, où il attendait son entrée en scène. Le travail des jours précédents avait porté ses fruits. Cela leur avait demandé des efforts, mais ils avaient accompli leur tâche.

Avec l'aide de ses deux meilleurs amis, le vol d'essai stationnaire avait aussi été un succès. Il fallait encore réparer la vannerie sur une zone limitée de la nacelle, mais sinon, tout était parfait.

Le Lido était presque désert à cette époque de l'année, la plupart des hôtels fermés, et les cabines de bain blanches au bord de la plage, permettant aux clients de se changer en été, ne sortiraient pas de leur sommeil hibernal avant longtemps.

Cet après-midi-là, lorsque la superbe enveloppe de toile, aux rayures bleues, rouges et dorées, s'était gonflée au-dessus du panier, tous trois avaient applaudi avec enthousiasme. Valentino avait regardé Tiziana et Luciano, qui, debout dans le sable, attendaient que la *mongolfiera* monte dans le ciel, au bout du gros cordage qu'ils avaient attaché à un rocher. Il avait senti l'excitation joyeuse d'antan s'emparer de lui. Conduire un ballon, c'était comme faire du vélo : cela ne s'oubliait pas.

— Tu verras, ta chérie va s'évanouir d'émerveillement, s'était exclamé Luciano, qui avait eu pour mission de se procurer et d'installer le brûleur. Ça, c'est du spectacle ! – Il avait fait un clin d'œil à Tiziana. – Je te préviens, je n'ai pas un cadeau de Saint-Valentin aussi génial pour toi.

Tiziana avait souri.

— D'un autre côté, tu n'as pas une nature aussi romantique que notre ami.

Mettant les poings sur les hanches, elle avait contemplé avec fierté le ballon, que Valentino et elle avaient minutieusement raccommodé.

— Une fois de plus, la *mongolfiera* du vieux Briatore réunira deux amoureux, avait-elle déclamé. Fantastique ! Je dois dire qu'elle a l'air encore plus impressionnante en vrai que sur les photos du Settimo Cielo.

La *mongolfiera* s'était élevée dans les airs, et Valentino avait eu un rire heureux. Sous lui, la mer scintillait au soleil, et une légère brise soulevait ses cheveux. Il était grisé par la perspective de flotter bientôt au-dessus de la lagune avec sa bien-aimée ; de lui déclarer son amour en lui offrant la bague en rubis ancienne qu'il avait trouvée dans une bijouterie du quartier de l'Accademia. Levant la tête, il avait regardé le ciel.

— Je t'aime, Éléonore Delacourt, je t'aime, avait-il chuchoté aux nuages étonnés.

Deux jours plus tard, la joie de Valentino avait cédé la place à une grande inquiétude. Après son excursion au Lido, il avait tenté à plusieurs reprises de joindre Nelly. Il avait parlé à la boîte vocale de son téléphone le matin, le midi, le soir, mais elle ne l'avait pas rappelé. Le lendemain, il avait fait une tentative toutes les heures, laissant sur son répondeur des messages de plus en plus pressants. Pourquoi ne se manifestait-elle pas ? Avait-elle de nouveau mal au crâne ? Aurait-elle encore perdu son sac à main, et son portable avec ? Mais dans ce cas, elle serait venue le voir au Ca' Rezzonico ou serait passée au Settimo Cielo. Seulement, personne n'avait laissé de message pour Valentino au musée, et Nelly ne s'était pas montrée au café non plus. Alessandro et Giacomo Briatore avaient haussé les épaules, perplexes, et secoué la tête.

— Bizarre, avaient-ils dit à l'unisson.

Valentino trouvait cela bizarre, lui aussi, et brusquement, un mauvais pressentiment l'avait envahi.

Avait-il dit ou fait quelque chose qui aurait pu la blesser ? Il s'était creusé la tête, sans trouver de réponse.

Le samedi s'était écoulé ainsi, puis le dimanche. Valentino était retourné au Lido pour prendre les dernières dispositions. Il n'y avait plus rien à faire, tout était convenu, tout était prêt. Le 14 février, en début de soirée, Luciano et Tiziana l'attendraient sur la plage du Lido. Les prévisions météorologiques étaient favorables. Mais tout cela n'avait de sens que si Nelly était là, naturellement…

Serait-elle partie pour le week-end sans lui en parler ? De jalousie, le cœur de Valentino s'était mis à battre plus vite. S'était-elle rendue à Bologne pour voir ce professeur français ? S'étaient-ils téléphoné et se rencontraient-ils en cachette ? Cela expliquerait pourquoi elle ne décrochait pas : ils n'allaient certainement pas parler de ce Virilio... L'instant d'après, il s'en était voulu de la soupçonner. Soudain, il avait eu peur. Et s'il était arrivé malheur à Nelly ? Non, non, cela ne pouvait pas être aussi grave ! Quand on était préoccupé, on s'imaginait les choses les plus affreuses.

Cette nuit-là, le sommeil de Valentino fut très agité. Quand il prit la direction de la calle del Teatro pour s'assurer que tout allait bien, il faisait encore nuit et une lune solitaire, s'arrondissant peu à peu, éclairait son chemin.

Lorsque Valentino se retrouva devant l'immeuble où logeait Nelly et se pendit à la sonnette, il n'était même pas cinq heures et demie du matin. Il priait pour que son doigt soit en train d'enfoncer le bon bouton... Il eut de la chance. Une fenêtre s'ouvrit au quatrième étage, et une jeune femme tout endormie, les cheveux en désordre, se pencha pour regarder dans la rue.

— Valentino ! s'exclama Nelly en le reconnaissant. Tu es devenu fou ?

Il ôta son doigt de la sonnette et leva les yeux.

— Bon sang, Nelly ! Ça fait deux jours que j'essaie de te joindre. Pourquoi ne pas m'avoir rappelé ?

— J'avais mal au crâne, déclara-t-elle, et elle referma la fenêtre.

Planté là, il se faisait l'effet d'un Roméo éconduit. Cela ne pouvait pas se passer ainsi !

Il pressa de nouveau le bouton.

Au bout de deux minutes, la fenêtre se rouvrit.

— Arrête de sonner ! Tu vas réveiller tout l'immeuble, siffla Nelly entre ses dents.

— Je te promets que j'appuie sur tous les boutons, l'un après l'autre, si tu ne me laisses pas monter. Je voudrais te parler.

Elle réfléchit un moment.

— C'est bon, soupira-t-elle. Monte, alors.

Au quatrième étage, il s'arrêta devant la porte de son appartement, un peu essoufflé. Nelly le fit entrer et s'assit aussitôt sur un des deux canapés jaunes.

— Je t'en prie ! fit-elle en indiquant celui d'en face.

Elle portait une longue chemise de nuit en dentelle de coton blanc. Resserrée sous la poitrine par un étroit ruban, elle tombait souplement. Les joues de Nelly étaient encore gonflées et rosies de sommeil. Elle n'avait pas l'air de quelqu'un qui souffrait d'une migraine atroce, trouva Valentino qui la détaillait en silence.

Remarquant son regard, elle ramena les pieds près de son corps et passa les bras autour de ses genoux.

— Alors, que veux-tu ?

Il se surprit à fixer ses pieds. De jolis pieds fins aux attaches délicates et aux longs orteils, le deuxième un peu plus que les autres, comme le voulait l'idéal de beauté classique.

C'est la première fois que je les vois, telle est la pensée qui lui traversa l'esprit.

— Tu as des pieds comme la *Flora* de Botticelli, déclara-t-il.

Nelly remua les orteils et bâilla derrière sa main.

— Chouette. Tu es venu au beau milieu de la nuit pour me dire *ça* ?

— Non, bien sûr que non, répondit-il en lui jetant un regard chargé de reproche. Tu ne réponds pas au téléphone depuis deux jours, tu devais bien te douter que je me ferais du souci. J'ai imaginé le pire.

— Ah… ah bon ? fit-elle sur un ton qui lui parut hostile.

— Nelly, mais qu'est-ce qui se passe ?

— Rien. J'ai eu mal au crâne, je te l'ai déjà dit. Maintenant que tu as pu constater que je vivais encore, j'aimerais bien me remettre au lit. Tu crois que c'est possible ?

Il se leva, déconcerté. Elle le traitait comme un inconnu.

— Est-ce que je te vois, aujourd'hui ?

Elle eut un mouvement vague de la tête, l'air inexpressif.

— Je ne sais pas… Je peux toujours te faire signe si je me sens mieux. Entendu ?

Tenant encore ses genoux serrés contre elle, elle lui adressa un sourire, mais ses yeux ne souriaient pas.

— Bon, alors… excuse-moi de t'avoir réveillée. Je me faisais du souci, tu comprends, répéta-t-il stupidement.

Il se dirigea vers la porte, le cœur battant à tout rompre. Quelque chose déraillait, il n'y avait pas de doute.

Nelly était assise sur le canapé comme un petit cactus qui aurait dressé toutes ses épines. Il sentait, dans son dos, ses yeux le transpercer. Il ne pouvait pas s'en aller comme cela.

Il se retourna et la regarda, implorant.

— Nelly… je…

— Qui est Tiziana, au fait ? demanda-t-elle soudain.

— Tiziana ? C'est… une vieille amie. Où as-tu entendu ce nom ? s'enquit-il, stupéfait.

Elle se tut un moment.

— Ah, au café, peu importe. Ton grand-père a parlé d'elle, l'autre jour.

— Mon grand-père ? Il t'a parlé de Tiziana ?

Le vieil homme en aurait-il trop dit ?

— Que t'a-t-il raconté d'autre ? insista-t-il, méfiant à son tour.

— Parce qu'il y a *quelque chose* à raconter ?

Elle le regardait, comme à l'affût, et cela fit alors tilt dans l'esprit de Valentino.

— Non, évidemment que non, assura-t-il avant de rire. Il n'y a rien à raconter, Nelly, rien du tout.

Giacomo aurait-il eu l'indélicatesse de vanter à Nelly les qualités de la belle Tiziana ? Valentino scruta le visage de Nelly.

— Écoute ! Tu n'es quand même pas jalouse de ma vieille camarade de bac à sable ? D'accord, j'étais dingue de son petit trou entre les dents, mais ça remonte à des années.

— Tu la vois encore ?

— Mais non.

Qu'avait bien pu révéler Giacomo ?

— Je suis très occupé avec toi, je n'ai pas le temps pour une autre femme, tenta-t-il de blaguer.

Elle se taisait. Elle n'avait pas l'air de goûter sa plaisanterie.

Valentino soupira.

— On se croise parfois, Venise n'est pas si grande que ça, mais si par « voir », tu veux dire qu'il y a quelque chose entre nous, eh bien... non !

Il remarqua que ses yeux brillaient d'un éclat suspect.

En deux pas, il la rejoignit et passa le bras autour de ses épaules.

— Nelly, mais tu pleures ! Je n'y crois pas ! C'est de la folie. Il n'y a pas de problème, crois-moi. Tiziana est une bonne amie, rien de plus. Je ne sais pas ce que mon dérangé de *nonno* t'a raconté, mais il va m'entendre, je peux te le garantir !

Nelly lui adressa un regard blessé.

— Tu mens, lâcha-t-elle, des larmes dans la voix. Il se trouve que ton grand-père ne m'a rien raconté du tout.

— Ah non ?

Mais enfin, que lui arrivait-il ?

Nelly secoua la tête.

— Je vous ai vus, sanglota-t-elle soudain. Vendredi. Je voulais te faire une surprise au Ca' Rezzonico où tu travaillais si durement, soi-disant. Mais tu n'étais pas là. Tu as retrouvé Tiziana en douce et vous vous êtes *enlacés* comme deux amoureux. Tu étais tout *excité* ! Après, vous êtes allés ensemble au Lido. Dans ton bateau. Avec un sac, de quoi y passer la nuit. – Elle le regardait, l'air furieuse, les yeux voilés de larmes. – Tu t'es même moqué de moi en disant que j'étais un pot de colle et que tu avais eu du mal à te débarrasser de moi !

Elle plaqua les mains sur son visage et se mit à pleurer.

— Oh, Nelly ! soupira Valentino. Nelly, Nelly, Nelly !

Valentino dut user de toute sa force de persuasion pour apaiser la femme en colère, sanglotant sur le canapé, et la convaincre que sa rencontre avec Tiziana s'était vraiment déroulée en tout bien tout honneur, et que leurs intentions étaient totalement louables.

— Crois-moi, Nelly, je ne te cache rien. Je ne mens pas.

Elle poussa un cri indigné.

— Bon, très bien, je t'ai menti, mais c'était juste à cause de la surprise que j'ai prévue pour toi.

— Une surprise ? demanda-t-elle, cessant de sangloter.

— Oui, confirma-t-il. C'est la Saint-Valentin dans deux jours. Et c'est aussi ma fête. Et j'aimerais… – Il s'interrompit et prit sa main. – Nelly, j'ai préparé une surprise qui te prouvera à quel point tu comptes pour moi. Fais-moi confiance, s'il te plaît, et ne m'oblige pas à t'en expliquer plus ! Je ne voudrais pas tout dévoiler à l'avance. – Il la supplia du regard. – Tu crois que tu pourras encore patienter deux jours ? C'est trop demander ? Deux jours pour le plus beau cadeau qu'un homme ait jamais offert à une femme pour la Saint-Valentin ?

Il écarta ses cheveux emmêlés de son visage et lui sourit tendrement.

Nelly se moucha, puis elle sourit aussi.

— Pas la peine d'exagérer comme ça, Valentino Briatore, dit-elle, un peu radoucie. Mais je te préviens : si c'est encore une de tes feintes, je ne t'adresse plus jamais la parole.

22

Il est un fait connu de longue date que les hommes n'apprécient pas les surprises, tandis que les femmes les aiment. Depuis que Valentino avait surgi chez elle le lundi, si tôt le matin, Nelly se demandait quelle pouvait bien être la surprise grandiose qu'il lui avait laissé entrevoir.

— Tu ne vas pas en revenir, lui avait-il assuré. Aucun homme ne t'a encore offert ça. Crois-moi, c'est renversant.

Il restait toutefois à Nelly un petit doute concernant la rousse Tiziana. Valentino devait toujours lui expliquer pourquoi il avait disparu en direction du Lido avec son ancienne petite amie et un grand sac.

— Attends la Saint-Valentin, tu comprendras tout.

Nelly était de ces personnes qui savent très bien patienter – elle avait tout de même attendu près d'un an un certain spécialiste de Virilio ! Cependant, cette dernière journée pendant laquelle il lui fallait encore faire preuve de patience devait lui paraître un peu longue.

Ce soir-là, ils devaient dîner ensemble au Settimo Cielo pour la fête de Valentino, en guise de prélude à la Saint-Valentin, le lendemain – une journée spéciale qui jouait manifestement un rôle plus important en Italie qu'en France.

L'après-midi, Nelly avait flâné dans les ruelles autour de l'église Santa Maria Formosa, cherchant un cadeau. À l'avant d'une brocante située au bout d'un passage couvert, elle avait eu l'œil attiré par des coussins colorés en soie brillante, arrangés sur des chaises en bois ; devant se tenaient deux mannequins, qui, vêtus de velours rouge et porteurs de masques, devaient figurer un doge et une dogaresse. Séduite par ce joli décor, Nelly était entrée dans la boutique et avait aussitôt repéré, sur une table en bois ovale surchargée d'antiquités, un objet qui lui avait paru faire un cadeau approprié : un presse-papiers ancien en verre, bien pesant, sur lequel on pouvait voir un lion doré, qui, entouré d'étoiles, se tournait fièrement vers celui qui le regardait. Le lion de San Marco.

Le presse-papiers était bien plus cher que Nelly s'y attendait, mais elle l'avait tout de même acheté. Ce serait son présent pour la fête de Valentino, mais aussi son cadeau d'adieu.

Nelly avait eu la gorge serrée lorsque l'antiquaire avait précautionneusement emballé dans du papier de soie le précieux hémisphère, avant de le placer dans une boîte bleu foncé. Au plus profond d'elle-même, elle sentait qu'elle ne voulait pas de ces adieux, mais plus que quatre jours, et son séjour à Venise prendrait fin de manière irrévocable. Elle avait vécu des journées extraordinaires, qu'elle n'oublierait jamais. Des journées remplies de rires et de légèreté, entièrement vouées à la beauté de l'instant. Nelly aurait voulu que cela continue toujours ainsi, mais nul ne pouvait retenir éternellement l'instant.

Elle devait rentrer à Paris. Le devait-elle réellement ? Oui, bien sûr ! Venise s'apparentait à un beau rêve, et Paris représentait la vraie vie. Nelly se demandait pourquoi, subitement, elle n'avait plus envie de la vraie vie.

Tenant le lourd coffret contenant le cadeau, elle avait soudain vu son avenir se dérouler devant elle. Elle achèverait son mémoire de master et obtiendrait sûrement un bon poste à l'université. Elle continuerait à rembourser le crédit de son appartement, mangerait des galettes chez Les Amis de Jeanne et, le soir, se promènerait au jardin du Luxembourg et y respirerait le parfum des marronniers, en fleur au printemps. Arriverait le moment où elle rencontrerait un Français intelligent qu'elle épouserait – peut-être un collègue de l'université. Parfois, de plus en plus rarement, elle prendrait en main le sac à main rouge, tombé du pont du Rialto le premier jour de son séjour à Venise. Alors, elle penserait avec un sourire sentimental aux moments insensés passés avec un Vénitien aux yeux sombres et scintillants, scandaleusement séduisant et heureux de vivre, qui embrassait diablement bien et ne lui avait jamais, pas une seule fois, dit qu'il l'aimait.

Elle savait bien qu'il y avait un hic.

Peu avant 21 heures, Nelly poussait en soupirant la porte du petit café dans lequel elle avait atterri voilà une éternité – lui semblait-il, en tout cas –, par les caprices du destin. Alessandro, derrière son comptoir, la salua amicalement, presque comme un membre de la famille, et la mélancolie qui pointait s'envola. Elle était encore là. Et le lendemain, elle recevrait le cadeau le plus grandiose qu'un homme ait jamais offert à une femme pour la Saint-Valentin.

Ses lèvres esquissèrent un sourire amusé, tandis qu'elle repensait aux paroles de ce fanfaron de Valentino. Elle était vraiment impatiente de découvrir l'idée qu'il avait eue. Ensuite, la phrase de Valentino lui revint à l'esprit, une petite phrase qu'elle n'avait pas aussitôt relevée, dans l'énervement de leur face-à-face de la veille, et elle ressentit un pincement d'excitation dans la poitrine. Ce n'est qu'après le départ de Valentino qu'elle avait réalisé qu'il avait dit que ce cadeau lui prouverait à quel point elle comptait pour lui.

Il n'y avait pas beaucoup de clients dans le café. Le vieux Briatore était assis à la table du coin devant une grappa, comme d'habitude. Valentino n'était pas encore là, comme d'habitude.

Nelly ôta son manteau, lissa la robe de velours bleu qu'elle avait mise pour cette occasion spéciale et s'installa près d'une des deux fenêtres. Elle posa sur la table la boîte contenant le presse-papiers, commanda un verre de vin rouge et se mit à contempler le *campo* dans la pénombre. Voyant son reflet dans la vitre, à la lueur des lampes, elle sourit à la jeune femme dont les cheveux étaient relevés en un chignon lâche et les oreilles ornées de pendants en perle. Elle ne pouvait pas se douter qu'elle ferait ce soir-là, au Settimo Cielo, une découverte si insolite et incroyable qu'elle éclipserait toutes les surprises, aussi grandes fussent-elles.

Y repensant plus tard, Nelly s'étonnerait de la façon dont tout devait, en fin de compte, s'agencer dans le grand livre de la vie. Chaque montagne avait deux versants, et même un homme incapable d'être ponctuel avait ses bons côtés. En effet, le retard indécent de Valentino Briatore, ce soir-là, devait provoquer la suite des événements.

Il était 21 h 20 lorsque Nelly se leva, irritée. Les autres clients étaient maintenant partis, elle poireautait comme une idiote, et Alessandro, qui avait posé sur sa table une coupelle de cacahuètes, avait disparu dans sa cuisine, derrière le comptoir, en assurant : « Il est sûrement en chemin. »

Nelly espérait qu'il ait raison. Elle était vraiment déroutée par cette conception très élastique de l'heure à laquelle on se donnait rendez-vous. Valentino avait beau lui avoir expliqué un jour en riant qu'il était parfaitement normal en Italie de « tarder un peu », elle se demandait ce qui motivait ce nouveau retard. Une surprise, aussi grandiose fût-elle, ne justifiait pas tout.

Nerveuse, elle se mit à déambuler dans le café, regardant une fois encore, pour tuer le temps, les dessins et les photos accrochés aux murs ; elle s'imaginait quantité de choses et tentait de ne pas prêter l'oreille à la petite voix jalouse qui s'élevait de nouveau en elle. Après avoir examiné toutes les illustrations dans le détail et lu toutes les dédicaces, elle se dirigea vers la bibliothèque. Elle pencha la tête de côté pour lire certains titres, et entreprit de mettre de l'ordre dans les étagères, qui accueillaient un chaos coloré de romans, de biographies et de livres de photographie. Les ouvrages y avaient été fourrés au hasard ; ils n'étaient pas rangés par taille, n'obéissaient pas non plus à un système de classement identifiable, et une couche de poussière témoignait du fait que personne n'avait franchi les portes de ce cimetière d'histoires depuis longtemps. Nelly sortit les livres un à un et souffla sur leur tranche pour en chasser la poussière. Elle finit par éternuer.

Le vieux Giacomo, assis dans le coin, derrière son journal, lâcha aussitôt un « *Salute !* » et Nelly le remercia gentiment.

D'une main experte, elle plaça les beaux livres en bas, rangea au-dessus les ouvrages spécialisés, puis elle aligna les romans de façon à ce que les dos, au moins, affleurent avec le bord des étagères. Voilà qui était mieux ! Nelly considéra son œuvre avec satisfaction. Il y avait toutefois, tout en haut, un dernier livre qui dépassait et ne voulait pas rentrer dans le rang. Nelly alla chercher une chaise, le sortit et tâtonna derrière pour identifier l'obstacle. Au fond, elle palpa un ouvrage qui s'y était manifestement coincé et bloquait celui de devant. Elle l'extirpa. Il s'agissait d'un mince volume à couverture rigide, dont les côtés étaient pliés et qui, semblait-il, dormait dans la vieille bibliothèque en bois d'un profond sommeil que personne n'était venu troubler, sans doute depuis des décennies.

Nelly épousseta la reliure et jeta un coup d'œil fugace au titre, imprimé sur la jaquette déchirée, d'un jaune verdâtre. Puis elle se figea, interloquée, avant de descendre de la chaise.

Elle connaissait ce livre. Elle l'avait trouvé quelques semaines plus tôt seulement, dans le carton hérité de sa grand-mère, et y avait découvert une énigmatique dédicace, identique aux mots gravés dans sa bague. *AMOR VINCIT OMNIA*.

C'était ce mince volume qui l'avait poussée à partir à Venise. Nelly prit une profonde inspiration et se mit à fixer l'ouvrage dans sa main. Son titre était *Validità giorni dieci*. Et son auteur avait pour nom Silvio Toddi.

Oublié, Valentino Briatore ! Nelly se rassit à table avec sa trouvaille, en proie à l'excitation. Était-ce un hasard si elle trouvait le pendant du livre de sa grand-mère dans ce café et pas un autre, un café qui s'appelait Il Settimo Cielo et, dès le premier instant, avait exercé sur elle une attraction presque magique ? Non ! Elle l'ouvrit fébrilement, puis tourna religieusement les premières pages. Mais, à sa grande déception, cet exemplaire ne présentait pas de dédicace. Elle continua à le feuilleter, cherchant des phrases soulignées, mais elle n'en trouva pas non plus. Le livre renfermait, en revanche, un secret bien plus palpitant. Nelly faillit pousser un cri en apercevant la lettre – une mince feuille de papier pliée, qui, glissée entre les dernières pages, l'attendait depuis toutes ces années, lui sembla-t-il. Elle commençait par « Mon aimé par-dessus tout » et se terminait par « Ta Claire malheureuse ».

C'était sans conteste une lettre d'adieu que Nelly tenait dans ses mains tremblantes. Une lettre laissant entrevoir une histoire d'amour tragique. Mais surtout, elle avait été écrite par sa grand-mère. Le cœur battant la chamade, Nelly se mit à lire les lignes couchées sur le papier au stylo à encre. Certains mots étaient brouillés. Comme si on avait pleuré en les rédigeant.

Mon aimé par-dessus tout,

Quand tu liras cette lettre, je serai déjà dans un train pour Quimper, et tandis que mes tristes pensées s'envoleront pour te rejoindre, chaque kilomètre ne fera que m'éloigner de toi, en direction du nord, jusqu'à la côte bretonne où les eaux sont bien plus rudes que celles de la charmante lagune.

Aucun océan n'est aussi impétueux que l'amour, m'as-tu dit un jour, tu te souviens ? Nous formions le projet audacieux de fuguer ensemble à Rome. Ah, j'aurais tant voulu partir avec toi, mon bien-aimé ! Seulement, je suis maintenant emportée par un déferlement de peur, qui engloutit tous nos plans et m'arrache à toi.

J'ai derrière moi des heures épouvantables. Mon père a tout découvert et a réclamé des explications. Je ne l'avais jamais vu s'emporter comme ça. Il est devenu blême, puis écarlate ; il n'arrêtait pas de porter la main à sa poitrine, comme si son cœur pouvait s'arrêter de battre à tout instant.

Il m'a demandé comment je pouvais lui faire ça, martelant qu'il ne m'avait pas fait étudier l'italien, ni proposé de l'accompagner dans son voyage d'affaires pour que je manigance un aussi sale coup dans son dos. Il dit que notre amour est impossible, que nous courons tous les deux à notre perte, et qu'avec mes dix-sept ans, je n'ai pas la moindre idée de ce que je fais là. Je lui ai répondu que j'aurais dix-huit ans dans deux mois et que nous nous aimions profondément, mais il n'a rien voulu savoir. Il a ajouté qu'il avait plus d'expérience de la vie. Et qu'il ne permettrait jamais que sa fille fréquente « un moins-que-rien ». Pardon de mentionner ça, tu es le contraire d'un moins-que-rien pour moi, tu es tout ! Et c'est ce que je lui ai répliqué. Mais il s'est mis à tempêter comme Zeus furieux, lançant des éclairs sur les pauvres mortels. Aurais-je totalement oublié mes origines ? Il a crié que j'étais une Beaufort, une Beaufort ! Et il m'a demandé si j'étais vraiment prête à tout abandonner pour une aventure aussi puérile et irréfléchie, que je regretterais amèrement dans quelques mois.

Assise là, dans notre suite au Danieli, je me sentais de plus en plus mal. À la fin, je ne savais plus où j'en étais. Peut-être papa a-t-il raison, peut-être ne savons-nous pas ce que nous faisons. Je t'aime, je n'ai jamais ressenti pour un homme ce que je ressens pour toi, mon bien-aimé, mais j'aime aussi énormément mon père, et pour partir avec toi, je devrais également couper les ponts avec ma famille, et je n'ose pas.

J'ai toujours aspiré à connaître le Sud, mon bien-aimé, mais le Nord est ma terre natale. Je suis chez moi là où le ciel s'étend à l'infini, là où l'océan mugissant se brise sur les rochers. J'ai failli l'oublier, et j'ignore si je pourrais l'oublier pour toujours.

Amor vincit omnia. *L'amour triomphe de tout, voilà ce que tu as écrit dans le petit livre que tu m'as offert après notre premier baiser. Tu voulais que nous en ayons chacun un, et tu m'as expliqué que les deux amants qui y portaient nos noms connaissaient un destin heureux.*

Ah ! Ne me juge pas ! Dans le roman, il se peut très bien que l'amour triomphe de la peur, mais dans la vraie vie, il arrive souvent aussi que la peur triomphe de l'amour. Pardonne-moi de ne pas être assez courageuse pour mener une vie nouvelle avec toi, pardonne-moi !

Ces semaines à Venise ont été comme un beau rêve. Tous ces rendez-vous secrets au Settimo Cielo, où il n'y avait plus de moi et de toi, juste un « Noi »*… Nos cœurs se sont caressés pendant un court moment, si infiniment précieux à mes yeux que je ne l'oublierai jamais. Comment pourrais-je l'oublier ! C'est la seule chose que je puisse te promettre, mon pauvre, pauvre chéri, toi que je dois tant décevoir et qui me manques déjà !*

Je t'imagine lisant cette lettre, stupéfait, au lieu de me prendre dans tes bras comme tu t'y attendais, et le chagrin étreint mon cœur. Je suis désolée, tellement désolée !

Un jour, dans une autre vie, peut-être, nous serons heureux ensemble, comme nous l'avons rêvé.

En attendant ce jour… adieu, adieu !

Ta Claire malheureuse
Venise, mai 1952

P-S : J'espère que tu ne m'en voudras pas de garder la bague. Elle devait sceller notre amour, qui surmonterait tous les obstacles avec force et courage, mais je suis incapable de te la rendre. À jamais, elle me…

Le reste de cette dernière phrase était illisible.

Nelly se représentait la jeune fille dont les larmes étaient tombées sur le papier. Elle-même avait envie de pleurer après avoir lu cette poignante lettre d'adieu d'un être tiraillé entre peur et amour ; entre un père autoritaire et un étranger. Cette jeune fille devait devenir sa grand-mère : Claire Delacourt, une Bretonne forte et courageuse, que rien n'ébranlait et qui était le ciment de sa famille. Celle que Nelly avait aimée et admirée par-dessus tout, qui lui répétait que sa vie serait difficile si elle continuait à prendre les choses trop à cœur.

Et voilà que Nelly la retrouvait sous les traits d'une créature craintive et abattue. Elle ne l'en aimait que plus.

Elle fixait toujours les lignes, qui se mirent à danser devant ses yeux. Tout cela était incroyable ! Elle avait entre les mains – plus d'un demi-siècle plus tard – une lettre écrite par sa grand-mère. Sa grand-mère qui était venue au Settimo Cielo, s'asseyant peut-être à la table qu'elle occupait actuellement.

L'espace d'un instant, la pièce tout entière parut s'éclipser, et Nelly eut le vague sentiment que Claire se tenait derrière elle, souriante. Elle se retourna d'un mouvement instinctif, mais naturellement, il n'y avait personne. Regardant autour d'elle, il lui sembla tout voir avec les yeux de sa grand-mère, qui, des décennies plus tôt, avait contemplé ces mêmes lampes et guetté l'arrivée d'un jeune homme amoureux qui pouvait, d'un moment à l'autre, traverser le petit *campo*.

Claire Beaufort s'était rendue à Venise avec son père. Dans ce lieu précis, au Settimo Cielo, elle avait vu en cachette son premier grand amour – un amour qui avait connu une fin tragique et dont elle n'avait jamais parlé à personne. Un secret entre père et fille, bien gardé – enterré pour toujours au cours d'un long et triste voyage en train.

Nelly elle-même ignorait tout du douloureux épisode vécu par sa grand-mère dans sa jeunesse. Pourtant, Claire lui avait offert cette bague – une invitation à attraper le bonheur à deux mains et à croire en l'amour, quand il croisait votre chemin.

Nelly se mit à contempler la bague en grenat ancienne, dont les pierres brillaient doucement à la lueur des lampes. Jamais elle n'avait soupçonné la dimension de ce qu'elle portait au doigt. Voilà qui expliquait aussi pourquoi la vieille dame avait toujours un éclat singulier dans les yeux quand elle évoquait l'Italie... L'anneau et son message gravé apparaissaient désormais sous un jour nouveau.

Quant au café, qui, dès le début, avait paru si étrangement familier à Nelly, il s'était transformé en un lieu magique, où un petit miracle venait de s'opérer. Entre les pages du roman toujours devant elle, Nelly avait remonté le temps et retrouvé sa grand-mère.

AMOR VINCIT OMNIA. Nelly referma doucement le livre dont le pendant était posé sur la table basse, dans son *appartamento*. L'ouvrage avec la dédicace, trouvé à Paris, appartenait donc à sa grand-mère. Par conséquent, celui qu'elle avait là devait être l'exemplaire du malheureux jeune homme. Mais comment diable avait-il fini dans la bibliothèque du café ?

Alors seulement, elle repensa à la similitude des prénoms mentionnée dans la lettre. L'héroïne du roman s'appelait Clara, sa grand-mère, Claire. Mais qui était le protagoniste masculin ? Qui était l'homme qui avait donné le livre à sa grand-mère et voulait fuguer avec elle ? Lui aussi devait avoir connu le Settimo Cielo !

Nelly sentit que l'excitation faisait battre son cœur plus vite.

Elle leva les yeux et vit Alessandro, de retour derrière son comptoir.

— Mais où peut bien être ce garnement ? lâcha le *barista* avec un sourire bonhomme.

Remarquant le visage écarlate de Nelly, il eut un petit rire et écarta les bras pour excuser son fils.

— Je n'y peux rien, j'ai peur que Valentino tienne de sa mère, elle est toujours en retard, elle aussi. Vous avez trouvé de quoi lire, au moins, tant mieux.

Nelly prit le livre et la lettre, se leva et se dirigea vers le bar, le pas déterminé.

— Alessandro, fit-elle avec agitation en lui présentant le roman de Silvio Toddi. Comment cet ouvrage est-il arrivé dans la bibliothèque ?

Il jeta un coup d'œil à la couverture et avança la lèvre inférieure.

— Aucune idée. Il y a beaucoup de vieux bouquins là-dedans, je n'en connais pas la plupart. C'est important ?

— Oui, oui, très important ! s'écria Nelly. Parce que je viens d'y trouver une vieille lettre de ma grand-mère… Claire Delacourt !

Alessandro la regardait, abasourdi.

— Ça, par exemple ! Le livre appartient à votre grand-mère, alors ?

— Non, mais il appartenait à l'homme à qui la lettre était adressée. Il doit aussi être venu ici, à l'époque. Tenez…

Elle tendit la feuille de papier à Alessandro. Il la prit et secoua plusieurs fois la tête, tout en parcourant les lignes manuscrites.

— Bon sang ! Quelle histoire épouvantable ! s'exclama-t-il en lui rendant la lettre. Mais j'ai peur de ne pas pouvoir vous aider, ma chère Nelly. Regardez la date… Quand elle a été écrite, je n'étais pas né.

Nelly hocha la tête, troublée.

— Ça n'empêche, il faut que je sache ce qui s'est passé à l'époque, déclara-t-elle.

— Pourquoi ne pas poser tout simplement la question à votre grand-mère ?

— Elle est morte il y a quelques années déjà, expliqua Nelly en fixant le *barista*, pensive. Comment se fait-il que le livre soit dans ce café ? Je ne comprends pas. Quelqu'un a bien dû le glisser sur l'étagère. Mais qui ? Et qui a caché la lettre dedans ?

— En mai 1952… répéta Alessandro. C'est vraiment bizarre, oui.

Il passa la main dans ses cheveux fournis, un geste que Valentino avait aussi l'habitude de faire. Puis il regarda soudain Nelly, un éclat incrédule dans les yeux.

Avec un bel ensemble, ils se tournèrent vers la table du coin, où Giacomo Briatore était assis devant sa grappa. Sa tête avait basculé en avant, et on entendait un léger ronflement.

— *Signor* Briatore ? *Signor* Briatore ! répétait Nelly en secouant impatiemment l'épaule du vieil homme.

— Quoi ?! s'écria Giacomo Briatore, réveillé en sursaut. Je me suis endormi ? Il est déjà minuit ? On trinque ?

— Non, on ne trinque pas, répondit Nelly avant de s'asseoir près de lui. Écoutez, *signor* Briatore, je dois vous demander une chose très importante.

Le regardant, elle se demandait si Briatore était le malheureux homme jadis tombé amoureux de sa grand-mère.

— Que… que savez-vous à propos de Claire Delacourt ? commença-t-elle prudemment, puis elle se reprit vivement. Je veux dire… Claire Beaufort !

Elle attendit, retenant son souffle. Alessandro s'était approché, lui aussi.

— Claire Beaufort ? Jamais entendu parler, commenta le vieillard dans un haussement d'épaules, adressant des coups d'œil interdits à Nelly et à son fils, qui le fixaient avec un drôle d'air. Hé… arrêtez de me regarder comme ça ! Qui est censée être cette personne ? Encore une petite amie de Valentino, peut-être ?

— Valentino n'a rien à voir avec cette femme, pour une fois, répliqua Nelly. S'il vous plaît, *signor* Briatore, essayez de vous souvenir. Ça remonte à une éternité. – Elle fit un petit calcul. – Soixante-trois ans, pour être précise. Claire ! Claire Beaufort ! Une jeune Française. Elle avait dix-sept ans, à l'époque. Elle était très belle, cheveux blond clair, yeux d'un bleu profond. Vous l'avez connue ?

— Hmmm, fit Briatore, perplexe. Si elle était si belle que ça, je l'aurais sûrement remarquée. Mais je ne connais pas de Claire. Non. Je n'en ai jamais connu aucune.

— Et vous êtes sûr que vous n'êtes pas tombé amoureux d'elle, par hasard ? Claire Beaufort ? En mai 1952 ? Ici, dans ce café ? insista Nelly.

— Quoi ? Balivernes ! gronda le vieux Briatore en élevant la voix. J'oublie peut-être beaucoup de choses, mais certainement pas de qui je suis tombé amoureux. Ah mais, vraiment ! En plus… – Il se tut et parut calculer, lui aussi. – En 1952, j'étais marié et heureux en ménage depuis longtemps avec mon Emilia, la seule femme que j'aie jamais aimée, et maintenant, *basta* !

Un silence embarrassé s'installa.

— Alors, qu'est-ce qu'il y a avec cette Claire ? demanda finalement Giacomo Briatore.

— C'était ma grand-mère, répondit Nelly. Et elle doit être venue dans ce café… avec un jeune Vénitien qu'elle retrouvait en secret. Je suis tombée sur sa lettre d'adieu. – Elle fit glisser le roman vers le vieux Briatore. – Elle était dans ce livre, tout au fond de la bibliothèque. Et j'aimerais vraiment savoir qui l'y a mis.

Briatore prit l'ouvrage et le tint juste sous son nez.

— *Validità giorni dieci*, murmura-t-il.

Au bout de quelques secondes, l'expression de son visage changea, et tout d'un coup, ses yeux fatigués s'écarquillèrent, puis se teintèrent d'une lueur de regret.

— Oh si, je me souviens, voilà, je me souviens ! s'exclama Giacomo Briatore qui hocha plusieurs fois la tête. C'est moi-même qui ai placé ce livre sur l'étagère. Il y a bien des années, ça pourrait être en mai 1952, pourquoi pas.

Nelly entendit Alessandro pousser une exclamation surprise.

— Papa ! Alors, ça veut dire que tu…

— Pcht, fit Giacomo Briatore, interrompant son fils. Ça ne veut rien dire du tout. J'ai rangé le livre dans la bibliothèque pour le mettre de côté pour le pauvre homme qui l'avait laissé… là-bas.

Il indiqua la table, près de la fenêtre, à laquelle Nelly s'était justement installée en arrivant.

— Seulement, il n'est plus jamais revenu au Settimo Cielo.

— Mais *qui* était cet homme ? demanda Nelly, pressante. Vous le connaissiez ?

Le vieux Briatore opina du chef, l'air peiné.

— Oui, oui, je le connaissais, mais vaguement. C'était Paolo Palladino, le fils du fabricant de lampes.

— Le fils de celui qui vous a offert les suspensions, à l'époque ?

— Précisément, confirma Giacomo Briatore. Il était un peu plus jeune que moi. J'étais alors *barista* au Settimo Cielo. Je n'avais pas mon café depuis longtemps et je trimais comme une mule. J'étais derrière le comptoir jour après jour, soir après soir… – Il but une gorgée de grappa. – Vous savez, *signorina* Eleonora, quand on est *barista*, on entend des choses. On en apprend beaucoup sur l'être humain, et il arrive qu'on vous confie tel secret, tel chagrin. Les récits accourent vers vous comme des chiens errants.

Giacomo poussa un soupir.

— On assiste à des histoires heureuses, à des histoires tristes, aussi… poursuivit-il.

Il regarda en direction de la fenêtre, et ses yeux parurent se perdre dans les brumes du passé.

— Seulement, au cours de ma longue carrière de *barista*, plus jamais je n'ai dû assister à une histoire aussi triste que le jour où le cœur de Paolo Palladino s'est brisé.

23

Paolo Palladino devait devenir fabricant de lampes, comme son père Cesare. Mais le jeune homme, pas particulièrement doué de ses mains, rêvait de quitter un jour Venise où il se sentait à l'étroit. Il était fils unique, et si le père, un pragmatique issu d'une vieille famille d'artisans, faisait ce qu'il fallait faire sans trop s'interroger, Paolo, lui, était un rêveur qui lisait romans et poèmes, notant ses pensées dans un petit carnet qu'il emportait partout. Après la mort prématurée de leur épouse et mère, Maria Palladino, qui avait toujours jeté un pont stable entre père et fils, l'un s'était enfermé dans son chagrin, sans se plaindre, tandis que l'autre se réfugiait de plus en plus dans un monde imaginaire. Aussi n'était-il pas surprenant que les deux hommes, livrés à eux-mêmes, n'aient pas grand-chose à se dire.

Le père voyait en son fils un utopiste, ayant en tête un peu trop de chimères qui finiraient bien par lui passer. Quant au jeune, il trouvait que son père – qui courbait le dos de l'aube jusqu'au coucher du soleil dans son atelier de Cannaregio, et jugeait dangereuse la lecture de romans – était prosaïque et totalement dépourvu de fantaisie. Pour autant, les lampes que Cesare Palladino créait avec beaucoup d'habileté, s'inspirant de motifs anciens, avaient quelque chose d'extrêmement poétique qui plaisait également au jeune Paolo.

Cesare Palladino et Giacomo Briatore avaient été bons voisins, avant que Giacomo déménage avec sa famille à Dorsoduro où il allait ouvrir, sur un petit *campo*, un café qui deviendrait une attraction dans les années 1950, bien qu'il soit situé un peu à l'écart. Devant la tombe de Maria Palladino, Giacomo, muet, avait tapoté l'épaule du fabricant de lampes et de son fils pour les réconforter, et à l'ouverture du Settimo Cielo, Cesare lui avait offert dix lampes qui, accrochées aux fenêtres, attiraient les clients.

Un soir de mai, Paolo Palladino s'y trouvait lui aussi, installé dans un coin du café avec un recueil de poésie de Pablo Neruda, lorsque la porte s'ouvrit et qu'une jeune fille entra, accompagnée d'un homme d'âge mûr. Des étrangers, comme on pouvait aisément le deviner à la grande carte de Venise sur laquelle ils se penchèrent avec application, indiquant du doigt tel ou tel endroit, mais aussi au fait qu'ils parlaient français. Manifestement un père et sa fille. Celle-ci commanda, dans un italien plutôt correct, « *due Campari orange* ». Elle était jolie comme un cœur, avec des cheveux blonds noués en queue de cheval ; sous sa robe blanche vaporeuse, à la jupe bouffante, elle balançait avec entrain un pied chaussé d'une ballerine rouge. Tous deux s'entretinrent un moment avec animation, et il aurait fallu être aveugle pour ne pas voir que le père tenait à sa fille comme au plus beau des trésors. Avec son costume coupé dans une belle étoffe grise et ses richelieus bleu foncé, il avait l'apparence d'un homme d'affaires. Malgré son allure stricte, il considérait avec amour la jeune fille qui lui racontait apparemment sa journée, l'air fier, s'interrompant de temps à autre pour boire une gorgée de son Campari.

Debout derrière son comptoir, Giacomo avait une vue imprenable sur son établissement. Le café était bondé ce soir-là, le beau temps avait attiré tout le monde dehors, les Vénitiens comme les touristes, et c'est alors qu'il remarqua Paolo, qui avait mis son recueil de côté et ne pouvait détacher ses yeux de la jeune Française.

Celle-ci finit par sentir son regard fixe. Elle sourit et baissa les paupières, aspira une bonne gorgée de Campari avec sa paille. Quelques secondes plus tard, elle levait les yeux pour s'assurer qu'elle était toujours l'objet de l'attention du jeune homme, auquel son père tournait le dos.

Giacomo Briatore observa, avec un certain amusement, l'échange de regards entre les deux jeunes gens. Peu après, le père demandait à sa fille de l'excuser un moment et s'éloignait, et Paolo saisissait la balle au bond. Il gagna en quelques pas la table de la Française et se mit, visiblement, à lui faire compliment sur compliment. Ses mots faisaient mouche, à en juger par les yeux brillants de la jeune fille, dont les joues se coloraient d'un rose tendre. Briatore n'avait pas compris ce que Paolo avait dit, mais lorsque, quelques secondes plus tard, il servit le vin à la table voisine, il fut stupéfait d'entendre le fils du fabricant de lampes, d'ordinaire plutôt réservé, déclarer :

— Je veux faire avec toi ce que le printemps fait avec les cerisiers.

Souriant de l'emballement juvénile que trahissait cette phrase fougueuse, Giacomo rejoignit son comptoir. Comment aurait-il pu savoir que Paolo Palladino n'avait pas hésité à emprunter ce vers à Pablo Neruda, dont il lisait la poésie lorsque la jeune fille était entrée, rompant la pénombre telle une comète ? Giacomo Briatore ne lisait pas de poèmes, sa fibre poétique se limitait à faire s'élever de temps à autre sa *mongolfiera* dans le ciel, mais il savait lire sur les visages.

Et les visages de ces jeunes gens révélaient un penchant spontané l'un pour l'autre. Lorsque le père revint à table et que sa fille et lui quittèrent les lieux, peu après, Paolo était depuis longtemps retourné à son recueil.

Seulement, dès le lendemain, vers midi, la Française, essoufflée, pénétrait d'un pas hésitant dans le café où le fils Palladino l'attendait déjà, nerveux, à une table près d'une des deux fenêtres. Ils se saluèrent avec embarras, et Paolo se hâta de commander deux cappuccinos, qui permirent aux mains de se raccrocher à quelque chose.

Les jours suivants, Paolo et Claire – tel était le prénom de la jolie Française – devaient encore boire bien des tasses de café au Settimo Cielo, à moins qu'il n'y ait devant eux, plus rarement, une carafe de vin ou deux Campari orange. Ces rencontres avaient lieu à des moments très différents, et l'homme d'affaires à l'élégant complet n'y prenait jamais part – cela va sans dire !

Giacomo Briatore doutait qu'il sache que sa fille retrouvait le fils d'un fabricant de lampes vénitien, qui lui lisait de la poésie et lui parlait avec enthousiasme de la Ville éternelle, qui avait engendré tant d'écrivains remarquables.

On ne peut affirmer que les livres et les poèmes étaient un prétexte, mais ils constituèrent tout de même de charmants préliminaires, qui portèrent très bientôt leurs fruits. Les regards se firent plus profonds, les mains s'entrelacèrent, des baisers furent échangés sur le *campo*, le soir venu, et deux jeunes cœurs se trouvèrent et s'imaginèrent qu'ils pouvaient conquérir le monde ensemble. Que jamais, depuis Roméo et Juliette, deux personnes ne s'étaient aimées d'un amour si éternel.

Un jour, Giacomo Briatore remarqua que Paolo sortait un ouvrage, dans lequel il avait manifestement écrit quelques mots et qu'il remit à Claire, l'air tendu. Elle lut la dédicace, rit, prit sa main et le regarda longuement. Une autre fois, il apporta un écrin et lui glissa au doigt une bague qu'elle contempla, émue.

Tout cela n'avait pas échappé au *barista* du Settimo Cielo. Giacomo Briatore se demandait parfois, un peu soucieux, comment se terminerait cette histoire, car il était *inévitable* qu'elle se termine un jour. Mais il n'avait pas à se mêler du cours des événements ; il n'était qu'un jeune *barista* derrière son comptoir qui lavait les verres, préparait des *espressi*, voyait beaucoup de choses et s'abstenait généralement de tout commentaire. C'est ainsi qu'il s'était tu, à l'époque.

Cesare Palladino lui-même n'imaginait pas que son fils déambulait sur les sentiers de l'amour, même si l'air absent de celui-ci lui était de plus en plus insupportable.

Mais soudain, de lourds nuages s'amoncelèrent dans le ciel, ternissant la splendeur poétique de ces journées sereines au Settimo Cielo. Il était arrivé quelque chose.

Les mines des deux amoureux s'assombrirent, les regards se firent conspirateurs. On chuchotait à longueur de temps, on pesait le pour et le contre. Ce jour-là, les yeux de Paolo brillaient d'un éclat fiévreux tandis qu'il tentait de convaincre, avec une détermination féroce, la jeune fille dont le visage délicat pâlissait à vue d'œil. Elle secouait la tête, puis elle se mit à pleurer, avant de se calmer, et enfin, elle hocha la tête, ses grands yeux fixés sur Paolo. Quoi qu'il l'ait persuadée d'entreprendre, elle le ferait, car elle ne voulait pas le perdre.

Ce soir-là, lorsqu'ils quittèrent le café, aux portes grandes ouvertes pour laisser entrer la douceur de ce mois de mai, et qu'ils se dirent au revoir sur le petit *campo*, au crépuscule, Paolo prit Claire dans ses bras d'un mouvement impérieux et pressa sa bouche contre la sienne. Ils s'attardèrent dans cette étreinte qui n'en voulait plus finir, tandis qu'une lune livide jetait l'ancre entre les toits des immeubles, éclairant la place d'une lumière blême.

— *A domani !* lui cria-t-il après qu'ils se furent enfin détachés l'un de l'autre, tandis qu'elle s'éloignait d'un pas rapide.

— À demain, retentit sa voix à elle, à la manière d'un écho, avant que le *sottoportego* avale sa silhouette.

Le lendemain, il se passa quelque chose de terrible. C'était une journée ensoleillée qui ne laissait rien pressentir de grave, et que le *barista* garderait pourtant longtemps en mémoire. Même si, avec les années, d'autres histoires devaient se déposer sur les événements de cette matinée, d'autres visages s'interposer – jusqu'à ce jour où Éléonore Delacourt fit sa trouvaille dans la bibliothèque du Settimo Cielo, réveillant les souvenirs du vieux *barista*.

Giacomo Briatore venait de verser des grains de café frais dans la machine chromée brillante, lorsqu'on poussa la porte de l'établissement. Claire s'avança dans un manteau de popeline claire, coiffée d'un grand chapeau de paille, puis s'arrêta un moment au milieu de la pièce, comme désorientée. Elle pressait un objet contre sa poitrine. Ce n'est qu'au second coup d'œil que Giacomo Briatore remarqua ses yeux rougis par les larmes, sur lesquels le bord de son couvre-chef jetait une ombre. Mon Dieu, comme cette petite est pâle ! Voilà la pensée qui lui traversa l'esprit, et lorsque la Française se dirigea vers lui, la démarche vacillante, il eut un mauvais pressentiment.

Dehors, sur le *campo*, il perçut un mouvement. Le père de la jeune fille attendait devant le café, lui aussi en manteau et chapeau. Il se tenait là, aussi figé et sinistre que le Commandeur dans *Don Giovanni*, deux valises à ses pieds.

— Je dois partir à l'improviste, déclara Claire en regardant le *barista* avec une expression désespérée qui le glaça jusqu'à la moelle. Pourriez-vous donner ceci à Paolo quand il viendra ?

Hésitante, elle lui tendit une enveloppe, l'objet qu'elle tenait si fermement dans ses mains gantées.

— Et dites-lui…

Un sanglot lui échappa, elle tourna vivement la tête de côté et plaqua sa main sur sa bouche.

— Dites-lui que j'aurais aimé l'attendre, mais que…

Le Commandeur se racla la gorge et plissa le front.

— Viens, ma chérie, nous allons rater le train ! s'écria-t-il de l'extérieur.

— J'arrive, papa ! répondit Claire, puis elle implora le barman du regard. Dites-lui que je suis désolée… Et, s'il vous plaît, remettez-lui la lettre !

Sur ces mots, elle fit demi-tour et quitta silencieusement le café.

Deux heures plus tard, Paolo Palladino entrait au Settimo Cielo et se tournait de tous côtés. Mais celle avec laquelle il avait rendez-vous n'était pas là. Il fit glisser de son épaule un lourd sac de marin et se prépara à attendre. Giacomo Briatore aurait aimé lui épargner ce moment, mais il s'approcha quand même du jeune homme et lui tendit la fine enveloppe en papier bleu, destinée au courrier aérien.

— Elle est déjà passée et a laissé cette lettre pour toi, Paolo, expliqua le *barista*. Elle m'a demandé de te dire qu'elle était désolée et qu'elle ne pouvait pas t'attendre.

— Une lettre ? s'étonna Paolo.

Il s'installa à la table près de la fenêtre et déchira l'enveloppe, tremblant. Puis il déplia la mince feuille de papier. Ses épaules s'affaissèrent tandis que ses yeux parcouraient les lignes avec stupeur, cherchant à en comprendre le sens. Il relut et relut la lettre, comme si cela pouvait changer quelque chose. Mais cela ne changea rien.

Toute couleur avait quitté son visage lorsque ses doigts lâchèrent finalement la feuille de papier.

— Non, chuchota-t-il, aussi blanc que le mur. Non !

Il cacha son visage dans ses mains et un sanglot muet secoua tout son corps.

Soudain, il bondit et se précipita au comptoir.

— Quand était-elle ici, *quand* ?!

Giacomo Briatore le fixa avec compassion.

— Elle est partie depuis longtemps, Paolo, crois-moi. Trop longtemps pour que tu la rattrapes. Elle était ici très tôt. Son père l'attendait dehors. Elle était bouleversée, je peux te l'assurer.

Comme ivre, Paolo retourna à sa table en chancelant et enfouit sa tête dans ses bras. Giacomo Briatore vint poser une grappa devant lui.

— Ça va passer, dit-il.

Et dans la plupart des cas, cette banalité se vérifiait. Mais pas dans le cas de Paolo Palladino.

Le *barista* ne cessait de jeter des coups d'œil soucieux en direction du jeune homme, qui descendit la première grappa d'un trait, ainsi que la deuxième et la troisième. À un moment, il le vit sortir de son sac un livre, qu'il feuilleta fébrilement. Puis Paolo referma l'ouvrage et se mit à regarder dans le vide, droit devant lui. Il dut rester ainsi pendant deux heures, figé. D'autres clients vinrent, le café se remplit peu à peu. Bientôt, Giacomo Briatore ne sut plus où donner de la tête.

Plus tard, lorsqu'il se tourna de nouveau vers la table près de la fenêtre, Paolo était parti. Le livre à la couverture d'un jaune verdâtre était toujours posé sur la table, et Giacomo le glissa sur l'étagère, le mettant de côté pour Paolo.

Méconnaissant totalement la signification symbolique du roman de Toddi, le *barista* supposa que le fils du fabricant de lampes, submergé de douleur, l'avait tout bonnement oublié. Mais il n'en était rien. Le pauvre Paolo Palladino ne voulait plus posséder ce livre, dont les héros avaient été bien plus favorisés par la chance que la malheureuse Claire et lui. Claire qu'il avait perdue pour toujours. Il n'avait pu la retenir, pas plus que les filets ne retiennent l'eau. C'est en ayant à l'esprit ce triste vers de Neruda qu'il avait quitté le Settimo Cielo. L'amour est bref, et la douleur éternelle…

Plus tard, on raconterait que le jour-même, le fils Palladino avait tenté de mettre fin à sa vie en se jetant de nuit dans le Grand Canal, mais cela non plus ne lui avait pas été accordé.

Un pêcheur, qui, ce soir-là – contrairement à son habitude –, rentrait très tard chez lui dans son bateau, avait entendu le bruit de chute dans l'eau et sauvé le jeune désespéré qui ne savait pas nager.

Seul le *barista* connaissait la raison du geste ultime de Paolo, mais il s'était tu. Il avait juste suggéré à Cesare Palladino, qui voyait dans l'acte exalté de son rejeton une preuve supplémentaire des dangereux effets de la littérature, de témoigner un peu d'indulgence à son fils unique et de lui donner tout l'amour dont il était capable.

— C'est un bon garçon, Cesare, crois-moi. Il finira par redescendre sur terre, sois un peu patient. Il a une âme d'artiste… Qu'est-ce qu'on comprend à ça, nous, hein ?

Cesare avait eu un reniflement dédaigneux, mais tenu compte des mots du *barista*. Et c'est ainsi que, durant les deux décennies qui suivirent, père et fils fabriquèrent des lampes dans leur atelier, coexistant pacifiquement. Ils en créèrent même de nouvelles, au moins aussi féériques que celles accrochées devant les fenêtres du café.

Paolo Palladino, cependant, ne revint jamais au Settimo Cielo, qui avait représenté le paradis durant quelques semaines. Virilio aurait sans doute dit que l'établissement était devenu un « non-lieu » pour lui, sauf que le temps ne s'y accélérait pas de manière inquiétante, mais faisait du sur-place dans une cruelle boucle sans fin, de manière non moins inquiétante.

Les clients allant et venant, de nouveaux livres furent rangés sur les étagères, et le roman de Silvio Toddi, dans lequel Paolo avait mis à la dérobée la lettre d'adieu de sa bien-aimée, glissa toujours un peu plus vers le fond de la bibliothèque, jusqu'à ce que Giacomo n'y pense plus et l'oublie totalement.

Paolo Palladino mourut à l'âge de trente-trois ans seulement, sans s'être marié ni avoir eu d'enfants. Il fut enterré au cimetière de San Michele, sous une pluie battante. Une fois de plus, Giacomo Briatore se retrouva devant une tombe, à côté de Cesare Palladino – maintenant privé de femme et de fils –, dont il tapota l'épaule, assez désemparé.

La vie n'est pas juste, et certaines personnes ont moins de chance que d'autres. À la fin, il ne reste que le souvenir. Les lampes, elles, avaient traversé le temps, et après le décès du vieux Palladino, un respectable jeune homme, désireux de préserver un artisanat vénitien qui menaçait de disparaître, avait ouvert la boutique Venetia Studium, où Nelly avait failli s'acheter une suspension Fortuny.

— On prétend qu'on ne meurt pas d'un chagrin d'amour, commenta Giacomo Briatore, achevant l'histoire du malheureux fils du fabricant de lampes. Mais dans le cas de Paolo Palladino, je me dis que c'est peut-être son cœur brisé qui l'a tué, finalement.

Nelly se taisait, consternée. Le destin funeste du Vénitien la touchait. Elle se demandait si sa grand-mère avait regretté d'avoir quitté le jeune Paolo. Elle avait été heureuse toute sa vie aux côtés de Maximilien Delacourt, qu'elle devait rencontrer quelques années plus tard, mais on n'oubliait sans doute jamais son premier grand amour. Surtout quand il prenait fin de façon si triste.

— *Ecco*… Tout le monde n'a pas la chance de vieillir avec son premier amour, poursuivit le vieux *barista*, comme s'il avait lu dans ses pensées. C'est une faveur toute particulière. Mais qui sait si ces deux jeunes gens, qui venaient d'univers si différents, auraient vraiment été heureux ensemble ?

Il dodelina de la tête avec circonspection tandis que Nelly contemplait sa bague en grenat, silencieuse. Puis elle présenta sa main à Giacomo Briatore et dit :

— Ma grand-mère m'a offert cette bague avant sa mort. Pensez-vous que cela puisse être celle que Paolo lui a donnée à l'époque ?

Le vieux Briatore prit la main de Nelly et examina le bijou.

— Oui… oui, ça se pourrait, répondit-il.

En réalité, il ne se rappelait absolument pas à quoi ressemblait la bague de Paolo.

— Je me souviens, reprit-il d'un ton résolu. C'est bien elle.

Nelly poussa un soupir de soulagement. Il ne pouvait en être autrement, compte tenu de la gravure dans l'anneau, mais cette ultime confirmation du vieux *barista* comptait beaucoup pour elle.

— Quelle triste, triste histoire, fit Nelly, toute remuée. Vous savez, *signor* Briatore, le premier jour, ces lampes aux fenêtres m'ont attirée de façon quasi magique. Je me suis approchée, c'est là que j'ai découvert le nom du café, et j'ai senti qu'il aurait une signification spéciale pour moi. Je ne m'étais pas trompée.

Le vieux Briatore lui servit sans un mot une grappa, et elle la but comme si c'était de l'eau.

— Quel drôle d'enchaînement de circonstances. On a presque le sentiment qu'une main invisible m'a guidée, n'est-ce pas ? poursuivit Nelly en regardant les suspensions. Vous ne trouvez pas incroyable que ces lampes aient été fabriquées par le père de l'homme qui aimait tant ma grand-mère qu'il ne voulait plus vivre sans elle ? – Elle secoua la tête. – Et me voilà ici, après tant d'années…

Elle se tut abruptement, car pour un peu, elle allait dire : « Comme si tout allait se répéter avec moi. »

Elle reprit le livre et y glissa la lettre de sa grand-mère. Ensuite, elle consulta sa montre : un peu plus de 22 heures.

— Je crois que je vais rentrer. Vous voulez bien expliquer à Valentino que je ne pouvais pas l'attendre plus longtemps ?

Elle sourit aux deux Briatore.

— Il va devoir célébrer sa fête sans moi. Mais comment savoir quand il arrivera ?

Elle haussa les épaules, parut réfléchir.

— Prévenez-le que je me rendrai demain à San Michele. Je veux aller sur la tombe du malheureux Paolo et le saluer de la part de ma grand-mère.

Le vieux Briatore la fixait, silencieux. Puis un sourire éclaira son visage.

— J'aimerais vous offrir quelque chose, *signorina* Eleonora.

Il se pencha vers son fils et murmura à son oreille. Alessandro hocha la tête et s'approcha d'une fenêtre. Il monta sur une chaise, décrocha la neuvième lampe et la tendit à son père.

— Tenez, ma petite, elle vous appartient, maintenant, fit le vieux Briatore. J'ai l'impression qu'elle n'attendait que vous. Non, non, pas de discussion, sinon je me fâche. – Il adressa un clin d'œil à Nelly. – Je préfère retrouver la bonne vieille symétrie, de toute façon.

Lorsque Valentino, peu avant minuit, poussa la porte du Settimo Cielo, à bout de souffle, seul son grand-père s'y trouvait encore. Giacomo Briatore s'était assoupi sur le banc d'angle en attendant son petit-fils.

— Hé, *nonno* ! *Nonno !* Mais où est passé tout le monde ? s'écria Valentino.

Le vieux Briatore ouvrit les yeux.

— Mon garçon, tu ne manques pas de culot, déclara-t-il. Tu sais quelle heure il est ?

— Je suis bien placé pour le savoir, crois-moi ! répliqua Valentino qui, pour une fois, n'était en rien responsable de son retard.

Il se mit à compter sur des doigts couverts de cambouis.

— C'est d'abord mon bateau qui m'a laissé en rade, et après mon *telefonino*. Je suis déjà content d'avoir pu arriver jusqu'ici. Je suis claqué !

— Eh bien, mon garçon, tu as raté le plus beau, lâcha Giacomo Briatore. Tu n'imagines pas ce qui s'est passé ici ce soir. Mieux qu'au cinéma.

Il alla jusqu'au comptoir en traînant les pieds, y prit un second verre.

— Allez, commence par t'installer, conseilla-t-il en remplissant les deux verres à ras bord. Il faudra que tu te contentes de ton vieux *nonno* pour trinquer. Mais il a deux ou trois choses à te raconter…

24

Au bout du compte, toute vie devient un récit, le plus court étant celui qu'on grave sur une pierre tombale : début et fin, naissance et mort. Le temps qui s'écoule entre les deux constitue la véritable histoire. Celle-ci peut-être longue ou courte. Elle dure parfois quatre-vingt-treize ans, parfois trois ans seulement. On lit les dates en passant et on s'imagine les destins qu'elles peuvent dissimuler.

Ils arpentaient depuis maintenant une heure le cimetière de San Michele, une île qu'aucun pont ne permet de rejoindre, et comme le bateau à moteur de Valentino avait rendu l'âme la veille au soir, et se trouvait à l'atelier, ils étaient venus en vaporetto.

Le jeune homme suivait en soupirant, avec des pieds de plomb, Nelly qui allait avec excitation d'une tombe à l'autre. Il aurait eu bien des idées de sortie pour une Saint-Valentin, mais une excursion sur l'île-cimetière de San Michele n'en faisait certainement pas partie. Il espérait juste qu'ils trouveraient bientôt le caveau de la famille Palladino et pourraient tourner définitivement la page de ce funeste chapitre. Il avait prévu pour ce jour-là des choses nettement plus importantes – porteuses d'avenir !

— Je t'aide volontiers, mais il y a des manières plus agréables de fêter la Saint-Valentin, avait-il déclaré, maussade.

Ils venaient de franchir le grand portail derrière lequel s'étiraient des rangées de stèles en marbre et de caveaux de famille, ornés de colonnes, où s'enroulait le lierre, et d'anges tournant vers le ciel, leur regard inexpressif. Sur beaucoup de tombes, on pouvait voir, entre fleurs et cœurs, des photos encadrées des défunts, rappelant à quoi ils ressemblaient de leur vivant.

— Que venons-nous faire au milieu de tous ces morts ? On ne peut rien changer au passé, de toute façon.

— Possible, avait répondu Nelly. Mais on peut *apprendre* du passé, tu ne crois pas ?

Valentino, lui, souhaitait que Nelly tire les bonnes conclusions du passé. Il ne fallait pas qu'elle répète l'erreur de sa grand-mère, qui avait brisé le cœur d'un jeune Italien.

La veille, lorsque Valentino était arrivé au Settimo Cielo, Nelly était déjà partie. Cependant, son *nonno* lui avait raconté l'histoire de Paolo Palladino et de la grand-mère de Nelly, et son issue fatale l'inquiétait, curieusement. Surtout depuis qu'il avait trouvé, un moment plus tard, le coffret que Nelly avait laissé pour lui sur la table.

Impatient et heureux, il avait déballé le lourd presse-papiers en verre, décoré du lion doré, le sortant de son papier de soie. Il jugeait que c'était bon signe qu'elle lui offre un si bel objet. Puis il avait remarqué la petite carte jointe.

Cher Valentino,

Même si tu m'auras bientôt oubliée, ce lion doit te rappeler de temps à autre la jeune femme malheureuse qui, sur la piazza San Marco, t'est rentrée dedans au son de cloches du Campanile (un signe ?), une jeune femme que tu as fait rire plus d'une fois. J'ai beaucoup apprécié les moments passés aux côtés de mon cicisbeo*, même si (heureusement) il ne s'est pas toujours bien tenu.*

Merci pour tout,

Nelly

Valentino s'était demandé que penser au juste de ce court message, qui avait le ton définitif d'une lettre d'adieu. Manifestement, Nelly avait déjà un pied dans le train pour Paris, dont le départ était prévu trois jours plus tard. Cependant, elle ne pouvait pas disparaître ainsi de sa vie, elle n'en avait pas le droit. Et que voulait dire la phrase affirmant qu'il l'aurait bientôt oubliée ? Qu'est-ce que c'était que ces bêtises ? À moins qu'elle dise cela parce qu'*elle* l'aurait bientôt oublié, lui ? D'un autre côté, elle écrivait qu'elle avait été heureuse à ses côtés, n'est-ce pas ? Et n'évoquait-elle pas le son de cloches du Campanile ? Cette allusion à sa plaisanterie de ce jour-là serait-elle une indication dissimulée ?

Ah ! Nul ne lit aussi bien entre les lignes qu'un être amoureux !

Valentino n'était nullement superstitieux, mais à présent, il ne désirait rien aussi ardemment que de concrétiser sa boutade de l'époque.

Ce midi-là, alors qu'ils se rendaient en vaporetto sur l'île-cimetière, il avait souvent observé Nelly à la dérobée, du coin de l'œil. Ses pensées paraissaient l'emmener très loin et elle était comme obsédée par l'idée d'aller sur la tombe de Paolo Palladino.

— C'est là que je dois clore cette histoire, tu comprends ? avait-elle dit. Il s'agit de ma grand-mère, après tout.

Il avait hoché la tête, débonnaire, et poussé un soupir intérieur. Si cela comptait autant pour elle… Quant à la raison de son énorme retard de la veille, elle ne semblait pas particulièrement l'intéresser.

— Oui, oui, pas de problème, avait-elle juste lâché distraitement tandis qu'ils se parlaient au téléphone, le lendemain matin. Ce n'est pas si important.

Au moins, elle ne lui en voulait pas.

Tout en parcourant les rangées, le regard scrutateur, Valentino songeait à la *mongolfiera* si magnifique qui les attendait au Lido, et son humeur s'améliora : Arlecchino avait encore, dans sa manche, un atout qui achèverait de convaincre sa Colombina.

Puis il s'arrêta net. Il venait de trouver la tombe.

— Ici !

Il fit signe à Nelly et indiqua une simple stèle de marbre blanc, où étaient gravés les noms de Maria et Cesare Palladino. Sur l'étroite pierre tombale à côté, on pouvait lire celui de leur fils, Paolo Palladino, ainsi que la date de sa naissance et celle de sa mort.

Nelly se pencha et écarta le lierre pour examiner la photo ovale, un portrait du jeune Paolo. Il avait un visage bien dessiné et ses yeux sombres regardaient gravement dans le vague.

— Voilà donc le premier amour de ma grand-mère, déclara Nelly, pensive. C'est quand même curieux qu'elle ne m'ait jamais parlé de lui. Pourtant, je porte la bague qu'il lui avait offerte. Le pauvre homme… Je trouve qu'il te ressemble un peu, Valentino.

— Je ne vois aucune ressemblance, moi, répondit Valentino. Sauf qu'il a les cheveux foncés et les yeux bruns. J'espère quand même que j'ai l'air un peu plus gai.

Il étudia la photo. Alors seulement, il découvrit l'inscription, dessous.

— Regarde, il y a autre chose.

Nelly se pencha un peu plus.

— *Il est si bref l'amour et l'oubli est si long*, lut-elle, puis elle secoua la tête. Non, Paolo Palladino, tu n'es pas oublié à jamais. Je te rapporte le livre que tu avais donné à ma grand-mère au Settimo Cielo, et crois-moi, elle a chéri ta mémoire, parce qu'elle m'a fait cadeau de ceci. – Elle leva la main, tenant la bague en grenat à contre-jour. – Elle aurait pu m'offrir n'importe quel bijou, et ce n'est sûrement pas un hasard si elle a choisi celui-ci. Après toutes ces années, elle pensait encore à toi, et à l'inscription gravée.

Nelly sortit de son sac le roman de Silvio Toddi qui avait appartenu à sa grand-mère et le plaça entre les vrilles de lierre. Puis elle prit l'exemplaire de Paolo Palladino et le posa à côté. Elle avait pris soin d'en retirer la lettre.

— Eh bien… commença Valentino en enlaçant Nelly. Les livres au moins sont réunis, maintenant, ils vont pouvoir subir les éléments ensemble.

Nelly sourit. Ils restèrent ainsi un moment, silencieux. Les ouvrages disparaissaient presque derrière l'épais feuillage.

— *Amor vincit omnia*, déclara solennellement Nelly.

— Ma foi, ça au moins, c'est une bonne devise pour une Saint-Valentin, commenta Valentino en s'assurant que le sachet en velours contenant la bague en rubis était toujours dans la poche de son pantalon. Et maintenant, viens ! Il est temps d'y aller. – Il lui fit un clin d'œil de conspirateur. – La surprise attend.

Il entraîna jusqu'à l'entrée du cimetière une Nelly réticente, pas d'humeur à vivre d'autres surprises.

— Ah, Valentino, je ne sais pas trop… Toute cette histoire me laisse une impression étrange. Et si on remettait ta surprise à demain ?

Valentino secoua la tête avec énergie et songea qu'il fallait vraiment faire le bonheur de certaines femmes malgré elles.

— Certainement pas, trancha-t-il. En plus, on ne peut pas la reporter juste comme ça.

Il consulta sa montre et pensa à Tiziana et à Luciano, qui devaient déjà être arrivés au Lido.

— *Andiamo, signorina* Eleonora*, andiamo !* s'écria-t-il, et il sourit fièrement. Aujourd'hui, je vais faire de toi la femme la plus heureuse de Venise. Tu vas voir, tu vas t'évanouir de joie.

Et ce fut le cas.

Presque.

25

En fin d'après-midi, alors qu'ils étaient sur le vaporetto, en route pour le Lido, le soleil tirait sa révérence et déployait son ample manteau rouge feu au-dessus de la lagune.

Nelly ne connaissait pas encore le Lido – ce cordon littoral tout en longueur, au sud-est de Venise, derrière lequel s'étend la mer Adriatique. Une fois par an, à l'occasion de la Mostra, l'île se faisait belle pour accueillir le gratin du cinéma, avant de retrouver normalité et sérénité. Ce 14 février aussi, le Lido était calme.

Pressant le pas, Valentino longeait le Lungomare Guglielmo Marconi, passant devant le fameux Grand Hôtel des Bains à l'entrée surplombée d'un lion en pierre, dont l'édifice blanc se dressait paisiblement derrière des haies vertes et qui avait été transformé en résidence de luxe ; devant des villas et des hôtels plus petits ; devant l'Excelsior et sa gigantesque terrasse avec vue sur la mer. Il entraînait Nelly, qui, gagnée par son excitation, lâchait de temps à autre un rire nerveux. Qu'avait bien pu imaginer Valentino pour faire autant de mystères ?

Enfin, il s'arrêta et fit signe à deux personnes sur la plage, qui vinrent à leur rencontre en courant. Nelly reconnut aussitôt la jeune femme rousse du Ca'Rezzonico, mais elle n'avait jamais vu le jeune homme à côté d'elle.

— Vous voilà enfin ! s'écria Tiziana, hors d'haleine, avant de considérer Nelly avec curiosité.

— Les vents sont favorables, on peut y aller, lança le jeune homme.

Aller où ça ? Devaient-ils sortir en bateau à quatre, ou faire un pique-nique hivernal au Lido ? Était-ce cela, la surprise ?

— Je te présente mes amis Tiziana et Luciano, déclara Valentino, lui-même un peu essoufflé. Sans leur aide, je n'y serais pas arrivé !

Ils rirent tous, et Tiziana prit le bras de Luciano. C'était de toute évidence un couple, et Nelly eut un peu honte de sa jalousie.

— Mais qu'est-ce que… ? demanda-t-elle, son regard déconcerté passant de l'un à l'autre.

— Ferme les yeux, lui ordonna Valentino.

Nelly gloussa. Elle sentait son cœur bondir dans sa poitrine comme une balle de caoutchouc folle.

— Ah, Valentino, ça suffit, le suspense ! s'exclama-t-elle, mais elle ferma les yeux avec obéissance.

— Oui, notre Valentino aime le grand spectacle, expliqua Tiziana. Il faut dire que c'est un vrai romantique !

— Contrairement à moi, hein ? commenta Luciano.

Ils éclatèrent d'un rire énervé. Puis le silence s'installa.

Nelly se laissait guider par Valentino, cramponnée à son bras – comme près de quatre semaines plus tôt, sur la piazza San Marco. C'était bizarre de ne rien voir. À un moment, elle trébucha.

— *Piano, piano !* fit Valentino.

Il était tout près et, de nouveau, elle humait ce mélange de lavande et de bois de santal. Prudemment, il lui fit descendre une pente. L'instant d'après, Nelly sentit le sable sous ses pieds et renifla l'air de la mer. Au bruit des vagues venant lécher le rivage se mêlaient de légers claquements, faisant penser aux voiles d'un navire que gonflerait le vent.

Valentino lâcha son bras et s'écarta. Elle entendit des pas pressés aller et venir, des voix chuchoter avec animation.

— Et maintenant, tu peux regarder ! s'écria Valentino. Belle Saint-Valentin !

Nelly s'attendait à beaucoup de choses, mais ce qu'elle vit en ouvrant les yeux lui coupa le souffle.

Juste devant elle se dressait, dans la lumière du soleil couchant, une superbe montgolfière aux rayures bleues, rouges et dorées – le vieil aérostat qu'elle avait tant admiré sur les clichés exposés dans le petit café. Le ballon tirait impatiemment sur ses cordages, prêt à s'élever dans le ciel.

Ce pauvre Valentino avait vraiment mis dans le mille avec son cadeau… Encadré par ses deux amis, il semblait prêt à exploser de fierté. Se réjouissant de cette surprise réussie, Tiziana et Luciano applaudirent avec enthousiasme.

Nelly sentit un vertige l'envahir.

Horrifiée, incapable de prononcer un seul mot, elle fixait Valentino dont l'expression était remplie d'espoir.

— Je savais que tu aimerais, déclara-t-il, radieux. J'ai fait tout ça rien que pour toi. Et maintenant, viens !

Il lui tendit la main, avec un sourire empreint de tout l'amour qu'un homme peut donner à une femme.

Le ciel se mit à tourner autour de Nelly.

— Jamais ! parvint-elle seulement à articuler. Plutôt mourir !

— Quoi ?!

Un même cri venait de sortir de trois gorges différentes, stoppant le ciel dans sa course.

Malheureuse, Nelly regardait le visage de Valentino, qui trahissait une déception sans bornes. Elle songeait au mal qu'il avait dû se donner, heure après heure, jour après jour, pour lui faire la surprise la plus susceptible de lui plaire. Elle revoyait son air stressé chaque fois qu'il arrivait en retard au café, les cernes sous ses yeux, sa fébrilité. Elle s'entendait encore s'exclamer avec ravissement, devant les photos de la *mongolfiera* du vieux Giacomo : « Comme c'est romantique ! »

C'était *elle* qui l'avait entraîné sur une fausse route.

Pourtant, paradoxalement, c'était vrai : il n'y avait pour Nelly rien de plus poétique qu'une montgolfière, mais uniquement à condition de pouvoir l'admirer depuis le sol, en toute sécurité. Brusquement, elle se remémora Paris, où, l'année précédente, par une journée ensoleillée d'octobre, elle avait suivi du regard avec envie un ballon flottant au-dessus de la Seine, tel un petit miracle.

— Je suis désolée, chuchota-t-elle comme Claire Beaufort bien des années plus tôt. Tellement désolée !

Valentino la fixait avec un désespoir croissant. Il ignorait ce qui agitait Nelly, il savait juste que son « Jamais » était définitif, et il le prit – naturellement – pour lui.

Comment aurait-il pu se douter qu'il aurait fallu des pouvoirs magiques pour amener sa bien-aimée à monter dans une montgolfière ? Or, Valentino ne possédait pas de pouvoirs magiques.

Il secoua la tête, incrédule.

— Ce n'est pas possible, Nelly. Ce n'est pas *possible*, bredouilla-t-il avant d'écarter les bras, désemparé. Ne sais-tu pas que je t'aime ? Je t'aime, Éléonore Delacourt.

Nelly ferma les yeux. La voilà, la phrase qu'elle avait secrètement désirée, depuis le début.

Son cœur cognait dans sa poitrine, et à chacune de ses pulsations fiévreuses, de nouvelles images surgissaient. Le ballon au-dessus de la Seine, le Pr Beauchamps qui voulait prendre l'avion avec elle pour New York, Sean qui chantait *Come Fly with Me* devant Notre-Dame, Jeanne qui se tapotait la tempe et avançait des statistiques en matière de sécurité aérienne, ses parents qui lui faisaient joyeusement signe depuis leur Citroën bleu ciel, le *signor* Pozzi qui lui lançait son « *Andiamo !* », Polichinelle vêtu de blanc qui se balançait dans le ciel, sur sa corde,

Valentino qui l'embrassait sur le petit *campo*, lui faisant perdre tout contact avec le sol, le regard insistant de sa grand-mère au moment de lui donner la bague en grenat. « Je souhaite de tout cœur que tu trouves un jour quelqu'un avec qui tu puisses voler, mon enfant… »

Nelly toucha la bague, qui, soudain, lui brûlait la peau comme si elle avait pris feu.

— Mais… je n'ai jamais fait ça, déclara-t-elle en regardant Valentino avec de grands yeux.

— Il y a une première fois pour tout, dit-il en tendant le bras.

Amor vincit omnia, pensa Nelly en mettant sa main dans la sienne. *Amor vincit omnia*.

Lorsque Valentino et Nelly s'élevèrent dans la montgolfière, sous les acclamations de Tiziana et de Luciano, Nelly ferma les yeux de toutes ses forces et agrippa avec ses mains le bord de la nacelle. Son estomac se contractait violemment, et pendant un instant épouvantable, elle ne sut pas s'ils montaient ou tombaient.

Oh, mon Dieu, on va s'écraser, on va s'écraser ! se mit-elle à penser en boucle.

— Nelly, regarde ! Vois comme c'est beau, fit doucement Valentino.

Elle sentait sa joue contre la sienne. Il s'était approché et l'enlaçait par-derrière, la tenant fermement.

— Je mets tout Venise à tes pieds.

Nelly ouvrit les yeux. Ils évoluaient dans le ciel qui, ce soir-là, se teintait d'un bleu profond. De légers bruits venaient d'en bas, l'air paraissait de verre. Paisiblement, ils flottaient au-dessus de la ville-lagune, avec toutes ses lumières et toutes ses histoires.

Nelly ne put s'en empêcher : elle rit. Elle leva la tête, contempla les cieux bleu nuit, attrapa les étoiles en poussant des cris d'allégresse et rit.

C'était un moment magique, de ceux qui naissent toujours quand l'impossible devient possible. C'est ce qu'on appelle un miracle. Et parfois – pas seulement dans les romans, dans la vraie vie aussi –, c'est l'amour qui, en fin de compte, triomphe de la peur et nous fait voler ensemble, en dépit de tous les doutes, de tous les aléas.

Cette nuit-là, les étoiles brillèrent plus fort que d'habitude, et lorsque Nelly s'abandonna avec bonheur dans les bras aimants de son Valentino, qui lui avait offert son cœur et sa main dans les airs, ne laissant pas la bague tomber dans la lagune mais la glissant avec assurance au doigt de la jeune femme avant de l'embrasser, celle-ci songea que ce mode de transport aurait sûrement plu à Paul Virilio.

Même s'il ne s'agissait pas au sens strict de faire *voler* la montgolfière… plutôt de la conduire.

Épilogue

Naturellement, ce 16 février, Nelly Delacourt ne retourna pas comme prévu à Paris – ou plutôt, elle n'y retourna pas *seule*. Il y avait à côté d'elle, dans le train, un fiancé comblé qui ne lâchait pas sa main et qu'elle voulait présenter à toute sa famille.

Jusque tard dans la nuit, ils mangèrent et burent chez Les Amis de Jeanne, laquelle avait accroché ce soir-là un écriteau à la porte : *Fermé pour cause de surprenants événements familiaux.*

On mentionnera, pour la forme, qu'un futur pilote venu du Maine était aussi assis à table. Enchaînant sur sa guitare les chansons de Frank Sinatra, il déclara terminé son tour d'Europe et loua la cuisine française, la meilleure du monde. À chaque gorgée de vin, il plongeait ses yeux dans ceux de Jeanne, et *Madame la tigre* souriait, béate.

Nelly acheva de rédiger son mémoire de master sur Virilio, mais elle n'avait plus l'intention de rester à l'université. Il lui était venu une autre idée. Le Pr Beauchamps ne tarit pas d'éloges sur son travail, qui traitait non seulement des théories de Paul Virilio, mais évoquait aussi – étonnamment ! – une montgolfière. Cependant, il se réjouit encore davantage d'apprendre les fiançailles de son ex-étudiante préférée.

Nelly mit en location son appartement rue de Varenne pour emménager dans la ville-lagune, chez Valentino. En mai, revenant à Venise et retournant sur la place Saint-Marc, noire de monde à cette période de l'année, elle prit peur, mais constata bientôt qu'on pouvait trouver à tout moment un petit coin paisible, surtout quand on s'égarait dans les *calli* que personne n'empruntait.

Valentino et Nelly se marièrent quelques mois plus tard, si bien qu'une photo supplémentaire fut accrochée à un mur du Settimo Cielo. On y remarquait, à l'arrière-plan, un vieux ballon aux rayures bleues, rouges et dorées, et Giacomo Briatore n'était pas le seul que cette vision emplissait d'une fierté irrépressible.

Une petite fille naquit un an plus tard. Flora avait les boucles sombres de son père et les yeux gris océan de sa mère, et le deuxième orteil de ses petits pieds était plus long que les autres. Mais surtout, l'enfant semblait avoir hérité de la hardiesse bretonne de son arrière-grand-mère Claire. Elle explorait son environnement avec intrépidité et poussait des cris de plaisir quand Valentino la jetait en l'air. Dans sa chambre, une féerique lampe en soie se balançait devant la fenêtre.

Nelly allait réaliser un rêve d'enfance avec le Settimo Cielo. En souvenir de l'Hortensia sauvage, la librairie-salon de thé que sa mère tenait jadis à Quimper, elle transforma l'établissement en un lieu où l'on pouvait acheter et lire des livres, mais aussi manger et boire.

Elle espérait que les clients du Settimo Cielo perçoivent l'étincelle de magie qui avait enchanté sa propre vie. Et où avait-on le plus de chances de trouver cette étincelle qu'entre les pages d'un livre – ou dans un petit café qui paraissait prédestiné aux miracles ?

Du même auteur :

UN SOIR À PARIS, Éditions Héloïse d'Ormesson, 2017. Le Livre de Poche, 2018.

LA VIE EN ROSALIE, Éditions Héloïse d'Ormesson, 2016. Le Livre de Poche, 2017.

TU ME TROUVERAS AU BOUT DU MONDE, Éditions Héloïse d'Ormesson, 2015. Le Livre de Poche, 2016.

LE SOURIRE DES FEMMES, Éditions Héloïse d'Ormesson, 2014. Le Livre de Poche, 2015.

PAPIER À BASE DE
FIBRES CERTIFIÉES

Le Livre de Poche s'engage pour
l'environnement en réduisant
l'empreinte carbone de ses livres.
Celle de cet exemplaire est de :
350 g éq. CO_2
Rendez-vous sur
www.livredepoche-durable.fr

Composition réalisée par PCA

Achevé d'imprimer en mars 2019 en Italie par
Grafica Veneta
Dépôt légal 1re publication : février 2019
Édition 02 – mars 2019
LIBRAIRIE GÉNÉRALE FRANÇAISE
21, rue du Montparnasse – 75298 Paris Cedex 06

26/1708/5